Trois souris aveugles

Mikaël Ollivier

Trois souris aveugles

ROMAN

Albin Michel

COLLECTION « SPÉCIAL SUSPENSE »

© Éditions Albin Michel S.A., 2002
22, rue Huyghens, 75014 Paris

www.albin-michel.fr

ISBN 2-226-13460-3
ISSN 0290-3326

Trois souris aveugles,
Trois souris aveugles,
Voyez comment elles courent,
Voyez comment elles courent !
Toutes elles courent après la femme du fermier,
Qui leurs queues a tranchées avec un couteau de boucher,
A-t-on jamais vu chose pareille dans la vie,
que ces trois souris ?

Comptine traditionnelle anglaise

Sur l'écran d'un ordinateur connecté à l'Internet sont visibles les images muettes d'une autoroute à trois voies filmée depuis un pont par une caméra de surveillance. La circulation est dense et rapide. Soudain, un monospace de la file du milieu fait une violente embardée sur sa gauche et percute une voiture dont l'avant va s'écraser contre la barrière de sécurité. Instantanément, la voiture qui suivait cette dernière s'encastre dans son arrière avec une telle violence qu'elle est soulevée de la chaussée et retombe en travers sur la voie du milieu, se faisant aussitôt percuter par un véhicule utilitaire qui, lancé à pleine vitesse, fait un tonneau et retombe sur un break qui roulait sur la voie de droite. En un instant, trois voitures emplafonnent le break à moitié broyé, alors que cinq, huit, dix, puis vingt voitures sont déjà enchevêtrées sur l'ensemble des voies de circulation et d'arrêt d'urgence. Un semi-remorque arrive alors, les freins bloqués et les roues fumantes, mais incapable d'arrêter sa course avant d'avoir enfoncé de plusieurs mètres la masse des véhicules accidentés. Le curseur d'une souris d'ordinateur glisse jusqu'au milieu de l'image, prend la forme d'une petite main blanche, index tendu, et clique. L'autoroute disparaît, remplacée par une vue plongeante sur les gradins bondés d'un stade de football. Un pétard incandescent vole du haut des tribunes vers la pelouse, mais tombe dans la foule, déclenchant aussitôt une vague d'affolement. La situation dégénère en quelques secondes, quand une bagarre éclate en haut des gradins, semant la panique dans le reste du public. On court, on se piétine. Un autre clic. Une nouvelle image apparaît sur l'écran. Celle, en noir et blanc, de la caméra de surveillance d'un drugstore aux États-Unis. Un homme cagoulé fait soudain irruption dans le magasin, un pistolet au poing. La caissière se met à hurler et un bref éclair jaillit de l'arme. La caissière s'écroule. Un autre clic. Un train déraille au Japon. Un autre clic. Un entrepôt brûle dans une usine chimique. Des pompiers luttent contre le feu, alors qu'une épaisse fumée toxique s'élève dans le ciel. Un autre clic. Un avion manque son décollage et s'écrase en bout de piste. Un autre clic. En noir et blanc, et filmé en plongée par une caméra de surveillance, un homme d'une trentaine d'années est suspendu à l'aplomb du trafic intense d'une voie express sur berge. Voitures et camions filent à pleine vitesse une quinzaine de mètres plus bas et le jeune homme ne tient plus que par une main. Au-dessus de lui, se retenant à la balustrade du pont, une femme lui tend un bras.

1

« Y A pas d'quoi ! » pensa Thomas en quittant le bureau de Jump qui, bien sûr, n'avait pas eu un mot de remerciement. Il est vrai qu'il était payé pour ça ; en tant que responsable informatique de la boîte, sortir les cadres de leurs plantages était l'une de ses principales fonctions. Pourtant, un petit merci de temps en temps ne faisait de mal à personne... Mais la politesse ne faisait pas partie du cahier des charges des cadres de la PGT Incorporated qui avaient littéralement pété les plombs le jour où 51 % du capital de leur employeur étaient passés aux mains d'une holding japonaise. Depuis, et malgré les résultats inquiétants de l'économie nipponne, ça bouffait du sushi au petit déjeuner, ça ânonnait japonais dans les couloirs, et ça n'avait plus le temps de dire ni merci ni s'il te plaît. De toute façon, le courtage en produits pétroliers n'était pas vraiment la canette de soda de Thomas Cross. Son hobby était l'informatique, même si ses rêves de créativité virtuelle avaient peu en commun avec les tâches qui occupaient ses deux longs CDD successifs à la PGT.

Thomas se colla au mur du couloir pour ne pas entrer en collision avec quatre cadres qui ne l'avaient pas vu tant ils avaient à débattre du tout nouveau business plan.

— Tom ! Saluuuut...

Thomas se retourna en pensant que cette voix amicale lui était adressée, mais la parfaite executive woman qui le doubla parlait dans son téléphone portable. Il lui emboîta le pas et s'engagea à son tour dans le vaste open space dont les box résonnaient de sonneries de téléphone, de grincements d'imprimantes et de conversations à sens unique.

À bientôt trente ans, Thomas Cross gagnait sa vie depuis six ans en assurant la mise en place et la maintenance des installations informatiques d'entreprises aux activités aussi diversifiées que la banque, la construction d'oléoducs, la presse et maintenant la pétrochimie. Au début, ces emplois ne devaient être que provisoires, le temps pour lui de mener à bien son grand projet de jeu sur ordinateur qui allait révolutionner le genre. Puis, petit à petit, la vie avait pris le dessus, et Thomas avait passé de moins en moins de temps à dessiner les personnages de son aventure virtuelle, à concevoir les interactions entre ses différents niveaux, les répercussions des moindres décisions des joueurs... Il gagnait chaque année un peu plus d'argent que la précédente, au point qu'il commençait à envisager d'accepter le CDI que la PGT Inc. ne manquerait certainement pas de lui proposer une fois son contrat arrivé à terme.

La coupe approximative de celui qui a abandonné à regret les cheveux longs pour trouver un boulot, le visage gris typique des fondus d'ordinateurs qui ne prennent l'air que sous la menace, engoncé dans un costume noir nettement moins tendance que ceux des cadres dont il dénouait les maladresses, Thomas regagna son bureau et son amoncellement chaotique de matériel informatique. Il s'assit et soupira en regardant l'unité centrale en kit du PC sur lequel il travaillait depuis le matin. D'une poussée sur le bureau, Thomas fit rouler son fauteuil vers un autre ordinateur et se perdit quelques instants dans la contemplation rêveuse de l'analyse en cours, sur fond d'étoiles, des données du programme *seti@home*. Il avait perdu depuis longtemps l'espoir d'associer son nom à la découverte d'une civilisation extraterrestre, mais avait gardé l'habitude de surveiller ses parcelles d'espace téléchargeables. Il se demandait d'ailleurs parfois si ce programme utopique lancé à la fin des années 90 intéressait encore quelqu'un d'autre que lui. Enfin, il se dirigea vers un troisième PC qu'il mit en route. Il se leva pour fermer la porte de son bureau à clé, puis, de retour devant l'écran, ouvrit un dossier intitulé « personnel ».

Quelques secondes plus tard, l'image d'une caméra de surveillance s'afficha. Deux cadres de la PGT y étaient visibles, discutant devant la machine à café. Thomas pressa une touche, et cette image fut remplacée par celle de l'open space. Il pressa encore pour regarder cette fois une voiture sortir du parking souterrain de l'entreprise, puis il afficha les images de la caméra de surveillance du hall. Il souriait en voyant la jeune réceptionniste se curer consciencieusement le nez quand son poste téléphonique se mit à sonner. Encore un cadre affolé parce que tous les voyants de son unité centrale s'étaient mis à clignoter. Pourtant, il n'avait rien fait de plus que d'habitude !

— J'arrive, lui dit Thomas avant de raccrocher.

Il jeta un œil à l'horloge de son écran : 18:33. Dans une demi-heure, tout ce petit monde oublierait son numéro de poste pour aller se jeter dans les embouteillages ou les wagons bondés.

Il était 19 h 15 quand Thomas rejoignit son bureau. Le problème avait été plus sérieux que prévu : O'Brien s'était surpassé, et il avait bien failli perdre définitivement tout son travail du mois. En théorie, le programme mis au point par Thomas était si simple qu'il devait éviter ce genre d'incident, mais l'expérience lui avait appris qu'un utilisateur lambda devenait parfaitement imprévisible dès qu'il avait à résoudre une difficulté qui entraînait une manipulation sortant de ses combinaisons coutumières. C'était le propre de l'informatique individuelle d'être destinée à des personnes qui savaient à peu près l'utiliser sans en comprendre du tout le fonctionnement. C'est ce qui permettait à des gens comme Thomas de ne pas avoir de soucis à se faire pour leur avenir.

Thomas desserra sa cravate pour l'enlever en guise de salut à la fin de la journée. Il ne savait pas faire de nœud — cette ignorance étant pour lui une manière de coquetterie et de résistance — et il enfilait cet ornement réglementaire par la tête chaque matin en arrivant au bureau. Il avait décidé de rentrer tôt ce soir-là et il s'apprêtait à éteindre son PC quand la clochette de réception d'un e-mail interne retentit. C'était Chapman qui avait besoin de lui, au septième, l'étage des boss. URGENT !!! en gras était écrit sur le message. Pas moyen de faire la sourde oreille jusqu'au lendemain. Thomas jeta un coup d'œil dépité à sa chère vieille affiche du film *Breakfast at Tiffany's* et resserra son nœud de cravate pour se diriger vers les ascenseurs près desquels régnait le désordre joyeux de la fin de journée. Tous les cadres encore présents se bousculaient pour partir.

Dès les premiers pas au septième, l'épaisseur de la

14

moquette indiquait qu'on avait atteint le saint des saints. L'éclairage était indirect, il y avait des plantes vertes et surtout des secrétaires à la place des boîtes vocales individuelles des étages inférieurs. Thomas frappa à la porte entrouverte avant d'entrer dans le bureau de la sous-directrice.

Mari Chapman était sur le départ. Pressée, elle enfilait sa veste de tailleur en terminant de dicter un courrier à sa secrétaire.

— Ah ! Cross...

— Bonsoir, madame Chapman...

Elle lui désigna du nez son ordinateur portable ouvert sur le bureau.

— Ce programme a encore planté.

— Encore ?

— Oui. C'est chiant, mon vieux... En plus, je pars demain pour Tokyo !

Thomas s'efforça de ne pas relever le ton cassant de sa supérieure et se dirigea vers le bureau.

— Je vais regarder ça.

Un rapide coup d'œil permit à Thomas de voir que le problème était le même que d'habitude. Chapman, aussi jolie fût-elle, était un sagouin. Elle utilisait la petite merveille qu'elle s'était fait offrir par la PGT comme une brute. Elle ne fermait jamais aucun dossier, surchargeait la mémoire de données inutiles, éteignait l'ordinateur sans suivre la procédure d'arrêt jusqu'à ce que l'engin se braque et refuse toute agression supplémentaire.

Thomas appuya sur la touche *escape* et lança un checkdisk. Puis, du coin de l'œil, il observa la sous-directrice qui terminait de dicter sa lettre. Debout devant la baie vitrée qui offrait une vue imprenable sur le quartier des affaires de Londres, ses cheveux blonds noués en chignon se mariaient miraculeusement avec la lumière dorée du soir qui commençait à tomber. Il révisa son jugement : jolie était trop faible pour cette femme à la quarantaine rayonnante. Elle était belle. Hitchcockienne, même, du genre Eva Marie Saint, ou mieux : Grace Kelly. Chapman était moins parfaite, peut-être, mais elle semblait cacher les mêmes promesses de passion réservées aux rares élus qui les méritaient à ses yeux. Thomas ne se prenait pas pour Cary Grant, loin de là, mais il savait tout de même s'offrir par moments ces rêveries qui ne coûtent rien et ne font de mal à personne, durant lesquelles il expérimentait ses plus inavouables fantasmes sexuels avec les femmes les plus inaccessibles. Ainsi, et cela dès son entretien d'embauche, il s'était vu dénouer le chignon de Chapman en prélude à la plus complice des débauches.

— Y aurait pas moyen d'*upgrader* cette bécane ?

Thomas sursauta en entendant la voix de celle qui occupait justement ses pensées et détourna son regard comme s'il venait de se faire prendre en faute. La secrétaire de Chapman était en train de quitter le bureau.

— Euh... Vous avez déjà la machine la plus puissante de la société.

— Ah oui ? Plus que celle de Burrel ?

— Oui, largement.

Nils Burrel était le directeur général de la PGT Inc. et Chapman eut un rictus de satisfaction. Thomas poursuivit :

— Bien sûr, je pourrais optimiser le composing de la mémoire vive en boostant les Ko du masque principal. Ça donnerait plus de tonicité à vos manipulations.

La sous-directrice dodelina de la tête d'un air entendu. Débiter un charabia technique sans significa-

16

tion était l'un des jeux favoris de Thomas et il se régala en écoutant la réaction de la sous-directrice :

— Ça paraît pas bête... Vous me ferez ça à mon retour du Japon, et...

Elle fut interrompue par une version grotesque du *Yellow Submarine* des Beatles interprétée par son portable qu'elle mit aussitôt à son oreille.

— Moshi, Moshi... Ah, c'est toi chéri, oui, j'étais justement sur le départ... De la bière... d'accord, je passe chez le Paki...

Thomas en profita pour s'éclipser.

Les bureaux et les couloirs étaient presque déserts et cette fois il enleva sa cravate pour de bon. Au point où il en était, Thomas se dit qu'il pouvait bien rester au bureau encore un moment... comme presque tous les soirs, en vérité. Il prit un coca au distributeur de l'étage, le décapsula et le leva pour trinquer avec la caméra de surveillance du couloir.

Une fois à son bureau, il ferma les programmes en cours sur son PC et ouvrit son accès à Internet. Il tapa *www.cathylive.com* puis *envoi.*

Une page d'accueil colorée ne tarda pas à apparaître sur son écran. « Bienvenue dans ma vie » était écrit au-dessus de la photo d'une jolie jeune femme rousse. « Cathylive est une webcam amateur ; une fenêtre ouverte sur ma vraie vie », puis, sous quelques autres lignes de recommandations légales destinées à s'assurer hypocritement que le nouvel arrivant était majeur, se trouvaient d'autres choix : « entrée des membres ; entrée des visiteurs ; liens ». Thomas cliqua sur « entrée des membres » puis composa son code d'accès personnel. Enfin, une nouvelle page s'afficha, au centre de laquelle se trouvait la représentation d'un écran de télévision dans lequel apparut l'image de Cathy, de face, visiblement assise devant son propre ordinateur. Thomas sourit en la voyant et envoya immédiatement un message :

`« de retour. 1a journée est finie. TOM »`

Cathy était en peignoir, ses cheveux roux encore mouillés, comme après une douche. L'image, aux couleurs pâles et aux contours faiblement pixelisés, se renouvelait presque en temps réel grâce à la connexion haut débit dont étaient équipés les bureaux de la PGT. Les gestes de la jeune femme n'étaient pas plus saccadés que ceux d'un automate. Après quelques secondes, elle sourit, fit un petit salut de la main à l'écran et tapa sur son clavier. Le message de réponse ne tarda pas à arriver sur l'ordinateur de Thomas, rédigé dans ce langage spécifique aux accros de la communication virtuelle qu'il comprenait aisément même s'il ne l'utilisait pas :

`« bnvnu chz 1s vivants ! ! ! koman va cadre-`
`1and ? »`

C'était un écrit raccourci, simplifié, abrégé, qui était né petit à petit sur les *chats* pour tenter de rendre plus vivantes des conversations par ordinateurs interposés. Or Thomas, même sur le réseau, n'était pas amateur d'événements communautaires, et il ne fréquentait aucun groupe de discussion. Si cette manière de s'exprimer l'avait tout d'abord dérouté, il s'y était rapidement fait quand il avait compris qu'il s'agissait d'un partage entre l'écrit et l'oral. Certains mots a priori parfaitement abscons se révélaient évidents si on les lisait à voix haute.

Thomas écrivit aussitôt sa réponse :

`« comme d'hab ! stress et frime ; 1e monde est`
`entre de bonnes mains. dommage que je ne bosse`

pas au japon, au moins, j'aurais le plaisir de les voir s'ouvrir le bide. TOM »

« ☺ ke tu soi la. ojrd'ui, je n'ai u ke ds mssg d'emmrdeurs. »

« content de t'avoir manqué. c'était réciproque. tu es très jolie comme ça... TOM »

Sur son écran, Thomas vit Cathy lire ce dernier message et baisser la tête vers son peignoir qui bâillait suffisamment pour dévoiler un peu de sa poitrine. Elle réajusta aussitôt sa tenue avec un sourire faussement pudique qui se communiqua instantanément aux lèvres du jeune homme se sentant rougir.

Ainsi passa le début de soirée. Cathy suivait plusieurs « conversations » en même temps, ayant d'autres abonnés en ligne au même moment que Thomas. Parfois, les réponses mettaient un peu de temps à venir et la jeune femme vaquait à quelques occupations domestiques dans son appartement. En sélectionnant à l'aide de sa souris les différentes caméras disponibles sur le site, Thomas la suivait de pièce en pièce, au salon, à la cuisine, dans la chambre... Il vit notamment la jeune femme se faire belle dans sa salle de bain, se maquillant, de face, la webcam sans doute fixée juste au-dessus du miroir. Puis elle enfila une petite robe noire très ajustée.

Thomas ouvrit un tiroir de son bureau, mais n'y trouva que des emballages vides de barres chocolatées. Il jeta un coup d'œil à la fenêtre de son bureau et vit qu'il faisait complètement nuit. 22:45 était inscrit en haut de son écran. Il composa un nouveau message adressé à Cathy, qui était en train de remettre de l'ordre dans son salon :

« a+, je rentre. TOM »

Puis il quitta le site *cathylive* pour celui de *www.pizza-*

donf.com où, après avoir donné son numéro de client, il choisit à l'aide de sa souris les ingrédients désirés et les disposa sur l'image d'une pâte à pizza virtuelle. Il valida sa commande, se déconnecta du Net et éteignit son ordinateur.

Deux minutes plus tard, Thomas parcourait les couloirs déserts de la PGT en rollers. Il aimait beaucoup ce petit plaisir du soir, car rouler silencieusement sur la moquette fine dans le calme des bureaux vides était apaisant et donnait toujours le curieux sentiment d'être seul au monde. En attendant l'ascenseur, il goûta le silence. Rien, sinon le ronronnement des quelques ordinateurs laissés allumés par leurs utilisateurs qui, à cette heure, devaient être en famille, avachis devant la télé, ou dînant avec des amis, les enfants couchés ou confiés à des baby-sitters ; enfin, en train d'essayer d'occuper tant bien que mal les quelques heures de liberté quotidiennes qui séparent les journées à la PGT Inc.

Derrière son guichet, le gardien de nuit quitta sa gameboy des yeux en voyant Thomas sortir de l'ascenseur principal sur l'un de ses écrans de contrôle. Sur l'écran suivant, il le vit déboucher dans le hall.

— Régina ! lança Thomas en passant devant lui.

La bouche encore pleine, le gardien jeta un coup d'œil sur la part de pizza qui restait dans son carton et leva son pouce en signe affirmatif.

— À demain ! lança Thomas en actionnant la porte de sortie de sa carte magnétique.

Le gardien allait répondre quand un signal sonore émis par sa gameboy lui signala que son héros virtuel venait de se faire trucider à seulement 1 000 points de son record personnel.

L'air doux qui baignait la City en cette fin de printemps se libérait lentement des gaz d'échappement de la journée pour se refaire une santé pendant la nuit. Thomas filait sur trottoirs et rues, croisant parfois une voiture pressée, des passants dont les voix résonnaient dans le calme, ou des solitaires qui fumaient une dernière cigarette en faisant quelques pas. Londres, pourtant toujours si débordant de vie, était calme ce soir-là, étonnamment paisible en cette si belle soirée qui donnait envie de flâner un peu. Thomas prit de la vitesse, longea les grilles d'un parc et gagna rapidement son quartier. À l'approche d'un croisement, il entendit un moteur. Il accéléra un peu le rythme et déboucha dans une grande avenue juste à la hauteur d'un scooter de livraison de pizzas. Thomas força pour rester à ses côtés le plus longtemps possible, mais se fit tout de même distancer. D'un coup, il obliqua sur la gauche et s'engouffra dans une ruelle étroite. Le bruit du moteur s'éloigna. Thomas ne ralentit pas. La ruelle se terminait par une grille et un escalier dans lequel il se jeta, se laissant glisser le long des marches, sur le plan incliné de la rampe. En bas, après trois longues enjambées, il sauta par-dessus une rambarde pour atterrir sur le trottoir d'une petite rue encombrée de voitures garées. Il se faufila sans ralentir entre un arbre et un banc, traversa la rue en passant de justesse entre les pare-chocs des voitures à l'arrêt et s'immobilisa brusquement devant le perron d'un immeuble à la façade lépreuse au moment où le scooter apparaissait dans la rue.

Thomas était essoufflé. Le scooter s'approcha et s'arrêta devant lui.

— J'ai failli attendre, dit Thomas d'un air faussement sévère.

— Une fois n'est pas coutume ! répondit le livreur amusé.

Il sortit un carton à pizza de la malle de son scooter, tapa dans la main de Thomas et lui donna sa commande.

Ses rollers tenus par les lacets dans une main, sa pizza dans l'autre, Thomas rentra chez lui, son trousseau de clés dans la bouche. Il alluma en appuyant sur l'interrupteur d'un coup de coude.

Son appartement était un loft aux murs blancs sporadiquement décorés de quelques photos d'Audrey Hepburn, du fanion d'une équipe de hockey sur rollers et de l'affiche du film *Vacances romaines*. À part quelques étagères, du matériel informatique, des battes de hockey, un banc de musculation et un grand lit défait, peu de meubles habillaient son vaste espace de vie. Thomas n'avait jamais vraiment trouvé (ou pris) le temps de s'occuper de son intérieur depuis le départ de sa dernière compagne, deux ans plus tôt. L'appartement, pourtant riche en possibilités (et qui lui coûtait une petite fortune), affichait désormais la banalité et la froideur typiques des logements des célibataires de sexe masculin.

Thomas posa ses affaires, alluma son PC et se rendit à la cuisine pour prendre une canette de coca dans le réfrigérateur. Il jeta un regard désabusé sur la vaisselle sale qui encombrait l'évier, alors que, venant du salon, on entendait les borborygmes du démarrage de l'ordinateur. Il quitta la cuisine, alluma la télé sans le son, s'installa à son bureau et mit un CD dans le lecteur de son PC avant de prendre une part de pizza. La musique emplit la pièce et Thomas baissa un peu le volume en raison de l'heure tardive. Enfin, il cliqua sur *cathy-*

live dans sa liste de sites favoris mis en mémoire. Son modem émit les sons familiers de la connexion à Internet et, après les manipulations habituelles, l'image du salon de Cathy s'inscrivit de haut en bas sur l'écran. L'appartement de Thomas n'était pas encore équipé d'une connexion haut débit et le jeune homme se promit, comme toujours, de faire le nécessaire dès le lendemain.

Cette fois, Cathy n'était pas à son bureau. Thomas cliqua sur l'icône de la cuisine, mais la pièce était vide quand son image eut remplacé celle du salon. La salle de bain était déserte également, mais il repéra sur le sol la petite robe noire enfilée par Cathy quelques moments plus tôt. Il reposa la croûte de sa pizza, but une gorgée et hésita un instant. Finalement, après réflexion, il cliqua sur l'icône de la caméra de la chambre. Cathy s'y trouvait bien, chevauchant le bassin nu d'un homme qui la tenait par la taille. Sur l'écran, toutes les deux secondes, la jeune femme faisait un mouvement qui semblait disséquer son plaisir. Une lampe de chevet éclairait la scène, caressant délicatement le corps nu et ravissant de la jeune femme. Ses cheveux courts et roux étaient en désordre. Flamboyants.

Une moue ambiguë sur les lèvres, Thomas regardait le couple faire l'amour, à la fois gêné et curieux. Ce n'était pas la première fois qu'il surprenait Cathy avec un amant de passage. L'an passé, elle avait même eu une liaison suivie avec un homme dont il avait bien été obligé de supporter la présence à l'écran pendant quatre mois. C'était la règle du jeu : Cathy montrait tout de sa vie, et tout n'était pas censé être toujours du goût de ceux qui regardaient. Surtout qu'avec le temps, Thomas avait fini par nourrir des sentiments confus mais réels pour la jeune femme dont il suivait chaque jour la vie. Même s'il ne voulait pas se l'avouer, il savait très bien qu'il éprouvait ce soir-là une forme trouble de jalousie. Était-ce pour combler le vide sentimental de sa propre vie ou simplement parce que Cathy était jolie et intelligente ? Pouvait-on tomber amoureux d'une personne dont on ne savait rien, même si on connaissait tout de sa vie ? Quoi qu'il en fût, Thomas, depuis quelques mois, n'était plus insensible aux charmes de Cathy, et son regard se teinta rapidement de tristesse en voyant la jeune femme s'abandonner dans les bras d'un autre.

« bonne nuit. TOM », pianota-t-il sur son écran.

Il envoya son message et éteignit son ordinateur.

Sans se déshabiller, Thomas s'allongea sur son lit, les yeux ouverts. Pensif, pénétré d'un sentiment de solitude et d'abandon, il écouta les bruits de la ville : au loin, une moto qui passait, des chats qui se battaient, une alarme de voiture...

2

La lourde chaleur qui pénétrait petit à petit dans la maison évoquait à Thomas les joies passées de ses étés d'enfance. En cette fin du mois d'août, il calcula qu'il n'était plus venu ici depuis neuf mois, depuis le jour de la levée du corps de son père. Dehors, la pelouse qu'il avait toujours connue impeccablement soignée était devenue un pré inculte.

— Vous savez s'il a de la valeur ?

Thomas sursauta presque en entendant la voix du notaire tant il était absorbé dans la contemplation du jardin par la fenêtre ouverte.

— Pardon ?

— Ce tableau, là...

Thomas regarda la toile qui représentait une femme d'une soixantaine d'années, belle et triste.

— Non. Juste sentimentale. C'est mon père qui l'a peint...

— Ah ! Mais oui..., répondit le notaire. Je savais bien que ce visage me disait quelque chose. C'est votre maman ! Votre père avait vraiment tous les talents, et...

Mais Thomas ne l'écoutait plus, immergé dans son passé. Il se souvenait parfaitement du jour où son père avait accroché cette toile malgré le veto de sa mère. Elle était déjà malade, à cette époque, et, curieusement, ses souffrances et ses peurs transparaissaient sur la toile. Elle était morte huit mois plus tard, laissant son époux de quatorze ans son aîné inconsolable de n'être pas parti le premier.

Le regard de Thomas tomba sur un petit cadre posé sur une commode. Il s'approcha et s'en saisit. Il abritait une photo qui avait été prise dans le jardin, le jour des douze ans de son frère. Son père était en train de rallumer les bougies du gâteau, pour que Frank puisse les souffler une seconde fois. Sa mère servait le thé en souriant et lui, alors âgé de huit ans, était hilare, pour une raison qu'il avait oubliée. Il ne se rappelait pas non plus qui avait pris cette photo, quelle cinquième personne avait été de la fête. Peut-être maître Tressilian, qu'après tout il avait appelé tonton pendant toute son enfance. Il reposa le cadre et vit le notaire accroupi près d'un guéridon, cherchant en vain une signature qui en aurait décuplé la valeur. Thomas croisa brièvement son regard et fut ému de le trouver baigné de larmes. Cet inventaire n'était pas non plus pour lui une partie de plaisir.

Au premier étage, Thomas ouvrit la porte de son ancienne chambre et se trouva brusquement face à un visage monstrueux qu'il reconnut au même instant.

— Très drôle...

Frank enleva son masque.

— Tiens donc ! Ce vieux Croken ne te fait plus peur ?

Il s'agissait d'un masque en carton représentant un monstre imaginaire, à la fois inquiétant et risible, qu'avait dessiné Frank à l'époque où son jeu favori était d'effrayer son petit frère, qui, d'ailleurs, en redemandait toujours.

— Qu'est-ce que tu fous là ? demanda Thomas. Je croyais que tu ne pouvais pas venir ?

Frank jeta le masque sur le lit.

— J'allais pas laisser mon p'tit frère tout seul avec ce bon Tressilian !

— La confiance règne, dit Thomas en se dirigeant vers la fenêtre ouverte.

— Ben quoi ? J'ai pas l'droit, moi, de me faire un petit trip nostalgie ?

— Ben voyons ! Tout à fait ton genre...

Thomas inspectait la pièce et se laissait doucement imprégner par toutes les sensations qu'elle faisait resurgir en lui.

— Quand je pense, reprit Frank, que tu voulais racheter cette ruine.

— On a passé vingt ans de notre vie ici, je te signale.

— Dix-huit ans, pour moi. Pas un jour de plus.

— Je ne m'attends pas à ce que tu comprennes. Tu as toujours détesté tout ce qui était « famille ». En tout cas on vend, maintenant, j'espère que t'es content !

Thomas se pencha vers un carton qui contenait des livres. Il souleva un gros Thomas Hardy, une édition reliée de *Bilbo le Hobbit*, quelques poche des plus fameux Dickens, les aventures complètes d'Horatio Hornblower qu'il avait tant aimées, puis, retournant toujours plus loin dans ses lectures d'enfance au fur et à mesure qu'il s'enfonçait dans le carton, un album tout usé de Peter Rabbit, un autre du *Vent dans les saules*, et, enfin, un tout petit livre qu'il avait complètement oublié alors qu'il avait été son préféré durant des années après avoir été celui de Frank. Il le prit dans les mains et se redressa. C'était une illustration de la comptine *Three blind mice*, ces trois célèbres souris aveugles. Thomas se souvenait d'avoir passé des heures à regarder chaque dessin, y trouvant toujours un nouveau trésor, comme seuls savent le faire des yeux d'enfant. Il parcourut rapidement le texte de la chanson :

Trois souris aveugles,
Trois souris aveugles,
Voyez comment elles courent,
Voyez comment elles courent !
Toutes elles courent après la femme du fermier,
Qui leurs queues a tranchées avec un couteau de boucher,
A-t-on jamais vu chose pareille dans la vie,
que ces trois souris ?

— Toute cette sensiblerie est ridicule... Réveille-toi, Tom ! Réveille-toi et arrête de gâcher ton talent...

Thomas reposa le livre et sortit de la chambre sans regarder son frère qui le suivit en poursuivant :

— Fais gaffe, le retour de bâton est dur quand on laisse tomber ses rêves.

Dans le couloir du premier étage de leur maison d'enfance, Thomas entrouvrit la porte de la chambre de leurs parents.

— Tu sais... si tu continues comme ça, je vais peut-être finir par le réaliser à ta place, ton grand projet !

— Ça serait bien dans ton style ! répondit Thomas en fusillant son grand frère du regard.

— Dans la vie, faut pas négliger ce qu'on a de précieux, p'tit frère, sinon...

Ils regardèrent un instant, en silence, la chambre parentale plongée dans la pénombre, et Thomas était certain qu'ils n'y voyaient pas la même chose. Le décor si familier, vieillot, simple, un peu kitsch, devait dégoûter Frank. Pour Thomas, il était non seulement le cadre émouvant de bons souvenirs, mais aussi, dans le manque de goût de sa décoration, dans sa désuétude, la preuve de l'exemplarité de la vie de ses parents. Ils avaient vécu honnêtement, humblement même, en cherchant seulement à donner une enfance heureuse à leurs enfants. Bien sûr, le papier peint de la chambre était laid, ridicule avec ses grosses fleurs, tout comme la coiffeuse de sa mère ou les lampes de chevet aux abat-jour rose fané frangés de doré. Leurs parents avaient eu les goûts simples et douteux de leur époque et de leur condition. En fin de carrière, après plus de trente ans de bons et loyaux services, leur père avait fini par gagner à peine la moitié du tout premier salaire de ses enfants. À pas encore trente ans, Thomas gagnait déjà trois fois cette somme. Et pourquoi ? Parce qu'il comprenait comment marche un ordinateur ? Parce que les décideurs étaient prêts à le couvrir d'or plutôt que de se faire dépasser par le monde qu'ils étaient eux-même en train de fabriquer ? Tout cela était absurde.

Frank était déjà au rez-de-chaussée quand Thomas referma la porte de la chambre.

Une demi-heure plus tard, les deux frères traversaient le jardin. Il était 11 heures du matin et la banlieue londonienne était calme, presque morte en cette fin d'été. Dans la rue, maître Tressilian démarra sa voiture et s'en alla.

— Qu'est-ce que t'en avais à foutre, de ta part de la maison ? demanda soudain Thomas à son frère. T'es plein aux as.

— T'es pas à plaindre non plus, je crois savoir. T'es payé royalement pour bosser dans ta boîte à cons !

— C'est pas une question d'argent ! C'est quand

même la maison de papa et maman, tu... oh et puis laisse tomber...

Ils franchirent la grille.

— Tu ne voulais quand même pas devenir banlieusard ?

— Non. Je sais pas vraiment... Je voulais juste que tout ça ne disparaisse pas de ma vie.

— Un musée, peut-être !

Thomas préféra ne pas relever l'ironie de cette dernière phrase, tandis que Frank faisait couiner deux fois sa voiture de sport d'une pression sur sa clé de contact pour en déverrouiller les portières.

— Je te dépose, p'tit frère !

— Non, ça va. J'ai un train dans dix minutes.

Thomas ferma la grille de la maison à clé puis, le portrait de sa mère et le masque du Croken sous le bras, se dirigea vers la gare qui se trouvait juste au bout de la rue. Il fut rapidement dépassé par le clinquant bolide de son frère.·

Thomas arriva à la PGT à l'heure du déjeuner. Il déposa ses affaires dans son bureau et se dirigea vers la cantine sans même consulter ses messages. Le mois d'août était le plus agréable au bureau, grâce à l'absence des grands patrons, et Thomas prenait toujours ses congés hors saison pour ne pas manquer ces semaines de presque mi-temps. Les cadres qui assuraient la permanence étaient plus détendus et leurs cravates moins serrées ; celle de Thomas passait même souvent cette période dans son tiroir.

Il n'y avait pas grand monde à la cantine et Thomas n'eut aucun mal, plateau en main, à repérer une table à laquelle il serait seul. Il s'installa juste derrière une tablée de six cadres lancés dans une conversation animée. Ils avaient tous leur portable posé près de leur assiette, et l'un d'eux déjeunait même son kit main libre à l'oreille. Thomas se fit la réflexion que son frère avait peut-être raison et qu'il gâchait sans doute une partie de sa vie à bosser avec des gens qu'il détestait tant. Rien à la PGT n'était fait pour lui, ni personne. Frank, même s'il n'était motivé que par le gain, avait après tout fait moins de concessions. Surtout, il avait su sauvegarder sa liberté, alors que lui, qui se flattait de se foutre de l'argent, ne faisait finalement rien d'autre que de louer son temps ! Et pour beaucoup moins que Frank ses services ! Thomas sentit pointer l'agacement familier qui le gagnait chaque fois qu'il pensait à son frère, ce salaud qui lui avait... Il fut interrompu dans ses pensées par une phrase prononcée à la table voisine :

— Surtout dans la chambre ! Elle a une caméra dans chaque pièce de son appart et tu peux la mater toute la journée... Vingt-quatre heures sur vingt-quatre sur le Web !

— C'est quand même des tarés ! Quel intérêt de montrer sa vie en direct sur le Net ?

— C'est de l'exhibitionnisme ! Tu penses, ils peuvent être vus de n'importe où dans le monde, par n'importe qui !

— Il paraît qu'il y a des gonzesses qui font payer l'accès à leur site et qui font des strip-teases.

— Ouais, ils en ont parlé aussi.

— Les cyberputes ! Remarque, au moins, pas de risque d'attraper le sida !

— 80 % des sites perso du Net sont des sites de cul. Et 100 % des webcams.

N'y tenant plus, Thomas se retourna.

— Parce que pour vous, montrer sa vie de tous les jours, c'est du porno ?

Surpris, les cadres se tournèrent vers Thomas qui rougit d'un coup, mais poursuivit :

— Tous les sites de webcam ne sont pas des sites de cul !

— Ah bon ? Et c'est quoi, pour toi, une fille qui se douche en direct sur le Web ? lui demanda ironiquement Richard Jump.

— Une douche, c'est pas de la pornographie ! C'est juste l'un des aspects de la vie quotidienne...

— Ok, quand ma copine se douche le matin, c'est pas du cul, mais s'il y a des milliers de mecs qui la matent en se branlant, ça change les données du problème, non ?

Jump regarda ses collègues en souriant, content de lui.

— Tout dépend de ce que cherche la fille ! La webcam, en tout cas ce genre de webcam perso, c'est juste un nouveau mode d'expression, une manière de communiquer...

— T'as l'air de rudement bien t'y connaître ! lança un autre cadre en donnant du coude à son voisin.

— Pas mal, ouais. J'en ai vu quelques-unes, et les webcams, c'est pas ce qu'on croit... En tout cas, ce n'est pas que ça !

— T'as vu l'émission, hier soir ?

— Non.

— T'aurais dû ! Il y avait quelques beaux spécimens... vraiment graves... Est-ce que tu savais qu'il existe une clinique pour soigner les internautes complètement addict au Web ?

Thomas ne répondit pas et se retourna en haussant les épaules.

— C'est vrai ? demanda Jack Loyd.

— Absolument ! Je crois même qu'elle se trouve à L.A. Des dingues, je te dis...

— Les abrutis, y en a partout, pas que sur le Net !
dit Thomas sans se retourner et non sans ironie.

— Pareil pour les putes, d'accord... N'empêche que
c'était un reportage sur les webcams et qu'il y avait des
filles à poil toutes les deux minutes. C'est bien la
preuve que...

Thomas l'interrompit sèchement :

— C'est la télé. Ils t'ont montré ce que tu voulais
voir...

3

THOMAS avait découvert l'existence des webcams six ans plus tôt, au début de sa carrière professionnelle, alors que ce phénomène n'était pas encore à la mode. Profitant de la gratuité des connexions des entreprises qui l'employaient, il avait commencé à passer beaucoup de temps sur le Net, sans but précis, jusqu'au jour où, par hasard, il était tombé sur le site d'un couple qui diffusait sa vie quotidienne sur le réseau. Il s'agissait de deux étudiants américains à la vie sans grand intérêt mais qui, pourtant, exposée à la vue de tous vingt-quatre heures sur vingt-quatre, prenait une dimension magnétique. Fasciné, Thomas avait passé des heures à regarder les images muettes du couple en train de prendre le petit déjeuner, de regarder la télé, de dîner entre amis, ou même de dormir avec une lampe de chevet allumée pour être visible à l'écran. Puis une nuit, éberlué, il les avait surpris en train de faire l'amour. Il avait déjà vu bon nombre de films pornos beaucoup plus explicites que la petite image sombre et saccadée de ce couple en train de sagement s'aimer, mais là, il s'agissait de la vraie vie, et surtout, ça se passait en direct ; à l'instant même, à des milliers de kilomètres de là, le couple qu'il regardait était bel et bien en train de faire l'amour !

Thomas s'était alors mis à la recherche d'autres sites identiques, furetant entre la webcam braquée sur un bureau dans lequel il ne se passait rien à celle montrant une plage californienne à toute heure du jour et de la nuit, passant par différents intérieurs de particuliers ou cabines de strip-tease reliés au Web. Comme tout le monde, Thomas avait d'abord orienté ses recherches vers cette dernière catégorie puis, le phénomène grandissant à une vitesse vertigineuse, vers les webcams amateurs érotiques. Il s'agissait de jeunes femmes qui arrondissaient leurs fins de mois en monnayant l'accès à des shows plus ou moins hard, le plus souvent retransmis une ou deux fois par semaine depuis la chambre de leur propre logement. Il suffisait à l'internaute voyeur de s'abonner au site pour avoir droit de se connecter au jour et à l'heure indiqués par la strip-teaseuse du dimanche. Les shows duraient en moyenne une demi-heure, allant du simple effeuillage à la masturbation en règle, aidée ou non d'objets plus ou moins spectaculaires.

Pendant un temps, Thomas avait été un excellent client pour ces sites. Comme avec le couple d'étudiants, il y avait trouvé l'excitation du direct, mais, assez vite, l'aspect « mise en scène » de ces shows avait fini par le lasser. Outre leur délicate intimité pendant une demi-heure, ces jeunes femmes ne montraient rien de leur vie, et Thomas avait eu envie de revenir à plus d'authenticité, quitte à y perdre en érotisme. Il avait donc retrouvé ses étudiants américains qui, quelques semaines plus tard, s'étaient séparés à la vie comme à l'écran. Il s'était alors remis à surfer au hasard de webcams plus ou moins attrayantes, découvrant des bribes d'intimité d'un autre couple au Québec, d'un jeune homme en France, d'une Anglaise excentrique, d'une famille au complet à New York... jusqu'au jour où, quelques mois après le départ de sa dernière compagne, de nouveau célibataire et n'ayant pas le courage de se remettre à son grand projet de jeu, un lien hypertexte l'avait mené sur *www.cathylive.com*.

Cathy avait immédiatement plu à Thomas qui avait toujours eu un faible pour les rousses. Elle devait être un peu plus jeune que lui, élancée, une poitrine menue mais fière, et surtout une touche d'espièglerie dans le regard. *Cathylive* était un vrai site webcam, simplement conçu pour mettre en ligne tous les aspects de la vie réelle de la jeune femme, de son ménage à sa sexualité quand l'occasion s'en présentait. Rien à voir avec les sites érotiques dont Thomas avait fini par se lasser. *Cathylive* était exactement ce qu'il cherchait, et, alors que d'habitude il testait les sites en simple visiteur, il s'était abonné dès le premier jour, ce qui lui avait donné accès à l'appartement de Cathy vingt-quatre heures sur vingt-quatre. Depuis, il s'y rendait tous les jours, sans faute, et même, pour la première fois, il avait pris l'habitude de correspondre avec la jeune femme. Ce fut de cet échange quotidien d'e-mails que naquirent en lui les sentiments confus qu'il éprouvait à présent pour Cathy, alors qu'il ne l'avait jamais rencontrée.

Cet autre soir, un vendredi, Mari Chapman avait encore planté son programme. Il était 19 h 40 et Thomas finissait d'optimiser la mise en réseau de tous les ordinateurs des cadres de la PGT quand Liza, la secrétaire de la sous-directrice, l'avait appelé au secours.

Comme toujours, le problème fut réglé en trente

secondes, le temps de presser la touche *escape* et de relancer le programme. Chapman avait été plus exaspérante que jamais, encore plus pressée, encore plus cassante, encore plus belle aussi.

Thomas fut heureux de retrouver le silence des couloirs désertés et le ronronnement des PC de son bureau. Il ferma ses dossiers professionnels et ouvrit celui de son piratage des caméras de surveillance de l'entreprise. Il y avait récemment adjoint un gadget qui fonctionnait à merveille : une sorte de joystick qui lui permettait de zoomer ou dézoomer à loisir. Le plan large de l'open space montrait qu'il n'y avait plus qu'un cadre au travail et, d'une pression sur son joystick, Thomas s'approcha petit à petit du retardataire jusqu'à ce qu'il puisse l'identifier : Edward Preston, qui profitait de sa solitude et de la connexion rapide du bureau pour télécharger des films pornos sur le Net. Thomas changea de caméra et regarda un moment la neige tomber à la sortie du parking. Malheureusement, et bien qu'on fût en janvier, il faisait trop doux à Londres pour qu'elle tienne.

Sur son autre PC, Thomas ouvrit son browser et tapa *www.cathylive.com*. Sur le premier écran, il changea de caméra pour celle du couloir du septième étage. Il y vit la secrétaire de Mari Chapman qui rangeait ses affaires. Le regard de Thomas fut alors attiré sur son autre écran par un message d'erreur. Étonné, il tapa de nouveau l'adresse du site, au cas où il aurait fait une faute de frappe, puis revint à Liza qui venait de répondre au téléphone et, debout, se contorsionnait curieusement. Il zooma sur la secrétaire et comprit qu'elle était en train d'enlever sa culotte. Elle la déposa dans un tiroir de son bureau et traversa le couloir pour entrer dans le bureau de la sous-directrice. Thomas en fut subjugué et se dit que, décidément, Mari Chapman cachait bien son jeu.

Il revint enfin à sa connexion Internet et constata que le même message était apparu, indiquant que l'adresse du site était invalide. C'était la première fois que Thomas avait un problème d'accès au site de Cathy. Il cliqua sur *actualiser* et tomba cette fois sur une page constituée d'une longue suite incompréhensible de caractères blancs sur fond noir. Il cliqua sur le bouton de retour à la page précédente, mais la même anomalie se réafficha. À l'aide du curseur de sa souris, il chercha un lien caché dans le faux texte, mais n'en trouva pas. Il cliqua de nouveau sur retour, sans plus de succès, puis pressa la touche *escape*. Rien. La page en négatif se réaffichait quoi qu'il tente, et il n'y avait aucun moyen d'en sortir. Il n'avait encore jamais vu ce type de page d'erreur. Si le site de Cathy était momentanément en dérangement, cela aurait dû être mentionné quelque part !

Thomas jura, relança sa machine, vida le cache Internet et vérifia les connexions des routeurs de son entreprise. Une fois ces opérations terminées, il recommença depuis le début, mais en vain. L'accès au site lui fut une nouvelle fois refusé, et il se retrouva sur cette même page incompréhensible et impossible à quitter. Avec une moue dubitative, il ferma définitivement son ordinateur et décida de rentrer chez lui pour y tenter sa chance.

Il trouva le même problème à la maison qu'au bureau. L'inverse l'eût d'ailleurs étonné. Impossible d'accéder à *www.cathylive.com*. Thomas fit sonner nerveusement ses ongles sur le pastique de son clavier en cherchant mentalement une explication. L'odeur des frites le tira de ses pensées. Sur le chemin du retour, il s'était acheté un sandwich à la grecque plein de lamelles de viande de mouton, de salade, d'oignons, de sauce blanche et de frites, le tout dégoulinant de gras comme il se doit.

Il s'accorda le temps d'un rapide dîner pour trouver une solution à son problème. Il prit une canette de coca, son énorme sandwich, et se vautra devant la télé. Son regard glissa rapidement vers le portrait de sa mère qu'il avait ramené de sa maison d'enfance. Bien que de petite taille, ce tableau, et son cadre doré un peu trop lourd, avaient totalement transformé l'atmosphère de son appartement. Ce portrait avait apporté du sérieux à sa décoration jusqu'alors uniquement constituée de photos d'Audrey Hepburn, un air plus adulte. Frank aurait certainement jugé cet ajout ridicule, mais Thomas, lui, en était ravi. Avec le masque du Croken qu'il avait accroché au-dessus de son bureau, ce tableau était un bout de son passé, et il permettait au jeune homme de se sentir un peu plus installé chez lui.

Dix minutes plus tard, sorti de ses songes, les doigts encore graisseux, il composa un numéro de téléphone.

— Merde ! dit Nathalie en entendant la sonnerie, alors qu'elle introduisait à peine sa clé dans la serrure de la porte d'entrée de son appartement.

Elle se dépêcha, les bras encombrés de ses courses, et n'eut pas le temps d'atteindre le combiné avant que le répondeur se déclenche. Elle intervint au milieu du message d'annonce et coupa la machine :

— Allô... Tom ? Bouge pas, je pose mes courses... J'ai mis le haut-parleur...

Un peu essoufflée, elle alla se débarrasser de ses paquets dans la cuisine.

— Je ne te dérange pas, au moins ?

— Non, j'arrive juste, cria la jeune femme en revenant au salon.

Nathalie enleva son manteau, libérant ses très longs cheveux noirs et un ventre rebondi de femme en attente d'un heureux événement.

— Comment ça va ?

— Pas mal... Mais ça irait encore mieux si ton futur neveu ne faisait pas une rave dans mon ventre !

Elle reprit le combiné en main.

— Mais je ne pense pas que c'est pour prendre de mes nouvelles que tu appelles...

— Non, dut bien admettre Thomas. Est-ce que Frank est là ?

— Frank ? Tu sais très bien qu'il ne rentre jamais si tôt...

— Bien sûr, trop occupé pour être à la maison avec sa femme enceinte...

— Qu'est-ce que tu veux ? dit sèchement Nathalie pour couper court à ses sarcasmes.

— Il en est où de son projet firewall ?

— Son projet quoi ?

— Firewall, tu sais bien, c'est un filtre informatique...

— J'en sais rien du tout... Et arrête de tourner autour du pot ! Qu'est-ce que tu veux ?

— J'ai besoin d'un truc dans son PC...

— Tu connais Frank... il a horreur qu'on mette le nez dans ses affaires et...

— Allez, ça va prendre deux minutes.

Avec un soupir, Nathalie capitula. Le téléphone sans fil à l'oreille, elle alla dans le bureau de Frank et alluma l'ordinateur.

— Ça me demande un code ! dit-elle après quelques secondes.

— Tu le connais pas ?

— Non.

— Merde... Essaye... euh... Buldo, c'était notre premier chien.

Elle entra les lettres de ce nom, mais l'accès lui fut refusé.

— Ça marche pas.

— Essaye Patti.

— Un autre chien ? demanda la jeune femme avec ironie.

— Non, mais t'inquiète pas, y a prescription...

— Marche pas non plus.

Thomas soupira :

— Y a pas une note quelque part... Un carnet où il marque ses codes, je sais pas...

— Écoute, Tom... Je vais pas passer deux heures à fouiller le bureau, j'ai...

Le regard de Thomas tomba alors sur le masque qu'il avait ramené de la maison de ses parents.

— Je sais ! Tape *le Croken*... C majuscule, r.o.k.e.n.

Nathalie entra le code sous la dictée de Thomas, puis pressa la touche *enter*.

— Je sais pas ce que c'est, mais en tout cas, ça marche pas non plus !

— C'est le nom qu'on avait donné à l'un de nos personnages imaginaires, quand on était gosses... Essaye *Croken* tout court...

— Cro-ken... Ça marche !

— Génial ! Va dans les *Favoris*, maintenant.

— Les quoi ?

— Clique sur *Démarrer*, en bas de l'écran... Tu dois voir une liste d'icônes...

Nathalie s'exécuta et vit effectivement le mot *Favoris* s'afficher parmi d'autres.

— Je l'ai !

41

— Bien. Tu laisses ta souris dessus, et normalement, tu as une série d'adresses Internet qui s'affiche.

— C'est bon.

— Tu me les lis et je t'arrête quand j'entends celle qui m'intéresse.

— Mais y en a plein !

— Plus vite tu commenceras et...

Nathalie l'interrompit en se mettant à lire de haut en bas. Il y avait à boire et à manger, des sites d'achat en ligne de CD, de DVD, de livres, des sites d'informatique, un site dédié au groupe de rock favori de Frank, puis une série de sites dont les intitulés firent changer la voix de Nathalie : *Asiansluts, Japanschoolgirls, Dirtyunderage, ForbiddenAsia...*

— Mais c'est quoi, toute cette merde ?

Thomas sourit.

— Tu ne savais pas que ton mari avait un faible pour les écolières japonaises ?

Nathalie ne répondit rien et Thomas fut assez content d'avoir involontairement semé le trouble.

— Allez... Ne me dis pas qu'il t'a jamais demandé de mettre une jupe plissée et des socquettes blanches ?

Sincèrement bouleversée, Nathalie préféra enchaîner sur le reste de la liste des *Favoris* de Frank. Après cinq noms de plus, Thomas arrêta la jeune femme. Elle venait de trouver ce qu'il cherchait : *fckfw,* qui signifiait sans aucun doute *fuck firewall.* Il devait s'agir du site qui, en théorie, permettait de contourner n'importe quelle embûche et d'accéder où on voulait sur le Web. Un site confidentiel dont Frank vendait très cher les coordonnées, qu'il changeait d'ailleurs régulièrement, dès qu'elles avaient trop circulé sur le Net.

Sous la dictée de Nathalie, Thomas tapa sur son clavier l'adresse exacte du site et le rentra aussitôt dans ses propres *Favoris.*

— Merci, Nat, t'es la meilleure... Et puis, ne t'en fais pas pour les sites japonais, après tout, s'il aime les petites filles, Frank sera sûrement un bon père...

Il se fit raccrocher au nez.

— Oops !

Il se connecta aussitôt au nouveau site qui n'était rien d'autre que l'unique première page d'un moteur de recherche. Il y tapa l'adresse du site de Cathy et fut ravi de voir l'image familière de sa page d'accueil s'afficher quelques secondes plus tard sur son écran. Il entra son numéro de membre.

Cette fois-ci, Cathy n'était pas à son bureau. Thomas la trouva dans la cuisine, en train d'éplucher des légumes. Elle était très écolo, du genre nature et produits bio... Ils en avaient longuement discuté par e-mails, et la jeune femme essayait obstinément de le convaincre d'adopter une alimentation plus équilibrée. Peine perdue, lui répondait toujours le jeune homme, qui n'avait jamais épluché de légumes de sa vie, ne voyant pas l'intérêt de se donner tout ce mal pour des aliments aussi peu goûteux.

Bien que Cathy ne soit pas à son ordinateur, Thomas lui envoya un message pour l'avertir de sa présence dès qu'elle quitterait sa cuisine :

« difficile d'arriver jusqu'à toi ce soir. mais rien ne peut m'arrêter ! TOM »

Puis il se leva pour aller se chercher un autre coca. Il se ravisa soudain en voyant une ombre passer derrière la fenêtre de la cuisine de Cathy. Il se rassit, pensant avoir rêvé, mais revint tout de même à la caméra du salon pour suivre le mouvement qu'il avait cru percevoir. Tout était calme dans le salon de la jeune femme quand, brusquement, Thomas se raidit sur sa chaise. Une fenêtre venait de s'entrouvrir.

4

Un bras s'introduisit, une jambe... et un homme cagoulé sauta souplement sur le parquet. Devant son écran, Thomas n'en revenait pas. La bouche ouverte, il sentait son rythme cardiaque s'accélérer brusquement et lui battre les tempes. L'homme était entièrement vêtu de noir, avec juste trois trous dans la cagoule pour les yeux et la bouche. Affolé, Thomas cliqua sur la caméra de la cuisine et y retrouva Cathy, toujours en train d'éplucher ses légumes avec des petits mouvements réguliers de tête qui semblaient indiquer qu'elle écoutait de la musique. Thomas eut un bref instant le réflexe absurde de crier pour attirer l'attention de la jeune femme, puis, avec des gestes nerveux, il revint au salon sur l'image duquel il vit l'intrus traverser prudemment la pièce. Thomas se mit à taper un e-mail d'alerte à Cathy :

« ATTENTION ! IL Y A QUELQU'UN CHEZ TOI ! TOM ».

Mais Cathy n'était pas devant son ordinateur, et ce message n'avait aucune chance de l'atteindre. Les réflexions se bousculaient en vain dans la tête de Thomas au moment où il vit l'homme entrer dans la cuisine.

« La police ! » se dit-il brusquement en se ruant sur son téléphone portable.

Il cliqua en même temps sur la cuisine et vit sur son écran Cathy qui se levait d'un bond de sa chaise en poussant un cri qu'il ne put entendre. La jeune femme venait de voir l'homme en noir.

Les nerfs à vif, Thomas pestait contre les sonneries de recherche du correspondant de son téléphone. Enfin, l'on décrocha.

— Quel service, s'il vous plaît ? demanda un opérateur.

— Police ! Police !

Sur l'écran de Thomas, l'homme cagoulé, de dos, avançait vers Cathy dont le regard terrifié cherchait désespérément une issue.

Une voix de femme se fit entendre dans le téléphone :

— Police, j'écoute...

— Une agression ! Vite !

— Calmez-vous, monsieur, lui répondit la voix posée de la fonctionnaire de police.

À l'écran, l'intrus se rua sur Cathy.

— Il va la tuer !

— Qui va tuer qui ?

L'homme et Cathy s'empoignèrent brièvement mais l'agresseur eut rapidement le dessus. Il l'immobilisa et lui colla un large ruban adhésif sur la bouche.

— Cathy..., soupira Thomas pour lui-même, atterré.

— Cathy comment ?

— Mais je... J'en sais rien ! Vite !

Soudain, l'homme brisa successivement les deux bras de la jeune femme. Thomas poussa un cri de stupeur.

— Monsieur ! Ça va, monsieur ? intervint la femme à l'autre bout du fil.

L'agresseur jeta Cathy contre un mur de la cuisine, envoyant valser chaises et table. La jeune femme s'écroula au sol.

— Où se passe l'agression, monsieur ?

— Faites quelque chose, gémit Thomas, je vous en prie, faites quelque chose...

— Quelle est l'adresse de la victime, monsieur ?

— Je vous ai dit que je n'en savais rien ! hurla Thomas, en larmes.

Cathy était accroupie par terre, contre le mur, le nez en sang, sanglotant avec le peu de force qui lui restait.

— Quel est votre nom, monsieur ? tenta encore le policier, à qui Thomas ne faisait même plus attention.

Il raccrocha, alors que, sur l'écran de son ordinateur, l'homme en noir s'avançait en sortant un pistolet équipé d'un long silencieux. Thomas en eut le souffle coupé. Il ne pouvait plus parler, voyant l'homme redresser brutalement Cathy par les cheveux et lui tirer soudain une balle dans un genou. Le corps de la jeune femme eut un spasme brutal, puis elle sembla perdre connaissance.

Seul dans son appartement, assis à son bureau, Thomas gémissait doucement, ressentant au plus profond de son être la torture de Cathy. Il fixait son écran, le visage défait par l'épouvante. L'homme cagoulé tira une nouvelle balle dans le deuxième genou de sa victime en la tenant toujours par les cheveux, comme un pantin désarticulé. Puis il rangea son arme et prit de sa main libre une chaise de cuisine, sur laquelle il assit Cathy dans un équilibrc précaire. L'homme se retourna un moment et attrapa une casserole qui se trouvait sur l'évier. De nouveau face à la caméra, il jeta l'eau et les légumes qu'elle contenait à la figure de Cathy. Elle bougea faiblement et ouvrit les yeux.

L'agresseur sortit alors un long couteau de son blouson, arracha le chemisier de la jeune femme et coupa son soutien-gorge. Puis il la tira en arrière par les cheveux pour mieux dégager son buste nu. Enfin, il éventra Cathy, fermement mais sans précipitation. Parfaitement impuissant devant son ordinateur, Thomas poussa un râle d'ahurissement, puis, pris d'un vertige, ferma les yeux et sentit brusquement monter la nausée.

5

L A matinée est déjà bien avancée quand des coups furent frappés à la porte. Un rai de soleil tombait à l'oblique sur le lit, révélant au passage un fin brouillard de poussières en suspension. Thomas, tout habillé, recroquevillé sur ses couvertures, dormait d'un sommeil de mort, il ne rêvait pas. Sur le bureau, l'ordinateur était encore allumé, toujours connecté au site de Cathy. Sur l'écran, dans la cuisine de la victime, s'activait la police, prenant des photos du corps meurtri, recherchant des empreintes... On frappa de nouveau à la porte, et cette fois Thomas ouvrit un œil.

— Police ! Ouvrez ! entendit-il dans un demi-sommeil.

Tout lui revint en un instant, Cathy, le tueur, la lame qui ouvre la chair. Une onde de malaise lui oppressa la poitrine. Il s'assit sur le lit et se passa les mains sur le visage pour tenter d'effacer de son esprit ce qu'il avait aperçu la veille des viscères de la jeune femme. Il expira longuement pour chasser sa nouvelle envie de vomir. Encore trois coups à la porte, pressants, sans doute du gras du poing. Il se leva, prit une forte inspiration et alla ouvrir.

Déclinant leur identité, cartes de police brandies

devant eux, les inspecteurs Lindsey et Carlin entrèrent dans l'appartement. Thomas se rendit alors compte que son PC était toujours connecté et s'en approcha pour l'éteindre.

— Attendez ! intervint Carlin. C'est le lieu du crime ?

Thomas se figea, surpris par la rudesse du ton de l'inspecteur qui se dirigea vers l'ordinateur. Sur l'écran, chez Cathy, un policier regardait l'objectif de la webcam qui filmait la scène avec l'air dubitatif d'une poule qui a trouvé un couteau. Son visage était déformé par la proximité de l'optique qui grossissait son nez et ses yeux.

— Vous êtes bien Tom ? demanda l'inspecteur Lindsey, assez aimablement.

— Thomas Cross.

Thomas prit le temps de regarder un peu ses interlocuteurs. L'inspecteur Carlin était grand, brun, les cheveux ras et la barbe naissante, les épaules larges et les yeux étonnamment clairs, presque translucides. Il ne portait que du noir : baskets, jean, T-shirt et blouson en goretex. Son collègue était plus fluet, les cheveux bruns ondulés en arrière, rasé avec soin. Il portait des richelieus bruns, un jean bleu, une chemise beige, une veste marron et un trois-quarts en cuir. Tous deux devaient avoir dans les trente-cinq ans.

— C'est vous qui avez envoyé ces messages ?

Lindsey tendait à Thomas un fax sur lequel il put lire une impression papier des derniers messages qu'il avait envoyés à Cathy.

— Oui.

Thomas alla à la cuisine pour se faire un café. Il ouvrit le placard et soupira en voyant qu'il avait encore oublié d'en acheter. L'inspecteur l'avait suivi.

— Et vous avez appelé la police, hier soir ?

— Oui, quand j'ai vu le tueur entrer chez Cathy.

— Pourquoi avoir refusé de décliner votre identité ?

— Quoi ?

— Vous avez raccroché quand on vous a demandé votre nom.

— Je ne sais pas, peut-être... J'étais bouleversé.

— Vous avez appelé d'ici ?

— Oui, de mon portable...

— Pourquoi du portable ?

— Parce que mon modem est branché à la ligne de l'appartement, et comme j'étais connecté...

Lindsey leva les yeux vers son collègue qui prit alors le relais. Thomas sortit un coca du réfrigérateur.

— Vous connaissiez la victime ?

La première gorgée de coca glacé éveilla d'un coup toutes les papilles de Thomas qui en sentit un frisson d'aise. Il eut l'impression de revenir un peu à la vie.

— Je ne l'ai jamais rencontrée, si c'est ce que vous voulez dire...

— Je ne veux rien dire du tout, contentez-vous de répondre aux questions.

— Alors non, je ne la connais... connaissais pas.

Ils étaient revenus dans la grande pièce et Thomas vit sur son écran qu'on tirait sur le corps de Cathy la fermeture éclair d'une housse en plastique. Il fut submergé par une vague de chagrin et de dégoût. Il s'assit à son bureau.

— Je peux l'éteindre, maintenant ?

Carlin allait répondre par la négative, mais Lindsey le prit de vitesse :

— Oui, allez-y.

Thomas se déconnecta et éteignit son ordinateur. Le souffle de l'unité centrale se tut, puis l'électricité statique de l'écran crépita et mourut. Le silence suivit. De bien brèves funérailles.

— Nous devons prendre votre déposition au commissariat, monsieur Cross, dit l'inspecteur Lindsey. Ça ne devrait pas être très long...

Thomas, fébrile, prit juste le temps de se laver les dents et il suivit les inspecteurs. Carlin avait son unité centrale sous le bras.

Dans la voiture qui roulait vers le commissariat, Thomas fit un rapide bilan de ce qu'il savait du déroulement d'une enquête de police. En gros : rien. Sinon ce qu'il avait retenu des films qu'il avait vus à la télé ou au cinéma. La déposition, il connaissait : il l'imaginait dans un grand bureau ouvert, bruyant, avec un va-et-vient de policiers, de témoins et de suspects, sur fond sonore de sirènes de police new-yorkaise et de klaxons. Il y avait aussi la fameuse phrase à propos de tout ce qu'un suspect pourrait dire et qui pourrait être retenu contre lui, et qu'en général on s'entendait dire allongé sur le ventre, un genou de policier dans le dos, et les mains en train d'être menottées, le tout agrémenté de *fuck, fucking*, et autres noms d'oiseaux d'outre-Atlantique. Quand, sous la conduite nerveuse de l'inspecteur Carlin, la voiture entra en trombe dans le parking du commissariat central, un peu nauséeux, Thomas se dit qu'à force de voir des films américains, il connaissait mieux les mœurs de la police de ce pays que du sien. Il pensa aussi qu'il aimerait revenir un jour en arrière et que rien ne se passe, que Cathy soit encore en vie et qu'il n'ait pas été le témoin de l'horreur qu'il avait vue sur l'écran de son ordinateur.

Il raconta tout à l'inspecteur Carlin qui tapa laborieusement son récit sur le clavier d'un PC flambant

51

neuf. Thomas fut bouleversé de revivre l'assassinat de Cathy, mais, six heures plus tard, quand il en refit le récit pour la troisième fois, il n'éprouvait plus que de la fatigue et de l'ennui.

Le bureau commun du commissariat était agité en ce samedi après-midi. La lie du monde semblait s'y être donné rendez-vous : paumés, alcooliques, petites frappes, prostituées... Mais tous ne faisaient que passer, alors que Thomas s'éternisait. De plus, il n'avait mangé que deux paquets de chips depuis qu'il était arrivé.

À la fin de sa première déposition, l'inspecteur Carlin avait eu des problèmes avec son imprimante et avait poussé un juron en croyant avoir effacé par erreur tout ce qu'il venait de saisir. Un de ses collègues, répondant au nom de Wilkins, avait tenté de le sortir du pétrin, mais c'était finalement Thomas qui avait récupéré la sauvegarde automatique du dossier. Il n'en avait obtenu aucune sympathie de la part de l'inspecteur, encore moins un merci, « comme au bureau », s'était-il dit. Puis l'inspecteur Lindsey avait remplacé Carlin et avait demandé à Thomas de le suivre dans une autre pièce.

C'était une salle plus petite que la première, de l'autre côté d'un long couloir, et qui ne contenait qu'une table, trois chaises et des armoires à dossiers. Une lumière jaune pisse tombait du plafond, suant l'ennui et la décrépitude. La déposition de Thomas en main, Lindsey dit :

— Bien, reprenons depuis le début, monsieur Cross...

Parcouru par un frisson de lassitude, Thomas reprit son récit. Cette fois, l'inspecteur l'arrêtait dès qu'il avait une question à poser.

— La fonctionnaire de police à qui vous avez parlé

nous a dit que vous aviez tenu un discours complètement incohérent...

— Euh... Oui... J'étais bouleversé par ce que je voyais, et puis je ne savais rien de Cathy, même pas son nom, son adresse...

— Attendez, l'interrompit l'inspecteur en consultant ses notes, depuis combien de temps vous fréquentiez ce site ?

— Euh... Un peu plus d'un an, je crois.

— Et en un an, vous n'avez rien appris sur cette fille ?

— Tout ça était virtuel ! On ne s'était jamais rencontrés, je ne connaissais que son pseudo et son adresse e-mail !

Un autre inspecteur passa dans le couloir, bousculé par le travesti qu'il venait d'interpeller et qui hurlait une savoureuse collection d'injures.

Une demi-heure plus tard, le travesti était en larmes, assis devant le bureau de l'inspecteur qui prenait sa déposition.

— Et ces firewalls, ça ressemble à quoi ?

— Hein ? sursauta Thomas, qui avait été distrait par cette scène.

— Les firewalls, répéta l'inspecteur Carlin.

— Celui-là était juste une page de texte...

Thomas vit au regard qui le scrutait qu'il fallait qu'il soit plus didactique.

— Il y en a plusieurs sortes. Les firewalls peuvent servir à plein de choses, ce sont des sécurités, des filtres. Ils peuvent servir d'anti-virus, par exemple... Cette fois, c'était pas un firewall à proprement parler... juste une page qui bloquait l'accès au site de Cathy.

— Mais il ressemblait à quoi ?

— D'abord, le message d'erreur habituel, celui qui apparaît lors de la saturation de la bande passante... Et puis après, une page de texte bizarre, un truc que j'avais jamais vu. Des mots dans n'importe quel ordre, plein écran, blanc sur fond noir.

— En fait, le site était en dérangement, c'est ça ?

— Plus ou moins... J'en sais rien. C'est très courant, des bugs, sur le Net. On essaye trois fois d'accéder à un site qui refuse de s'afficher, et puis la quatrième est la bonne ! Comme ça, on sait pas vraiment pourquoi ! Tout ne s'explique pas, en informatique... Et particulièrement sur le Web !

— Mais là, la panne était plus sérieuse...

— Oui oui. Impossible d'avoir le site par les procédures normales.

— Comment expliquez-vous qu'hier soir vous avez été le seul à envoyer un message à Cathy ?

— Je ne l'explique pas. Ou alors, c'est parce que j'ai été le seul à savoir comment contourner le firewall. Mais ça m'étonnerait...

— C'est si compliqué que ça ?

— Non. Enfin... le problème rencontré était très particulier, j'avais jamais vu ça ! Mais bon, c'est mon job !

— Je lis ici que vous avez téléphoné chez votre frère, juste avant le meurtre.

— Euh... oui, c'est vrai... je... Écoutez, ça fait près de huit heures que je suis là ! J'aimerais vraiment avoir quelque chose à manger, si c'est possible...

Carlin se leva et sortit sans un mot.

Ça faisait bien une heure que Thomas avait fini son cheeseburger et ses frites quand un inspecteur, qu'il reconnut être celui qui, quelques heures plus tôt, avait essayé en vain de déplanter le PC de Carlin, entra dans le bureau. Thomas le regarda d'un air interrogateur, mais Wilkins se dirigea sans même le regarder vers une des armoires à dossiers. Grand, dégingandé, il avait environ quarante-cinq ans, les cheveux blond roux un peu dégarnis et les yeux bleu délavé. Thomas n'aurait su dire quoi, mais quelque chose dans son visage et dans ses manières éveillait immédiatement la sympathie. Il avait une bonne tête, tout simplement.

— Excusez-moi ! l'interpella Thomas.

L'inspecteur, qui était en train de fouiller l'armoire, leva la tête.

— Vous savez où est l'inspecteur Lindsey ?

— Lindsey ? répondit Wilkins en empilant des dossiers dans ses bras. Ça fait un moment qu'il est rentré chez lui !

Étonné, Thomas poursuivit :

— Et l'inspecteur Carlin ?

— Parti aussi...

Les bras chargés, l'inspecteur sortit du bureau avec un sourire désolé. Thomas se leva, ne sachant trop quoi penser. Il n'avait pas sa montre, mais se doutait qu'il devait être environ 22 heures. Il se sentait abattu, délaissé, malheureux. Soudain, l'inspecteur Wilkins laissa tomber tous les dossiers à l'entrée du bureau commun. Thomas fit un pas dans le couloir, quand une bagarre éclata brusquement, brève et violente. Un suspect avait tenté de profiter de la confusion engendrée par la maladresse de Wilkins pour s'échapper, mais venait d'être brutalement repris en main. Thomas, par réflexe, avait reculé dans le petit bureau. Wilkins était maintenant à quatre pattes en train de regrouper ses documents.

Dix minutes plus tard, alors que le calme était revenu dans le commissariat, Thomas se leva de nouveau et marcha jusqu'au couloir. Un policier qu'il n'avait jamais vu passa et il tenta en vain de l'arrêter. L'homme disparut sans un regard dans un autre bureau. Le couloir était désert et donnait, à son extrémité gauche, sur une porte ouverte vers l'extérieur. Dehors, la nuit était bleue et Thomas constata qu'il neigeait de nouveau. Il ne savait plus quoi faire et luttait contre une forte envie de courir jusqu'à la porte. Après tout, personne ne se souciait plus de lui et il était venu ici pour une simple déposition ! Rien ne l'obligeait à rester alors que la soirée était déjà tant avancée ! Avec le sentiment confus d'être en train de faire une bêtise, il se dirigea lentement vers la porte. Plus il en approchait, plus les battements de son cœur s'accéléraient. À quelques mètres de la sortie, il sentit l'air froid du dehors et une excitation qu'il jugea stupide s'empara de lui. Il allait rentrer chez lui, libre après cette journée cauchemardesque, kafkaïenne, et demain serait un autre jour. Encore deux pas et...

— Hop-op-op ! Vous allez où comme ça ?

Assis sur un banc étroit, Thomas se retenait de pleurer de fatigue et de rage. Il partageait la cage de détention provisoire avec le travesti aperçu plus tôt — qui dormait en ronflant bruyamment —, un ivrogne et un jeune homme, presque un adolescent, qui rongeait nerveusement ses ongles en marmonnant. L'ivrogne, qui était allongé sur le banc qui faisait face à celui de Thomas, se pencha un peu en avant et se mit à vomir.

6

ÉPUISÉ par sa nuit blanche, Thomas était assis en face de l'inspecteur Carlin.

— Ça vous arrive souvent de mater la vie des gens sur Internet ?

— Euh... Oui.

Pris au dépourvu, Thomas cherchait comment expliquer son intérêt pour les webcams sans passer pour un pervers.

— Et ça vous fait quoi ?

— Ça me fait quoi ?

— Oui... ça vous excite ?

— Non, c'est pas ça, c'est comme un feuilleton, c'est une étude de mœurs, si vous voulez. C'est assez fascinant de regarder les gens chez eux, dans leur vie quotidienne...

— Mais la p'tite Cathy, vous la regardiez sous la douche, non ?

Thomas chercha ses mots.

— Et quand elle se faisait baiser ? ajouta l'inspecteur.

Bien que choqué, Thomas prit sur lui, se disant qu'il était plus sage de répondre docilement aux questions des flics. Son seul but, maintenant, était de sortir de ce commissariat au plus vite.

— Ça fait partie des règles du jeu. Sur les webcams, on a accès à toute la vie de la personne. Y compris ses moments les plus intimes.

— Et vous vous masturbiez, monsieur Cross, en regardant Cathy se faire baiser ?

— Mais ça va pas, non !

— On est des hommes, monsieur Cross, et la p'tite Cathy était mignonne, non ? Alors, vous vous branliez... Et quand elle s'est fait étriper, vous vous branliez aussi ?

— ALLEZ VOUS FAIRE FOUTRE !

— Ça va mieux, monsieur Cross ?

L'inspecteur Lindsey lui faisait face. Une télévision marchait dans une pièce voisine, et Thomas comprit qu'il était 10 heures du matin en reconnaissant le générique familier d'une émission dominicale.

— Ça va encore durer longtemps ? demanda-t-il, à bout de nerfs.

— Vous savez... c'est dimanche, et on préférerait tous être chez nous !

— Je ne comprends pas : je suis témoin ou quoi ?

— Ou quoi ? répéta l'inspecteur avec un léger sourire. Devrions-nous vous suspecter ?

— Vous ne pouvez pas me garder comme ça.

— Vous êtes pour l'instant la seule personne ayant un rapport avec cette affaire. Il est donc tout à fait légitime que nous vous posions quelques questions, non ? Surtout depuis que vous avez essayé de vous échapper la nuit dernière...

— Mais je n'ai jamais essayé de m'échapper ! Je vous ai dit que plus personne ne s'occupait de moi

depuis plus de deux heures ! Et puis putain...
comment j'aurais pu tuer Cathy alors que j'étais chez
moi à l'heure où ça s'est passé ?

— Qu'est-ce qui nous prouve que vous étiez bien
chez vous ?

— Arrêtez... J'ai téléphoné avec mon portable, rien
de plus simple pour me repérer !

— Ok... Votre téléphone était bien chez vous. Mais
qu'est-ce qui nous prouve que c'est vous qui avez passé
le coup de fil ? Vous savez, on a déjà vu des plans plus
machiavéliques que ça !

— Et où m'avez-vous trouvé samedi matin ? J'étais
bien chez moi quand vous êtes arrivés, non ?

— Oui, à 11 heures passées, ce qui vous laissait largement le temps de revenir de chez la victime, même
si elle vivait sur le continent.

— Je ne savais même pas où elle habitait...

Thomas avait dit cette dernière phrase avec un ton
désespéré, presque suppliant, qu'il se reprocha aussitôt.

— Allez, monsieur Cross, reprenons. Il y a encore
une chose qui me chagrine... Cet e-mail-là : « difficile
d'arriver jusqu'à toi. Mais rien ne peut m'arrêter ».

L'inspecteur releva les yeux de ses notes vers Thomas qui poussa un profond soupir.

Appeler son frère au secours ébranlait sévèrement
l'amour-propre de Thomas, et il composa presque à
regret son numéro de téléphone. Mais c'était quand
même son frère, et c'était chez lui, après tout, qu'il
avait trouvé le moyen de contourner le firewall. Au
son de la télé qui n'avait jamais cessé de marcher dans
la pièce voisine, Thomas sut qu'il était 17 heures passées. La voix de Nathalie se fit entendre :

« Bonjour, vous êtes bien chez Frank et Nathalie, nous sommes absents pour le moment, mais vous savez ce que vous avez à faire après le bip... »

Thomas entendit le signal sonore.

— Et merde...

Il ne connaissait pas par cœur le numéro du portable de Frank et raccrocha. Soudain, il eut l'intuition d'une présence derrière ses épaules. Il se retourna et découvrit une jeune femme qui le regardait depuis le couloir. Elle était brune, la trentaine, petite et très menue, et Thomas fut saisi par l'intensité de son regard. Elle partit sans un mot.

L'inspecteur Carlin, assis derrière son bureau, était en train de manger bruyamment une pizza, alors que Lindsey croquait dans un sandwich, debout près de la porte.

— J'attends, monsieur Cross... J'ai tout mon temps, ça fait un moment que mon week-end est foutu !

Assis sur sa chaise, Thomas vit l'inspecteur ramasser d'un doigt les postillons qu'il avait projetés sur le bureau en parlant la bouche pleine.

— Je vous l'ai dit vingt fois : le site était obstrué par un firewall, c'est pour ça que je suis rentré, pour voir si ça marchait de chez moi !

— Justement ce jour-là ? C'est quand même dingue ! Tous les autres jours vous quittez le bureau après 22 heures, et là, d'après le gardien de nuit, vous êtes parti avant 20 heures...

N'y tenant plus, Thomas se leva brusquement.

— MAIS MERDE ! VOUS ME FAITES CHIER, À LA FIN !

— VOUS me faites chier ! cria Carlin en se levant à son tour. Et asseyez-vous, ou il va vous arriver des bricoles !

— Quoi ? Vous allez me frapper ? répondit Thomas en se rasseyant.

— Je commence à sérieusement y penser !

Soudain, l'inspecteur fit le tour du bureau et attrapa Thomas par le col, le forçant à se remettre sur ses jambes.

— Espèce de petit connard d'informaticien de merde ! T'es parti plus tôt pour aller baiser Cathy, hein ? Te palucher devant ton écran te suffisait plus, c'est ça ? Alors t'as voulu passer à l'acte !

Tétanisé, Thomas ne répondit rien. Son cœur cognait sa poitrine à toute allure. À sa grande surprise, l'inspecteur le laissa retomber sur la chaise sans le frapper. Puis il sortit de la pièce en claquant la porte. Aussitôt, Lindsey s'avança et s'assit derrière le bureau.

— Là, vous nous l'avez énervé, monsieur Cross...

Thomas expira et demanda, la voix tremblante :

— Quelle heure est-il ?

— Tard... très tard... J'aimerais bien qu'on en finisse, pas vous ?

Thomas le regarda sans répondre. Il ne savait plus ce qu'il voulait ni ce qu'il pensait. L'inspecteur poursuivit sur un ton aimable :

— Je sais que vous êtes fatigué, mais encore une chose... juste pour mieux comprendre le contexte. Vous avez décrit le meurtre de cette pauvre fille avec beaucoup de détails, et vous en semblez très ému, je me trompe ?

— C'était horrible...

— Vous l'aimiez bien, finalement, cette Cathy ?

— Oui, répondit sincèrement Thomas, à force, j'avais l'impression de bien la connaître.

— Je comprends, ça a dû être vraiment dur de voir ça. Terrible, non ?

L'inspecteur Lindsey semblait décidément mieux

comprendre les choses que son collègue et Thomas se sentit plus en confiance.

— Épouvantable, de la voir avec ce type, sans pouvoir l'aider, je...

— Mais alors... Pourquoi avez-vous regardé jusqu'au bout, bon Dieu ? POURQUOI VOUS L'AVEZ REGARDÉE SE FAIRE OUVRIR LE BIDE JUSQU'AU BOUT ?

Thomas fut soufflé par la question, comme par un direct au foie. Lindsey, content de lui, sortit à son tour du bureau.

De nouveau seul, Thomas sentit qu'il n'était plus loin de craquer. Pourquoi avait-il regardé jusqu'au bout ? Mais aussi, comment aurait-il pu simplement se déconnecter et oublier ? Il n'avait pas pu venir en aide à Cathy, mais au moins, en restant connecté, il avait eu la sensation d'être là, de la soutenir... Ou alors avait-il simplement regardé par habitude, comme quand elle dormait, mangeait, ou faisait l'amour ?

— C'est ça qu'on appelle une garde à vue ? demanda Thomas à Carlin, qui refermait derrière lui la porte grillagée de la cellule de détention provisoire.

— Si on vous l'demande...

Thomas était seul dans la cage, cette fois. Il s'assit sur un banc, se sentant sale, éreinté et affamé, et prit son visage dans ses mains. Il revit Cathy, souriante, bien vivante, assise devant son écran, puis aussitôt l'image de la housse en plastique dans laquelle son corps avait disparu à tout jamais. Il se mit à sangloter en silence.

Une fois apaisé par les larmes, le jeune homme s'allongea sur le banc trop étroit pour qu'il y fût à son aise, trop dur pour qu'il pût y trouver une position propice au repos. Après s'être calé tant bien que mal contre le mur, il ferma les yeux et se dit qu'il ne trouverait pas le sommeil.

Pourtant, après ce qui lui parut un court instant, la porte s'ouvrit en grinçant et il vit par une fenêtre d'une pièce voisine qu'un nouveau jour gris s'était levé sur Londres.

— Venez, monsieur Cross, lui dit l'inspecteur Lindsey. On reprend tout depuis le début.

7

Dᴇ nouveau seul dans le bureau d'interrogatoire, Thomas était cette fois bien décidé à faire valoir ses droits. Il n'était pas question qu'il reste une heure de plus dans ce clapier, ou alors ces flics allaient devoir l'inculper officiellement. Il s'était conduit comme un idiot, comme un lâche, estimait-il, se laissant impressionner par deux flics obtus qui, de toute évidence, abusaient de leur pouvoir. C'était un peu l'histoire de sa vie, au bureau avec ces connards de cadrillons, avec son frère depuis son enfance... Thomas, ce matin-là, avait décidé qu'à bientôt trente ans il s'était suffisamment fait marcher sur les pieds pour toute sa vie.

Mais le temps passa. Petit à petit, Thomas avait entendu la rue et le commissariat s'animer. Il n'avait vu personne depuis plus de deux heures et, après l'exaspération, son ennui était devenu insupportable. Toute force semblait avoir quitté son corps et son esprit.

De leur côté, les inspecteurs Lindsey et Carlin écoutaient le commissaire Tomlinson qui se tenait assis derrière son bureau, d'une humeur maussade.

— L'inspectrice Bligh nous vient de l'European Cybercrime Unit, à Paris, l'ECU, et elle va nous... épauler pour cette affaire.

Le ton que le commissaire avait employé pour dire ces derniers mots cachait mal la contrariété que lui inspirait l'arrivée de la jeune femme.

— Bonjour. Très heureuse de travailler avec vous.

— Curieux, comme accent français ! dit Lindsey à mi-voix.

— Je suis anglaise, si ça vous intéresse ! intervint sèchement l'inspectrice. J'ai travaillé cinq ans à Londres, mais le siège de l'ECU est en France. Une autre question ?

Lindsey échangea un regard entendu avec Carlin. L'irruption de cette inspectrice dans leurs affaires ne leur plaisait ni à l'un, ni à l'autre, pas tant parce qu'elle était une femme, mais parce qu'elle était informaticienne. Les unités de lutte contre les cybercrimes en tous genres prenaient ces derniers temps une importance qui n'était pas du goût des brigades plus classiques, et une guéguerre mesquine était menée contre les premières. Rien de déclaré, bien sûr, plutôt une tendance à la rétention d'informations et à la mauvaise volonté en cas de collaboration forcée.

Lindsey revint à la jeune femme et prit le temps de la détailler un peu. Petite et très menue, la trentaine, elle portait un jean, un T-shirt et un blouson qui convenaient parfaitement à ses attitudes et gestes quelque peu masculins. Ses cheveux bruns étaient mi-longs et son visage, même s'il n'était pas parfait, était très attirant, très changeant aussi, selon l'angle de vue. Elle avait des traits fins, un petit nez légèrement retroussé, une bouche parfaitement dessinée mais un menton fuyant. Plus on la regardait, plus on la trouvait jolie, et quelque chose en elle empêchait Lindsey d'en détacher son regard. Il comprit très vite qu'il s'agissait de ses yeux. Ils étaient intenses, grands, sombres et pénétrants, trahissant une volonté et une intelligence évidentes. Lindsey trouvait cette inspectrice Bligh d'autant plus attirante qu'elle lui était parfaitement antipathique, et son air revêche, sa lippe quelque peu méprisante semblaient un défi tentant à sa virilité. Comme souvent quand il était aguiché par une femme qui, de toute évidence, n'était pas pour lui, l'idée l'effleura qu'elle devait être lesbienne. Il sortit brutalement de ses pensées en comprenant que la jeune femme était en train de parler :

— ... j'ai visité le lieu du crime, à Amsterdam... La police locale n'a rien, pour le moment. Ils pataugent complètement. Où en êtes-vous avec...

— Cross ? termina Carlin. Il commence juste à être mûr.

— Parfait ! Il faut lui mettre la pression.

— Ça ne donnera rien ! dit alors Lindsey. On lui a sorti le grand jeu et, à mon avis, c'est pas lui qui a fait le coup.

L'inspectrice le fusilla du regard.

— Ça, vous me permettrez d'en juger par moi-même. À partir de maintenant, je me charge de lui. Il est informaticien, moi aussi. On parle le même langage et...

— Coupable ou non, il ne nous sert à rien ici, intervint le commissaire Tomlinson. Même s'il est mouillé...

— Et il l'est ! s'exclama l'inspectrice. Son comportement n'est pas...

— Même s'il est mouillé, répéta le commissaire avec humeur, il n'a pas pu faire ça tout seul... Il faut le relâcher. C'est dehors qu'il peut nous être utile.

— Mais c'est notre seul témoin, commissaire ! s'indigna Carlin.

— Vous pouvez même dire suspect ! ajouta aussitôt la jeune femme.

Le commissaire soupira. Il passa rapidement sur Carlin et planta ses yeux dans ceux de la jeune femme.

— Est-ce qu'il faut que je vous remette la loi en mémoire, Bligh ?

La bouche de l'inspectrice se pinça aussitôt. Le commissaire continua :

— On ne peut pas garder ce type ici plus longtemps.

L'inspectrice voulut protester, mais Tomlinson leva la main pour l'en dissuader.

— Vous me le foutez dehors et, ensuite, vous faites votre boulot.

La jeune femme hésita un instant, sembla sur le point de parler, mais se ravisa. Elle regarda durement le commissaire, tourna légèrement la tête en signe de désaccord et sortit du bureau en claquant la porte.

— Ça promet ! lâcha Carlin.

Le commissaire Tomlinson se massa le visage avec les mains quelques instants. Sa migraine venait de le reprendre. À cinquante-huit ans, même si son médecin lui répétait sans cesse qu'il était en pleine forme, il ne se sentait plus jamais vraiment bien. Il avait sans doute trop fumé toute sa vie, trop bu, trop travaillé aussi. Pourtant, la perspective de sa proche retraite le déprimait profondément. Jack Tomlinson avait mené sa carrière par vocation et avec passion, de simple auxiliaire à commissaire général, sans piston et avec un minimum de concessions, et même s'il était en désaccord avec les plus récentes évolutions du métier de policier, il redoutait plus que tout de n'être plus utile à rien dans ce monde qu'il comprenait de moins en moins. Il redoutait aussi de se retrouver seul à la maison avec son épouse. Il avait réussi à combler le vide cruel qu'avait laissé dans sa vie le départ de ses deux garçons par un excès de zèle au bureau, et n'était pas sûr de pouvoir l'affronter à plein temps. Il aimait sa femme, bien sûr, par une tendre habitude, mais il n'avait pas vraiment vécu seul avec elle depuis la naissance des enfants. Et près de trente ans étaient passés... si vite. Comme si, même vivant l'un avec l'autre, ils avaient pris de l'âge séparément et craignaient de se redécouvrir mutuellement vieux.

— Pourquoi vous me regardez comme ça ? s'étonna-t-il soudain en voyant que Lindsey et Carlin étaient toujours face à lui. J'y suis pour rien, moi ! Il va falloir faire avec elle...

— Mais qu'est-ce qu'on va foutre d'une pseudo-flic sur cette affaire ? demanda Lindsey. C'est un meurtre ! Et pas joli encore...

— C'est vrai, chef, ajouta Carlin. On a besoin de tout, sauf d'une putain d'informaticienne !

Le commissaire s'alluma une cigarette et savoura sa première bouffée avant de réagir aux plaintes de ses subordonnés :

— Écoutez... Tout ça me fait déjà assez chier comme ça, alors n'en rajoutez pas, s'il vous plaît ! Cette histoire est devenue internationale et on ne m'a pas demandé mon avis quant à la venue de l'inspectrice Bligh. Maintenant, elle est là, et c'est à vous de vous en démerder. J'espère que je me suis bien fait comprendre...

8

EN sortant du taxi, Thomas était épuisé et sa tête lui faisait un mal de chien. Il rêvait d'un bain chaud et d'une journée au calme, sans questions, loin de cette contre-allée merdique de la vie qu'était le monde de la police. La matinée était déjà bien avancée et il se dit qu'il n'aurait pas le courage d'aller au bureau ce lundi. De toute façon, il n'était pas pressé d'avoir à justifier son absence dont, grâce à la délicatesse évidente des inspecteurs avec lesquels il avait passé le week-end, les causes avaient certainement déjà fait le tour de la PGT Inc. Il paya la course et vit son frère sortir brusquement d'un autre taxi noir garé en double file.

— Frank ?

Frank semblait nerveux et, quand Thomas l'eut rejoint devant son immeuble, la voix tendue de son frère confirma cette impression.

— Faut que j'te parle. Allons chez toi.

Thomas composa son digicode et eut à peine le temps de faire un pas dans le hall défraîchi que Frank le poussait pour lui faire accélérer le pas.

— Grouille !

Inquiet, se doutant bien que l'irruption si peu coutumière de Frank avait un rapport avec l'affaire qui avait chamboulé sa vie depuis le vendredi soir, Thomas se mit à gravir l'escalier qui menait à son appartement.

— Qu'est-ce qui va pas ?

Frank ne répondit pas, mais l'invita d'une nouvelle poussée du bras à se presser encore.

Enfin arrivé au dernier étage, Frank attrapa fermement son frère par un coude pour le tirer jusqu'à sa porte. Thomas se dégagea d'un coup sec.

— Tu m'fais mal !

— Ouvre ! lui ordonna Frank.

Thomas se débattit un instant avec son trousseau de clés et, dès qu'il eut ouvert, Frank le poussa à l'intérieur et claqua la porte derrière lui.

— Ça va pas, non ? s'insurgea Thomas. Qu'est-ce qui t'prend ?

— Il me prend que j'ai les flics chez moi et que Nathalie est hystérique !

— Et moi je viens de passer un week-end formidable !... Si tu crois que je m'amuse !

— Qu'est-ce qui t'a pris de venir fourrer ton nez morveux dans mes affaires ?

— J'avais besoin...

— Depuis quand on force les PC des autres dans leur dos ?

— Oh, ça va, descends d'cheval ! J'ai pas piraté les dossiers défense du Pentagone ! J'ai juste été chercher un renseignement dans l'ordinateur de mon « grand frère » !

— Un renseignement qui ne te regardait pas ! Merde !

— Quoi ? C'est top secret ?

— Tu vas effacer tout de suite cette adresse de tes fichiers...

Frank traversa la vaste pièce principale du loft vers le bureau et s'arrêta devant le PC.

— Où est l'unité centrale ?

Il se tourna vers Thomas et répéta sa question d'une voix difficilement contenue.

— Thomas... où est le disque dur ?

— La police...

— Ne me dis pas que...

Thomas enleva son blouson et le jeta sur son lit.

— Si tu crois qu'ils m'ont demandé mon avis !

Le visage de Frank, déjà crispé, se tendit d'une rage difficilement contenue.

— Mais putain... C'est pas vrai !

Excédé, il poussa Thomas qui tomba assis sur son lit.

— Tu me fais chier !

Thomas se releva aussitôt.

— Oh ! Calme-toi !

— Non, je me calme pas ! Tu fais n'importe quoi, comme toujours, et tu viens foutre la merde chez les autres !

— Ah ! Ça te va bien ! On croit rêver !

— Va t'faire foutre, lui répondit Frank.

— Va te faire foutre, toi ! Connard ! T'avais qu'à mieux planquer tes saloperies de sites de cul !

— Mais je me fous de ces sites ou de ce qu'en pense Nathalie ! hurla Frank en attrapant Thomas par le col. Qu'est-ce que tu as dit aux flics ? QU'EST-CE QUE TU LEUR AS DIT ?

— Mais rien ! Rien du tout !

Thomas essayait de se dépêtrer de l'emprise de son frère, mais n'y parvenait pas. Frank avait toujours été le plus fort et Thomas en gardait des souvenirs cuisants datant de son enfance. Il sentait monter en lui une colère vieille de nombreuses années. Il aurait voulu lui faire mal, lui griffer le visage, le frapper à la face, comme le lendemain de la mort de leur mère, quand ils s'étaient battus au point de finir tous les deux à la clinique. Frank avait toujours été un grand frère dominant, violent, humiliant. Thomas en avait toujours eu un peu peur et cela l'avait toujours rendu fou de rage.

— Si tu dis un mot de plus sur moi à la poulaille, petit frère, je te casse la tête.

— Eh ben, qu'est-ce que t'attends ? Vas-y ! Ça nous rappellera le bon vieux temps !... Allez !

Frank avait les mâchoires serrées. Il leva son poing en face du visage hargneux de son frère qui le défiait du regard, la seule arme qu'il ait jamais eue face à lui.

— T'en crèves d'envie, qu'est-ce que t'attends ? De toute manière, t'as jamais rien su faire d'autre...

Le coup partit sans prévenir et Thomas sentit une douleur fulgurante lui irradier le visage. Frank l'avait lâché et il tomba sur le lit, son nez pissant le sang. Il se releva d'un bond et fonça, tête baissée. Mais Frank esquiva l'attaque et bloqua sa tête d'une clé de bras. Puis il le cogna une seconde fois, au front. D'une soudaine ruade, Thomas se dégagea brusquement et frappa son frère au visage d'un coup de poing maladroit mais violent.

Debout l'un en face de l'autre, les deux frères, essoufflés, se regardèrent sans un mot. Thomas saignait du nez et d'une arcade sourcilière. Frank avait la lèvre inférieure légèrement ouverte. Thomas sentit brusquement toute sa colère fondre d'un bloc, mais garda une attitude agressive pour faire bonne figure. Il vit dans le regard de Frank qu'il capitulait à son tour.

— Ne te mêle plus de mes affaires, lui dit-il. Plus jamais.

Et il sortit de l'appartement.

Thomas s'assit lourdement par terre, appuyé contre un mur. Outre la douleur cuisante, il se sentait terriblement abattu, autant moralement que physiquement. Depuis trois jours, sa vie était au-dessus de ses forces.

Après avoir dormi tel quel tout l'après-midi, Thomas était en train de nettoyer maladroitement ses plaies quand on sonna à la porte.

— Merde !

Il enleva le coton qu'il avait dans le nez, sortit de la salle de bain et se remit à saigner.

— Et merde...

À sa porte, il regarda par le judas et vit, déformée, une carte de police.

— Inspectrice Bligh, European Cybercrime Unit, entendit-il.

Il ouvrit enfin, la tête en arrière, un doigt appuyant le coton sur son nez, et découvrit la jeune femme avec laquelle il avait échangé un regard, la veille, au commissariat.

Thomas se retint difficilement de soupirer tant la vue de l'inspectrice renforça sa contrariété, pour autant que cela fût encore possible.

— Qu'est-ce qui vous est arrivé ? demanda-t-elle.

— Rien rien... Ne vous inquiétez pas, ce ne sont pas vos collègues qui m'ont fait ça !

— Je peux entrer ?

— Ça peut pas attendre demain ? J'ai eu un rude week-end...

Elle passa devant lui et il vit qu'elle tenait l'unité centrale de son ordinateur sous un bras.

— J'ai pensé que vous aimeriez récupérer ça !

Elle posa l'engin par terre. Thomas referma la porte et se dirigea vers sa salle de bain sans un mot.

— Je sais qu'il est un peu tard, mais...

— L'heure est sans importance, dit Thomas en reprenant ses soins devant le miroir du lavabo, j'espérais juste ne plus voir de flic pendant un moment. J'ai eu ma dose, récemment.

— Et ce n'est qu'un début.

Thomas sursauta en entendant la voix de la jeune femme si proche. Elle se tenait appuyée à l'embrasure de la porte de la salle de bain. Elle avait un bras levé qui soulevait un pan de son blouson ouvert, laissant deviner la forme de ses petits seins sous un T-shirt blanc, ainsi que la courroie de cuir de son étui à revolver. Thomas ne put s'empêcher de regarder l'un puis l'autre, et détourna vivement les yeux quand il croisa ceux de l'inspectrice.

— J'ai dit tout ce que je savais au moins vingt fois, et visiblement mon appartement n'a plus de secrets pour vos collègues !

Il laissa échapper un petit gémissement de douleur pour s'être frotté trop vivement son arcade sourcilière blessée. Il poursuivit avec ironie :

— Qu'est-ce que je peux faire de plus pour vous ?

— J'ai un peu fouiné dans votre disque dur, monsieur Cross. On dirait qu'en dehors de celui de Cathy, vous aimez bien les sites... disons... euh... de webcams personnelles ?

— C'est illégal ?

Thomas essayait maintenant de poser un pansement sur son front, mais n'arrivait pas à décoller le ruban de ses doigts.

— Non non. Mais vous avez vraiment passé beaucoup de temps sur *Cathylive*, cette année... Ce n'était pas un peu devenu une sorte d'obsession ?

Agacé, Thomas roula le pansement en boule et en sortit un nouveau de la boîte.

— Laissez-moi faire, dit-elle en le lui prenant des mains, vous n'arriverez à rien tout seul.

Thomas n'eut pas le temps de refuser son aide que la jeune femme lui soignait le visage tout en poursuivant leur conversation :

— C'est curieux comme j'étais persuadée que ça arriverait un jour !

— Quoi ? interrogea Thomas.

— Une mort en ligne...

Thomas la regarda, étonné.

— En regardant tous ces gens vivre leur vie en direct sur le Net, je me suis toujours dit qu'un jour, il y en aurait un qui allait mourir en direct.

Elle avait entrepris de désinfecter plus sérieusement le front de Thomas avec un coton imbibé d'antiseptique et quitta sa besogne des yeux un instant pour scruter une éventuelle réaction à ses paroles dans le regard du jeune homme. Ils se fixèrent un instant et Thomas recula brusquement en sentant sa coupure le piquer.

— Oups ! Pardon...

L'inspectrice reprit ses soins avec plus de délicatesse.

— Vous regardez des webcams ? demanda Thomas.

— Ça m'arrive... comme tous ceux qui s'intéressent au Net, non ? C'est un phénomène intrigant... Ce que je me disais, c'est : qu'est-ce que je ferais si ce type, là, que je regarde en train de manger ses nouilles, faisait une attaque cardiaque ? Qu'est-ce que je ferais ? Rien ? Je continuerais à le regarder la tête dans son assiette ou est-ce que j'essaierais de l'aider ? Mais comment ? Puisque je ne connais ni son nom, ni son adresse !

Thomas fut troublé par la justesse de ce propos qui

rejoignait exactement le sentiment d'impuissance qui l'avait terrassé pendant le meurtre de Cathy. L'inspectrice lui colla un dernier pansement sur le nez.

— Voilà ! C'est réparé.

Ils sortirent de la salle de bain.

— Moi, j'avais jamais pensé à ce genre de truc ! dit alors Thomas.

— J'imagine que c'est à cause de mon boulot. Déformation professionnelle !

Elle regarda Thomas qui ne sut quoi dire. Il était en train de penser que cette inspectrice, au moins, savait de quoi elle parlait, de quoi *il* parlait. Bien qu'un peu sèche dans ses manières, il la trouvait beaucoup plus fréquentable que ses collègues masculins et, après tout, son arrivée soudaine sur l'affaire était peut-être une bonne nouvelle. À moins que cela ne soit encore une stratégie : après le bon et le méchant flic, Lindsey et Carlin, la charmante inspectrice ? Car plus il la regardait, plus il la trouvait jolie. Sans transition aucune, son esprit passa des charmes de son interlocutrice à l'état de nerfs de son frère, quelques heures plus tôt. Frank était bourré de défauts, Thomas était le mieux placé pour le savoir, mais de là à être lié d'une façon ou d'une autre à la mort de Cathy ! Non, c'était impossible... Et pourtant, pourquoi, sinon, craignait-il tant que la police s'intéresse à lui ? Sans doute parce que ses affaires si lucratives supporteraient mal d'être regardées de trop près par qui que ce soit !

Thomas se rendit soudain compte que l'inspectrice se tenait debout en plein milieu de la pièce. Il ne savait pas depuis combien de temps il était plongé dans ses pensées et dit en désignant des chaises :

— Asseyez-vous, je vous en prie...

— Non, merci. Il va falloir que j'y aille... C'était juste une visite... de courtoisie !

Elle avait prononcé ce dernier mot sur le ton de la plaisanterie et se dirigea vers la porte. Thomas la raccompagna.

— Il se fait tard, et j'imagine que vous avez envie de vous coucher tôt, après votre week-end en ville...

Elle sortit et Thomas la regarda disparaître dans la cage d'escalier. Il referma enfin et, pensif, resta debout, adossé à la porte.

9

LE lendemain matin, l'entrée de Thomas fit le silence dans l'ascenseur de la PGT. Le jeune homme salua de la tête, vit les yeux se détourner de lui et les conversations reprendre ensuite un ton plus bas. À l'étage, il traversa les couloirs en étant la cible de tous les regards. Il accéléra le pas et se sentit soulagé en entrant dans l'intimité de son bureau. Il avait une longue liste d'e-mails internes en attente, mais, avant même qu'il commence à les consulter, la porte s'ouvrit sur Jack Flint, le chef de la sécurité.

— Monsieur Cross ? M. Playston vous attend dans son bureau.

Thomas sentit une giclée d'adrénaline irradier son corps.

Benjamin Playston, le DRH de la PGT, était un parangon de cadre sup. Grand échalas monté en graine, coincé se la jouant cool, il cachait mal sa haine de son prochain sous des attitudes mielleuses qui lui allaient comme un tablier à une vache. De toute évidence, ce gars-là en voulait à la terre entière pour tous les sévices qu'avait dû subir sa sale petite gueule de premier de la classe. Pendant son enfance, ses lunettes épaisses n'avaient pas dû toujours suffire à le protéger des coups.

Au septième étage, Thomas, escorté par Flint, croisa Mari Chapman qui fit mine de ne pas le voir. Deux bureaux plus loin, la secrétaire du directeur du personnel se leva dès qu'elle les vit arriver et passa la tête à la porte du bureau de son patron.

— M. Cross est arrivé, monsieur...

Elle revint vers Thomas et lui dit en chuchotant presque :

— Allez-y...

Thomas lui sourit et la remercia sur le même ton, essayant de prendre un air dégagé qui ne dut convaincre personne, surtout pas lui.

— Ah !... Cross ! lança Playston comme s'il avait des marrons brûlants dans la bouche.

Thomas s'avança dans le bureau, peu à son aise.

— Asseyez-vous.

Un lourd silence s'installa quelques instants. Thomas croisa ses jambes, les décroisa, se racla la gorge. Le chef de la sécurité était debout à l'entrée du bureau. Playston cherchait ses mots.

— Vous n'êtes pas sans savoir que nous avons eu hier une visite quelque peu embarrassante...

— Tout l'embarras était pour moi, vous pouvez me croire, répondit Thomas.

— Cet inspecteur Lindsey a retourné toute la baraque ! Une vraie sangsue.

— J'en ai également fait l'expérience.

— Je ne vous cacherai pas que nous avons été très peinés d'apprendre à quoi vous utilisiez notre matériel informatique.

— Pardon ?

— Ces sites, là... ces webcams...

Thomas ne se sentit pas la force de justifier une fois

encore son goût pour les webcams et préféra botter en touche.

— Est-ce que ça m'a empêché de bien faire mon travail ?

— Non, pas du tout. Vous êtes un informaticien brillant... Vos compétences ne sont pas en cause, mais tout de même, vous, dont justement une grande partie du travail est d'éviter que nos employés n'aient accès à toutes ces saletés !

— Mais ça n'a rien à voir ! Les...

— Quoi que ce soit, ce n'est pas pour ça que nous vous payons, n'est-ce pas ?

Thomas ne trouva rien à répondre.

— Toute cette affaire, la police, l'enquête, tout ça... Tout ça tombe très mal en ce moment, avec la visite de nos actionnaires japonais...

— Je m'en serais également volontiers passé...

Playston marqua un temps, regarda par sa fenêtre, puis revint à Thomas. Ses yeux étaient soudain plus durs.

— Écoutez, Cross... Nous n'en avons pas parlé à la police, mais... qu'est-ce que c'est que ça ?

Il tendit vers Thomas une main dans laquelle se trouvait un objet métallique de la taille d'une épaisse pièce de monnaie. Un nœud se forma aussitôt dans l'estomac du jeune homme.

— Ah ! Ça ? dit-il, clairement embarrassé. C'est...

— Une caméra.

— Dernier cri, oui : la Rolls des webcams...

Thomas tenta de sourire, mais Playston n'avait pas envie de plaisanter.

— Nous en avons trouvé une sur chaque caméra de surveillance de l'entreprise.

— Un ami m'a demandé de les tester ! Ce sont des

prototypes et... j'ai pensé qu'il serait amusant de les essayer grandeur nature !

Thomas avait dit la stricte vérité : et son petit piratage du système de surveillance n'avait aucune autre motivation que de faire joujou avec les dernières merveilles de la technologie. Ces nouvelles webcams si petites et si légères étaient réellement révolutionnaires. On pouvait les coller n'importe où sans que personne les remarque et il suffisait ensuite de cacher un relais gros comme un paquet de cigarettes à moins de dix mètres pour qu'elles émettent sur le Web avec une qualité d'image incomparable. Thomas changea de stratégie de défense :

— Vous savez... ces petites choses sont absolument incroyables ! Elles captent des images même en pleine obscurité ! Vous devriez penser à améliorer votre système de surveillance et...

— Est-ce que vous avez gardé des enregistrements de ces images ?

Le ton de Playston s'était cette fois définitivement débarrassé de toutes ses feintes d'amabilité.

— Non ! répondit Thomas du ton de l'évidence.

— Les avez-vous diffusés sur le Net ?

— Bien sûr que non ! C'était un système interne... Juste pour moi !

— De toute façon, c'est invérifiable...

Thomas préféra ne rien répliquer. Il savait que son compte était réglé. Playston se leva.

— Jack, vous accompagnez M. Cross à son bureau. Il peut prendre ses effets personnels mais vous ne le laissez toucher à rien d'autre. Ensuite, vous le reconduisez dehors.

Thomas s'était également levé et il prenait maintenant sur lui pour ne pas laisser la colère qui montait en lui prendre le dessus.

81

— Est-ce que je peux les récupérer ? demanda-t-il le plus aimablement possible.

— Quoi ?

— Les webcams ! Elles ne sont pas à moi et...

Le visage de Playston se durcit encore.

— Sortez ! dit-il sans desserrer les dents. Nous pourrions vous poursuivre en justice, Cross ! Alors sortez, et estimez-vous heureux de votre sort.

Les deux hommes se fixèrent un moment et Thomas décida in extremis de ne pas ajouter la petite phrase de trop qui lui brûlait les lèvres. Il fit demi-tour et passa devant Flint qui lui emboîta le pas.

— Connard ! dit Thomas pour lui-même, une fois dans le couloir.

— Connard ! disait l'inspectrice Bligh au même instant, à propos du commissaire Tomlinson dont elle quittait à peine le bureau.

Lindsey en ferma la porte derrière elle.

— Il est toujours comme ça ? lui demanda-t-elle.

— Non. Il est plutôt cool, d'habitude... Mais cette affaire a l'air de particulièrement l'irriter.

— Ou alors c'est moi ! dit la jeune femme en entrant dans le bureau commun.

Le commissaire venait de dire non à toutes ses requêtes avec une mauvaise foi à peine voilée. Il avait même mis fin à leur entrevue en disant dans une quinte de toux et un nuage de fumée de cigarette qu'il ne voyait « personnellement aucun inconvénient à ce que ces tarés de l'Internet commencent à s'entre-tuer ».

Visiblement furieuse, l'inspectrice Bligh ordonna à ses collègues de mettre Frank Cross sur écoute et de le filer.

— Sans autorisation ? s'étonna Carlin.

— Quoi ! Vous voulez une décharge écrite ? répondit la jeune femme avec agressivité.

— Non mais...

— Appelez Mark Hayward de ma part. Je pense qu'il travaille toujours à la Cybercrime de Londres. Il vous filera un coup de main pour l'écoute.

Carlin nota le nom sur un papier.

— Et pourquoi Frank ? demanda l'inspecteur Lindsey.

— Parce que.

— Et Thomas ?

— Lui, je m'en occupe.

Elle s'éloigna d'un pas pressé et les deux inspecteurs se regardèrent.

— Qu'est-ce qu'on fait ? demanda Carlin.

— On fait ce qu'elle dit. Le vieux nous a dit de nous démerder avec elle : on se démerde.

Mark Hayward était plongé dans la lecture fastidieuse d'un rapport d'enquête sur un banal piratage à la carte de crédit via l'Internet, quand il entendit des pas approcher de son bureau. Il leva la tête et vit l'inspectrice Bligh s'avancer vers lui.

— Ravie de te revoir ! lui lança-t-elle en souriant.

— Claire ! Tu es superbe ! Ça te réussit de vivre sur le continent !

Il se leva pour l'embrasser.

— Alors ? Qu'est-ce qui te ramène au pays ?

Elle jeta un regard circulaire aux bureaux de la Cybercrime de Londres dans lesquels elle avait passé cinq années avant d'être nommée à Paris. Elle avait plein de bons souvenirs dans ces locaux, notamment grâce à la complicité de Mark.

— Rien n'a changé, ici ! Ces bureaux sont toujours aussi pouilleux !

— C'est sûr qu'on n'a pas les mêmes crédits que vous, ô maîtres du monde, à l'ECU. Ici, c'est juste la LCU, la douzième roue du carrosse !

Claire Bligh lui sourit. Sa vie professionnelle était effectivement devenue plus confortable quand elle avait rejoint les effectifs du siège européen de Paris. Fini les tracasseries administratives, les refus de renouvellement du matériel, les contestations des notes de frais. À l'ECU, ils avaient un crédit quasi illimité et on ne leur refusait rien. Au contraire, même, on devançait parfois leurs souhaits, une première dans le monde si étriqué de la police. La panique des gouvernements de la Communauté européenne face au développement de la cybercriminalité avait changé la donne, et Claire, comme ses collègues de Paris, était un policier privilégié. Visiblement, au niveau national, il y avait encore des progrès à faire.

— Tu sais qu'on envisage sérieusement de faire grève pour obtenir enfin qu'on nous mette des écrans plats à la place de ces vieilles lanternes magiques ! plaisanta Mark en désignant du nez l'écran très encombrant de son ordinateur. Mais bon, raconte-moi tout... C'est qui ce Carlin qui m'a appelé tout à l'heure ?

— Il bosse avec moi.

— J'ai rien compris à ce qu'il m'a dit, et visiblement, il n'y comprend pas grand-chose non plus ! C'est quoi cette histoire de firewall ?

— Tu sais, je suis sur l'affaire de cette fille qui s'est fait éventrer...

— La webcam ? J'en ai entendu parler. Alors ?

— Alors rien. C'est confidentiel...

— Hé ! Ho ! T'as déjà pris la grosse tête ou quoi ? C'est les Français qui déteignent sur toi ? Je ne t'ai pas vue depuis des mois... tu me demandes d'arranger votre écoute illégale... Tu pourrais au moins me raconter ce qui se passe !

L'inspectrice soupira tout en acquiesçant de la tête et s'assit sur le coin du bureau.

— D'accord... La victime s'est fait tuer en direct sur le Web. Elle habitait Amsterdam, et notre seul témoin est à Londres.

— Je comprends mieux pourquoi tu es là !... Et le firewall, alors ?

— Le truc, poursuivit la jeune femme, c'est que, juste avant le meurtre, sa webcam, enfin son site, a été obstruée par un truc zarbi : juste une suite de texte incompréhensible... en négatif, en plus.

— En négatif ? ! Et il n'y avait pas d'Easter Egg ?

— Non non. Aucun lien caché dans le texte... Impossible de sortir de la page... enfin... d'après le témoin, en tout cas.

— Peut-être qu'il n'a pas su trouver ? Il y connaît quelque chose ?

— Thomas Cross ? C'est son job, il est...

— Thomas Cross ? répéta Mark. *Le* Thomas Cross ?

— Tu le connais ?

— Bien sûr ! Il a beaucoup fait parler de lui, il y a quelque temps, en Angleterre... Il avait un projet de jeu absolument dément !

— Un jeu informatique ?

— Oui, mais pas du tout-venant ! C'était une histoire très complexe, une quête par l'intermédiaire du Net... La recherche de la femme idéale ou je sais plus trop quoi... En tout cas, un thème radicalement différent des jeux de baston habituels ! Le truc, c'était que chaque joueur devait être une partie du cerveau du héros... Si tu veux, l'association des données envoyées par tous les ordinateurs des connectés de n'importe

85

quel pays devait former un ensemble... comme une conscience mondiale... Et surtout une puissance de jeu absolument dingue !

— Et ça a donné quoi ?

— Rien. Il a monté un site pour des tests, et puis plus rien du jour au lendemain... Ce type avait pourtant de l'or entre les mains.

— Et maintenant, le voilà témoin dans mon enquête... ou même suspect.

— Suspect ?... Et ?

— Et c'est tout.

Mark repensa à ce que lui avait dit Claire à propos de la page de texte en négatif. Ce détail lui rappelait vaguement quelque chose, mais il n'arrivait pas à savoir quoi.

— Tu penses que le meurtre est lié au firewall ? C'est un peu gros, comme coïncidence, non ?

— Tu en sais autant que moi.

Mark était certain d'avoir déjà rencontré un bug similaire par le passé : une page écrite blanc sur noir, et rendant impossible l'accès à un site.

— À quoi tu penses ? lui demanda Claire.

— Rien rien... C'est ton firewall, là...

— Quoi ?

— Ça m'dit vaguement quelque chose...

La jeune femme le regarda en fronçant les sourcils.

10

Plus tard, dans l'après-midi, Mark Hayward arpentait la salle des archives de la Cybercrime de Londres. Des centaines de CD-R y étaient classés par genre et par année : escorts, pédophilie, hacking, MP3, webcams, spycams... Toutes les activités sensibles que les brigades de lutte contre le crime informatique et de surveillance du Net tentaient de garder en permanence en observation tout en sachant très bien que les vraies informations répréhensibles passaient presque toujours entre les mailles du filet. Il eût été irréaliste d'espérer contrôler efficacement le Net et, à part quelques prises spectaculaires, il n'y avait rien de bien méchant dans les rayons de la salle des archives, en tout cas rien qui ne soit légal dans au moins un pays du globe, et donc plus ou moins inattaquable. Mark s'arrêta devant l'armoire coulissante des webcams amateurs et parcourut les années du regard : 1996, 1997, 1998, 1999, 2000, 2001... Le jeune homme prit une pile de CD de l'année 99 et retourna à son bureau.

Il était 20 heures passées quand Thomas termina ses exercices de musculation. Plutôt maigrichon et sans aucun espoir ni véritable désir de changer sa nature, il se servait surtout de son équipement comme d'un défouloir. Après avoir ruminé toute la journée contre son ex-employeur pour éviter de trop se remémorer la mort de Cathy, il s'était jeté sur ses haltères avec une hargne qui n'avait rien de sportive. En sueur, exténué et sentant douloureusement dans chacun de ses mouvements qu'il avait abusé de la fonte, il s'apprêtait à prendre une douche quand on frappa à la porte.

C'était l'inspectrice Bligh et l'inspecteur Lindsey.

— Vous n'enquêtez jamais dans la journée, décidément ! dit Thomas avec aigreur en laissant entrer les deux policiers.

— Si... mais nos journées sont longues, en ce moment, répondit Lindsey.

— Monsieur Cross, dit alors l'inspectrice, nous aimerions vous poser quelques questions. Juste un détail qui... enfin qui ne colle pas. Le firewall...

— Encore ? soupira Thomas.

— Oui. Ce soir-là, vous avez été le seul à avoir eu accès au site.

— Vraiment ?

Thomas, réellement fatigué par ses deux heures de musculation, s'assit dans son vieux fauteuil favori, élimé et modelé à son assise. Il savait déjà qu'il avait été le seul à avoir envoyé des messages à Cathy le jour de sa mort, mais la découverte que personne d'autre que lui ne s'était connecté ce soir-là à son site était une mauvaise nouvelle qui n'allait certainement pas arranger ses affaires avec les flics.

— Pour tous les habitués que nous avons pu contacter, le site était en dérangement. Ils ont été sidérés d'apprendre que Cathy avait été assassinée.

L'inspectrice s'assit sur le banc de musculation et son collègue resta debout. Thomas pensa immédiatement à Frank et à l'adresse qu'il avait trouvée dans son PC. La question qu'il n'osait pas vraiment se poser depuis trois jours lui revint immédiatement à l'esprit : Frank avait-il un rapport avec toute cette histoire ? Thomas écarta une fois de plus ce doute si déplaisant en se disant qu'après tout, il était normal que son frère possède le moyen d'accéder au site de Cathy puisque, justement, l'un des services qu'il vendait si cher à ses clients était de pouvoir contourner toutes les barrières dressées sur le Web. Alors, pourquoi pas celle-là ?

— Comment avez-vous réussi à passer ? demanda Lindsey.

— Passer ?

— Le firewall...

Thomas hésita. Il voulait éviter de parler de Frank.

— Euh... C'est mon boulot, non ?

— Oui, poursuivit Claire Bligh, mais vous avez dit à mes collègues que vous aviez appelé votre frère... Frank, je crois ?

— Oui, Frank. Il est très pointu en informatique, je l'ai appelé pour lui parler de mon problème, mais...

— Donc, reprit Lindsey, vous n'avez pas réussi à accéder au site tout seul.

— Si ! Enfin...

— Vous l'avez eu au téléphone ? demanda l'inspectrice.

— Qui ça ?

— Votre frère.

— Non.

— Alors, c'est Nathalie qui vous a aidé.

Thomas se sentait pris au piège entre les questions des deux inspecteurs qui l'interrogeaient chacun à leur tour et qui, de toute évidence, connaissaient d'avance les réponses. C'est Lindsey qui continua :

— Donc, la femme de votre frère a trouvé dans le PC de Frank de quoi vous permettre de contourner le firewall ? C'est ça ?

— Oui, finit par dire Thomas à contrecœur.

— Et comment vous saviez que votre frère possédait ce genre de matos ? demanda Claire Bligh.

— Je l'espérais, je ne le savais pas.

Thomas se leva pour se donner une contenance et tenter de cacher son embarras. Dans son dos, l'inspecteur Lindsey signifia du regard à sa collègue qu'il en avait assez de ce petit jeu.

— Vous voulez boire quelque chose ? demanda Thomas depuis la cuisine.

Mais l'inspectrice continua sur sa lancée :

— Et c'était quoi, le moyen de passer ? L'adresse d'un site de bifurcation ?

— Oui, répondit Thomas avant de se remplir un verre au robinet de l'évier.

Le bruit de l'eau l'empêcha d'entendre l'inspectrice marcher jusqu'à la cuisine. Il sursauta en la trouvant derrière lui quand il se retourna.

— Et Frank avait ça dans son PC, tout naturellement.

Thomas ne répondit pas et but son verre d'un trait.

— Et vous, vous le saviez.

La jeune femme planta ses yeux dans ceux de Thomas. Ce dernier eut beau se dire qu'il ne fallait pas qu'il fléchisse le premier, il ne parvint pas à soutenir le regard si intense de l'inspectrice plus de quelques secondes et finit par se détourner pour reposer son verre. Puis il sortit de la cuisine et aperçut un coin décollé de l'affiche de *Breakfast at Tiffany's*, qu'il avait ramenée le jour même de son bureau de la PGT. Pour faire diversion il grimpa sur une chaise et fixa de nouveau l'affiche. Il en profita pour redresser le cadre du portrait de sa mère qu'il avait maladroitement accroché au mur, et trouva Claire Bligh en train de contempler sa collection de photos de cinéma quand il redescendit.

— On dirait que vous aimez bien Audrey Hepburn... Je me trompe ?

— Pourquoi ? Faut pas ?

— Si, si. C'est même fortement recommandé ! Personnellement, j'ai un faible pour *Vacances romaines*...

C'était également le film préféré de Thomas, mais il s'abstint de tout commentaire, trouvant incongru de se lancer dans une conversation cinéphilique au beau milieu d'un interrogatoire ayant pour sujet la mort atroce d'une jeune femme. Il jeta un coup d'œil à l'inspecteur Lindsey qui, pensif, contemplait la vue offerte par la grande baie vitrée du loft de Thomas. Une fois de plus, il pleuvait sur Londres, dont les toits luisaient dans la nuit.

— Bon, eh bien...

Le ton de Claire Bligh indiqua à Thomas qu'il était momentanément sorti d'embarras. La visite des deux policiers tirait à sa fin.

— Juste une chose encore, monsieur Cross.

Thomas se retint de soupirer et se tourna vers Lindsey, qui sortait un objet de sa veste.

— J'ai un boulot pour vous.

— Un boulot ?

Étonné, Thomas regarda l'inspectrice Bligh et constata qu'elle semblait tout aussi surprise que lui. Lindsey tendit un CD-R à Thomas.

— C'est une copie de la boîte e-mail de Cathy. Les

six derniers mois. J'ai pensé que vous pourriez nous aider à l'éplucher.

Thomas vit la collègue de Lindsey ouvrir de grands yeux. Il revint au premier et comprit qu'il évitait de croiser le regard de la jeune femme.

— Vous manquez de personnel ?

Thomas avait posé cette question à l'inspectrice pour renforcer son trouble. Il se réjouissait de voir qu'elle était furieuse contre Lindsey.

— Non, répondit ce dernier, mais vous, vous avez connu la victime et son site. Vous êtes le mieux placé pour repérer d'éventuels messages bizarres !

Thomas prit enfin le CD que lui tendait l'inspecteur.

— C'est un test ou quoi ?

Il regarda Claire Bligh, qui avait les mâchoires serrées.

— Prenez ça comme vous voulez, dit Lindsey.

Thomas eut envie d'envenimer le désaccord évident des deux policiers et dit d'une voix faussement ingénue :

— Alors... je ne suis plus suspect ?

La réaction de l'inspectrice ne se fit pas attendre :

— Qui a dit ça ? demanda-t-elle en fusillant Lindsey du regard.

— De toute façon, ce n'est qu'une copie, lança ce dernier. Nous aurons toujours le moyen de comparer avec les messages originaux et...

— Bon. On y va, cette fois ! le coupa l'inspectrice.

Elle se dirigea vers la sortie et ouvrit elle-même la porte. Thomas raccompagna Lindsey.

— Remarquez, j'ai du temps libre, maintenant ! ajouta Thomas avec une voix outrageusement détendue. J'ai perdu mon boulot ce matin !

— Désolé, dit Lindsey avant de sortir.

L'inspectrice était déjà en train de descendre l'escalier.

— Y a pas d'quoi, dit Thomas, c'est même plutôt une bonne nouvelle...

Lindsey s'éloigna avec un signe de tête d'au revoir et Thomas referma la porte. Il regarda le CD qu'il tenait dans les mains et pensa que cette soudaine mésentente entre les deux inspecteurs était enfin un bon point à son actif. Le premier depuis trois jours.

Mark éjecta un nouveau CD et se passa les mains sur le visage. Il était près de 21 heures et, depuis 17 heures, il regardait des enregistrements de webcams érotiques amateurs. Il ne lui restait plus qu'un disque et il aurait terminé la première pile de l'année 1999. Il n'avait pas trouvé ce qu'il cherchait et commençait même à douter d'avoir choisi la bonne année. Pourtant, 1999 était facile à se remémorer : la dernière année du siècle, la fin du millénaire tant annoncée, et celle menant au fameux bug de l'an 2000, qui, faute d'avoir eu lieu, n'en avait pas moins été très lucratif pour l'industrie de l'informatique.

Mark incéra le dernier CD dans son PC et eut un frisson de lassitude en voyant apparaître l'image d'une chambre à coucher décorée d'un rideau et de coussins pourpres. Une jeune femme assez jolie entra dans le cadre et se mit à se dandiner de façon ridicule. Un nouveau strip-tease débuta, le trente-troisième de la journée pour Mark.

— Eh ben, on s'ennuie pas !

Mark se retourna et vit les inspecteurs Philips et Hearls qui rentraient de mission.

— Que tu crois !

Philips s'approcha de l'écran en sifflant.

— Pas mal ! On peut t'aider peut-être...

Sur l'écran, la jeune femme en était déjà à se caresser les seins. Mark dressa le majeur de sa main droite à l'intention de Philips qui s'éloigna en riant.

Mark passa à la webcam suivante, qui était nettement plus intéressante, parce qu'elle montrait deux jeunes femmes nues, à genoux sur un lit, en train de s'embrasser à pleine bouche. L'inspecteur se laissa aller quelques instants à la contemplation du charmant duo, puis se rappela brusquement que ces images n'étaient pas du tout celles qu'il cherchait. Il passa rapidement sur les dernières séquences du CD et l'éjecta. Il ferma son ordinateur et alla ranger les disques aux archives. L'année 99 était à peine entamée et Mark se sentait découragé. Il pensa que ces recherches fondées sur un souvenir aussi vague étaient absurdes. Pourtant, il prit les dix CD suivants, les fourra dans son sac à dos et rentra chez lui.

11

Adossée à l'arête d'un immeuble faisant le coin d'une rue, Claire Bligh croquait à pleines dents dans une pomme d'amour écarlate piquée sur un bâtonnet en bois. Elle surveillait l'entrée d'un immeuble cossu de l'autre côté de la rue. Une série de *bip* attirèrent son attention. Près d'elle, une vieille femme composait le code de sa carte de crédit sur le clavier d'un distributeur de billets. Claire regarda en hauteur et tira la langue à la caméra de surveillance braquée sur le guichet automatique. Elle croqua une nouvelle fois dans sa pomme en sucre et vit enfin Frank Cross sortir de l'immeuble d'en face. Sans bouger, l'inspectrice le suivit du regard et le vit appuyer sur une clé. Aussitôt, les clignotants de la voiture de sport garée juste à côté d'elle s'allumèrent deux fois en couinant.

— Merde ! marmonna la jeune femme en s'abritant aussitôt derrière l'angle de la rue.

Elle attendit quelques longues secondes, entendit enfin une portière claquer, un moteur vrombir puis s'éloigner. Elle passa prudemment la tête dans la rue et vit la voiture de Frank Cross s'éloigner, aussitôt suivie par celle que conduisait l'inspecteur Lindsey.

L'inspectrice traversa la rue, prit une dernière bouchée de pomme en sucre, la jeta dans le caniveau et entra dans l'immeuble de Frank.

Le hall était spacieux et impeccablement tenu. Le tableau accroché sur le mur de la loge de la gardienne indiquait que l'appartement des Cross se trouvait au deuxième étage.

Le tapis lie-de-vin de l'escalier était épais sous les pas, très agréable, ainsi que l'odeur d'encaustique qui régnait dans les étages. Au deuxième, Claire Bligh sonna, et cessa aussitôt d'entendre le bruit des pas qui martelaient un instant plus tôt le parquet derrière la porte. Après quelques secondes, elle sonna de nouveau. De l'autre côté de la porte, une latte de parquet grinça. Claire devina qu'on l'observait par le judas.

— Police ! Ouvrez...

Elle adorait user et abuser de ce cliché qui faisait toujours de l'effet sur le commun des mortels. Une jeune femme aux longs cheveux bruns et enceinte jusqu'aux oreilles ouvrit prudemment la porte. Elle avait un œil tuméfié, qui n'allait pas tarder à virer au bleu. Claire sortit sa carte de police.

— Inspecteur Bligh. Vous devez être Nathalie ?

— Qu'est-ce que vous voulez ?

— Parler à votre mari.

— Il est sorti, répondit Nathalie en faisant mine de refermer la porte.

— Je peux entrer ?

Nathalie laissa passer l'inspectrice à contrecœur. Claire Bligh fit quelques pas dans l'entrée et vit par les nombreuses portes qui ouvraient sur autant de pièces que l'appartement était grand et luxueux.

— Vous vous êtes cognée contre une porte ? demanda-t-elle avec ironie.

Elles passèrent au salon. La décoration était un peu

tape-à-l'œil au goût de l'inspectrice, trop nouveau riche.

— Je peux ? demanda-t-elle en indiquant l'un des canapés de cuir blanc.

— Il ne rentrera pas avant longtemps...

— Qui ça ?

— Mon mari !

— Ça ne fait rien... Je peux ?

Elle obtint enfin un hochement de tête pour réponse et s'assit. Au bout du salon, par une porte entrouverte, elle aperçut un bureau très bien équipé en informatique.

— Ne restez pas debout ! Surtout dans votre état... C'est pour quand ?

— Ça vous intéresse vraiment ?

— Franchement ? Non.

Nathalie s'assit à son tour.

— Vous êtes française ?

— Oui. Pourquoi ?

— Votre accent ! Je vis à Paris depuis quelque temps et... Mais peu importe ! Votre mari travaille chez lui ?

— Parfois, oui.

— Il y reçoit des relations de travail ?

— Non.

— Connaissez-vous ses collègues..., ses patrons ?

— Non.

Il était évident que Nathalie avait peur de trop en dire.

— Connaissez-vous bien les activités de Frank ?

— Mon mari est très discret sur son travail. Nous n'en parlons jamais.

Elle avait insisté sur le mot « mari » pour bien montrer qu'elle n'appréciait pas que l'inspectrice appelle

Frank par son prénom. Claire Bligh en prit bonne note.

— Votre mari et son frère Thomas se voient-ils souvent ?

L'inspectrice nota que son interlocutrice avait réprimé maladroitement un mouvement de surprise à l'évocation de Thomas Cross.

— Non.

— Ils travaillent ensemble, parfois ?

— Pas que je sache. On se voit très peu.

— Ils sont fâchés ?

— Quel rapport avec votre enquête ?

— J'essaye de saisir le contexte. Thomas Cross vous a téléphoné, le soir du meurtre.

— J'ai déjà tout raconté à la police.

La jeune femme devenait franchement cassante. Claire se leva et se dirigea vers le bureau.

— C'est le bureau de votre mari ? J'aimerais jeter un coup d'œil à son disque dur...

Nathalie se leva aussitôt et s'interposa.

— Vos collègues l'ont déjà fait.

— Je sais, mais ils n'y connaissent rien, répondit l'inspectrice en souriant.

— Vous avez le droit de faire ça ?

Claire Bligh marqua un temps d'arrêt et regarda son interlocutrice dans les yeux.

— Si vous voulez savoir si j'ai un mandat, c'est non...

Elle sortit une enveloppe de son blouson.

— Par contre, j'ai une convocation pour votre mari. Demain, 10 heures à mon bureau.

Elle donna l'enveloppe à la femme de Frank et se dirigea aussitôt vers la sortie.

Bien qu'en congé pour la journée, Mark Hayward continuait ses recherches à la maison. Sa vaste chambre, dont les murs étaient couverts de posters de films d'action et de science-fiction, était envahie par le nec plus ultra de l'équipement informatique. Mark ne supportait plus ses derniers achats dès qu'un modèle plus récent était disponible en magasin, et il dépensait chaque année une véritable petite fortune en matériel dont il n'utilisait pas le quart des possibilités.

Pour l'heure, il lui restait deux CD à visionner sur les dix empruntés aux archives. Dire qu'il en avait assez de voir des femmes plus ou moins jeunes et plus ou moins belles se dévêtir serait très en dessous de la vérité. Il n'en pouvait plus. Soudain, l'image d'une nouvelle strip-teaseuse réveilla sa mémoire. Elle était petite, la taille très fine, les cheveux bruns et lisses longs jusqu'aux fesses et des seins étonnamment gros pour son gabarit. S'il était certain d'avoir déjà vu ces images, il ne pouvait être sûr qu'elles étaient bien celles qu'il cherchait. Trois minutes plus tard, alors que la jeune femme en était à simuler un orgasme à renfort de mines aussi outrées que celles d'une actrice de film muet, la séquence fut brusquement interrompue par un message d'erreur.

— Oui ! lâcha Mark en serrant les poings en signe de victoire. Je l'ai !

Effectivement, le message s'était aussitôt transformé en une page de faux texte blanc sur fond noir.

Mark se sentit soulagé, tout d'abord d'en avoir fini avec les CD de strip-teaseuses, mais surtout que ce lointain souvenir l'ait miraculeusement guidé jusqu'à la bonne archive. Il sourit en pensant qu'il était également inespéré que les nombreuses heures coupables qu'il avait passées quelques années plus tôt à mater des filles sur Internet en se masturbant lui soient aujourd'hui utiles à quelque chose.

Musculation, télé, ciné... Thomas Cross avait tout essayé pour ne penser ni à Cathy, ni à Frank, ni à l'inspectrice Bligh. En vain. Son cerveau tournait en boucle et les minutes s'étiraient comme des heures, longues et pénibles. En fin d'après-midi, alors qu'il faisait du roller dans Regent's Park, sur lequel le soir commençait à tomber, son portable se mit à sonner. Une heure plus tôt, Thomas avait décliné pour la deuxième fois l'offre juteuse d'un chasseur de têtes qui avait appris qu'il avait quitté la PGT, et il s'apprêtait à exprimer un nouveau refus quand il reconnut la voix qui prononçait son nom à l'autre bout du fil.
— Oui, c'est moi... Ah... Pardon ? !... Ce soir ?... Euh... Non. C'est-à-dire que... Rien de spécial ... Non non, je suis libre, c'est pas ça !... Seulement vous... Où ça ?... 20 heures ? Euh... À ce soir alors...
Il raccrocha, très troublé par ce qu'il venait d'entendre.

Alors que la nuit venait de tomber, Mark, seulement éclairé par l'écran de son ordinateur, détaillait une fois de plus les images du strip-tease interrompu par un firewall identique à celui décrit par Claire. Durant son show, la jeune femme utilisait plusieurs fois une télécommande pour élargir ou grossir le cadre, selon qu'elle voulait offrir des détails de son anatomie à ses clients, ou au contraire une vue d'ensemble de son corps. Il se repassa plusieurs fois une séquence en plan large et mit soudain sur pause. Il regarda son écran de plus près, puis ouvrit un logiciel de traitement d'images. Il boosta alors l'intensité lumineuse de la scène, révélant ainsi des détails invisibles auparavant dans un coin sombre de la chambre. Il zooma vers la gauche du lit et, de plus en plus pixelisée, une forme qui ressemblait à un sac se dessina petit à petit.

Mark sauva cette nouvelle image, ouvrit son logiciel d'impression, cliqua sur « photo détramée » et lança le tirage papier. Sur la feuille qui sortit de son imprimante était assez clairement visible un sac plastique sur lequel était indiquée l'adresse d'une boutique de produits de beauté de Copenhague.

12

Thomas n'avait pas dîné en tête à tête avec une femme depuis une éternité, en vérité depuis deux ans qu'il était redevenu célibataire. De plus, c'était bien la première fois de sa vie qu'une telle sortie avec une presque inconnue n'était pas le fruit de longs et poussifs efforts de sa part ! Il n'avait jamais été ainsi sollicité par une femme, presque brusqué. Pour un timide comme lui, c'était un rêve devenant réalité, une éclaircie, une brèche laissant entrevoir un monde idéal. Seule ombre au tableau, et de taille : sa convive était un policier en charge d'une enquête à laquelle il était mêlé de près...

Thomas ne pouvait s'empêcher d'être méfiant vis-à-vis de Claire Bligh, bien que la jeune femme, de minute en minute, lui soit de plus en plus sympathique. Par prudence, il se répétait mentalement que ce qu'il espérait être de l'attirance n'était certainement qu'une nouvelle stratégie policière. Pourtant, fatigué moralement par les événements des jours passés, il décida tout de même de profiter du moment et d'essayer d'étouffer sa méfiance. Le dîner était excellent, et Claire Bligh décidément jolie. En quelques minutes au début du repas, ils s'étaient trouvé de nombreux goûts communs, une culture similaire : les mêmes films de chevet, les mêmes émois nostalgiques à l'évocation de programmes télé de leur enfance, les mêmes groupes démodés qui avaient accompagné leur adolescence.

— C'est vraiment bien ici, dit Thomas pour relancer la conversation, qui s'était quelque peu assoupie avec l'arrivée des plats. Vous venez souvent ?

— Venait, oui..., répondit Claire. Enfin, il y a longtemps, quand j'ai quitté Sheffield. C'était bien au-dessus de mes moyens, mais c'était un peu la cantine de... de mon tuteur.

— Tuteur ?

— Oui, après la mort de mes parents.

Ils occupaient l'une des nombreuses tables de la vaste et élégante Bombay Brasserie, l'un des restaurants indiens les plus réputés de Londres. Au moment de passer commande, ils s'étaient amusés à regarder sur le menu les photos des stars qui avaient posé avec le maître d'hôtel à l'occasion d'un dîner dans le prestigieux établissement. Ils y avaient reconnu Mel Gibson, Tom Hanks, Mick Jagger, Elton John, Bruce Springsteen, Tom Cruise et Tom Jones, entre autres.

— Les restos indiens sont nuls, à Paris..., alors j'ai eu envie de profiter de mon passage à Londres pour voir si ici c'était toujours aussi bien !

— Je ne peux pas comparer avec avant, mais, en tout cas, je trouve ça excellent !

— Vous voyez que vous avez bien fait de venir !
Elle sourit à Thomas.

— Vous êtes toujours aussi difficile à convaincre ?

— Non... euh... c'est...

— J'allais pas vous manger ! C'était juste une invitation à dîner !

— C'est une coutume, chez les inspecteurs, de dîner avec leurs suspects ?

Claire sourit de nouveau.

— Il est bientôt 22 heures, je ne suis pas en service, et je ne vois ni inspecteur ni suspect à cette table !

Thomas fit une moue qui montra clairement à la jeune femme qu'il avait du mal à la suivre sur ce terrain. Elle poursuivit tout de même :

— C'est juste que c'est si rare un informaticien qui aime autre chose que la S-F et Schwarzenegger !

Thomas sourit à son tour car il savait, pour s'être si souvent senti isolé dans ses différentes expériences professionnelles, à quel point ses goûts, qu'il n'hésitait pas à qualifier lui-même de fleur bleue, étaient peu, voire pas, partagés par ses pairs.

— Je me suis dit que ça me changerait de parler un peu de vieux films sentimentaux !

— Pour être honnête, j'ai été au cinéma cet après-midi pour la première fois depuis... depuis des années !

— Accro au Web ?

— C'est vrai que ça me prend... prenait pas mal de temps... entre le boulot et...

— Et le site de Cathy ?

Thomas ne répondit pas.

— Ça faisait longtemps que tu connaissais son site ?

Encore sur ses gardes, Thomas ne put s'empêcher de voir dans cette question le moyen de transformer une conversation anodine en interrogatoire.

— Je te demande ça juste comme ça, Thomas. Si tu ne veux pas en parler...

Il hésita, puis se laissa aller, comprenant qu'en fait il avait besoin de parler de Cathy dans un contexte plus civilisé que celui d'un commissariat.

— Si si, pas d'problème... Ça faisait un peu plus d'un an.

— Elle travaillait, en dehors de sa webcam ?

— Non. Pas que je sache. En tout cas, elle sortait très peu de chez elle.

— Tu devais commencer à bien la connaître ?

— Oui, à force. On s'était jamais rencontrés, tout se passait par e-mails, mais c'était comme si je l'avais toujours connue... tu comprends ?

— Oui, très bien.

— J'allais tous les jours sur le site, et je t'assure, ça a l'air con, mais on était vraiment des amis. C'était peut-être comme ça pour tous les abonnés, mais je crois pas. On s'entendait bien, c'est tout... Quelque chose passait entre nous.

— Et pourquoi pas ?

— Tu sais, c'était une période où j'étais célibataire... ma copine était partie... Eh bien, avec Cathy, je n'avais plus l'impression d'être seul. Il y avait quelqu'un avec qui je parlais, entre guillemets, tous les jours... Je racontais ma journée, mes problèmes, elle me parlait des siens... Enfin tous ces trucs qu'on est censé faire quand on est deux !

Claire écoutait tout en rajoutant de la sauce piquante sur son riz, si abondamment que Thomas fut distrait de son récit par la pensée qu'elle ne pourrait jamais avaler le contenu de son assiette.

— Tu étais déjà amateur de webcams avant Cathy ?

La jeune femme ingurgita une bouchée de son plat et Thomas guetta sa réaction avant de répondre.

— Euh... Oui.

Claire prit une deuxième bouchée tout en mettant une nouvelle dose de piment. Thomas n'avait jamais vu personne manger aussi épicé. Quoique lui-même amateur de cuisine relevée, il aurait été incapable de suivre le rythme de l'inspectrice.

— Ça m'a tout de suite fasciné, poursuivit-il enfin. À l'époque, c'était pas encore à la mode comme maintenant, il y en avait pas beaucoup... Je sais pas, voir comme ça les gens en direct alors qu'ils sont parfois à l'autre bout du monde... Enfin bon, j'ai visité plein de sites, j'ai vu plein de sortes de webcams... Et puis un jour je suis tombé sur Cathy, par hasard, et elle m'a tout de suite plu.

— Un coup de foudre, quoi ?

— Non, pas vraiment, mais...

— Tu penses qu'on peut tomber amoureux d'une image ?

— Comment ça ?

— Je ne parle pas forcément de Cathy et toi, mais en général... Est-ce qu'on peut aimer quelqu'un qu'on n'a jamais rencontré en chair et en os ?

Thomas réfléchit quelques instants à la question, puis :

— Pourquoi pas. Tu sais, c'est comme dans la vie, il y a des gens avec qui on accroche immédiatement, et d'autres pas. La femme idéale... ou l'homme... doit bien se trouver quelque part ! Alors, pourquoi pas derrière un écran d'ordinateur !

— La femme idéale, rien que ça ?

Ils se regardèrent quelques secondes en silence.

— Tu y crois, toi, au grand amour ?

— J'essaye, en tout cas, répondit Thomas. Oui. Même si je commence à trouver les recherches fastidieuses...

— Donc, ce n'était pas Cathy.

— Non, ça n'avait rien à voir.

— Juste une passade...

— Non plus. C'est pas mon genre.

Ils se turent encore un instant, avant que Claire ajoute :

— Ça ressemble quand même drôlement à de l'amour, non ? Platonique, mais de l'amour quand même...

Thomas se sentit rougir et baissa les yeux vers son assiette.

— Pourquoi as-tu laissé tomber ton jeu ?

— Mon jeu ? s'étonna Thomas. Qui t'a parlé de ça ?

— C'est de notoriété publique, non ?

— Ben voyons !

Il n'avait pas du tout envie de s'embringuer dans ce sujet qui éveillait toujours en lui la culpabilité d'avoir laissé ses véritables aspirations sur le bord de la route.

— Quand je me suis retrouvé seul, dit-il tout de même, il y a deux ans..., je n'avais plus vraiment le courage de m'investir dans quoi que ce soit. Relationnel ou autre...

Cette fois, ce fut la jeune femme qui baissa les yeux. Puis, après quelques bouchées, elle reprit d'un ton plus léger :

— Moi, ça me fascine, ces webcams. La démarche, je veux dire... Mettre sa vie en ligne, tout montrer à qui veut le voir...

— Ouais, c'est... spécial.

— En même temps, je comprends, ça doit être terriblement... excitant, quand même. À chaque instant, quelqu'un peut être en train de te regarder, et en plus, d'une manière si anonyme et impalpable que ça doit enlever tous les problèmes de timidité, de trouille ! Moi, par exemple, je ne pourrais pas me déshabiller devant des inconnus. Chez moi, toute seule dans mon appartement, je ferme la porte de la salle de bain quand je me douche !

— Et les toilettes ! ajouta Thomas, amusé, on a beau être seul chez soi, on tire le verrou, non ?

— Plutôt deux fois qu'une !... Et pourtant, tu vois, pour être complètement honnête, j'ai l'impression que si j'étais sûre de ne jamais rencontrer ces gens plus tard, ou qu'ils ne me connaissent pas dans la vraie vie, me laver les dents... ou même me doucher, en sachant qu'éventuellement on me regarde..., ça... ça rendrait les choses plus amusantes.

— Pour certains, c'est une forme d'art, l'élévation des petits riens de la vie quotidienne au statut de représentation artistique, puisqu'il y a public.

Au même moment, installé à un bureau de la Cyber-crime, l'inspecteur Carlin était en train de faire une réussite sur un PC quand il entendit des pas approcher.

— Tiens, vous êtes encore là ? lui demanda Mark Hayward. Ça se passe bien ?

— Non, je suis toujours bloqué avant la fin et...

Bien qu'il ait passé pas mal de temps la veille au soir à lui expliquer le fonctionnement de son système d'écoute, Mark se rendit compte qu'il était loin d'avoir fait le tour de l'imbécillité de cet inspecteur.

— Je parlais de l'écoute !

— Ah !... C'est calme.

Sur le bureau se trouvait l'un des PC portables de Mark, sur l'écran duquel était visible l'habillage d'un logiciel d'écoute en mode de veille.

— Vous savez, l'intérêt de ce machin, c'est qu'il permet de bosser léger ! On peut l'emmener partout avec soi.

Carlin regarda Mark sans répondre.

— Je vous dis ça parce que vous auriez pu faire ça de chez vous plutôt que de vous faire chier ici !

Carlin fronça les sourcils, dubitatif. Mark préféra laisser tomber.

— C'est qui, le mec que vous pistez ?

— Le frère du témoin. J'vois pas bien l'intérêt, mais ce sont les ordres de votre copine.

— Claire a sûrement ses raisons. Elle a beaucoup d'instinct, vous savez.

— Elle a surtout un caractère de merde !

Mark sourit.

— Et encore, ce n'est rien ! Si vous l'aviez connue il y a quelques années...

Mark s'apprêtait à rejoindre son bureau quand un signal lumineux s'afficha sur l'écran de l'ordinateur portable.

— Tiens ! On dirait que vous avez une touche !

Effectivement, une fenêtre informatique s'ouvrit et des témoins de fréquence vocale verts et rouges s'agitèrent, alors qu'on entendait les sonneries de recherche du correspondant. Le nom de Frank Cross s'inscrivit à l'écran dans la rubrique *émetteur*. *Inconnue* était écrit en face de *destination*. L'inspecteur Carlin prit de quoi noter.

— Je vous laisse, lui dit Mark en s'éloignant.

La voix de Frank Cross se fit entendre, au rythme dansant des témoins lumineux :

— C'est Frank, il faut que je vous parle.

Un compte à rebours se déclencha dans un coin de l'écran.

— Vous ne deviez jamais appeler ce numéro, répondit une voix d'homme.

— Il ne fallait pas me le donner, alors... Je suis dans la merde. La poulaille me tourne autour et je suis convoqué demain matin... Je sens qu'ils flairent quelque chose... Non... Vous ne pouvez pas me laisser comme ça... Vous oubliez tout ce que j'ai fait pour vous !... Chez moi pour l'instant... Bien, j'y serai.

— Et merde ! ragea Carlin en constatant que la conversation s'était arrêtée alors que le compte à rebours n'était plus qu'à quatre secondes de zéro.

Inconnue clignotait dans la rubrique *destination.*

— ... après la mort de mes parents, j'avais seize ans... L'informatique m'a sauvée, vraiment... La seule chose qui m'intéressait encore. Ça a été un moyen pour fuir ma vie qui partait en vrille... L'adolescence, quoi !

— Je sais pas, dit Thomas, j'ai jamais vraiment fait ce qu'on appelle une crise, ni rien.

Claire Bligh et Thomas en étaient au dessert et, petit à petit, la jeune femme commençait à se confier à son tour.

— Moi si ! Et plutôt deux fois qu'une ! J'ai fait toutes les conneries imaginables... Et même les autres !

— C'est le cursus pour entrer dans la police ?

— Pas vraiment, non... Bien que ce soit très formateur !

Une sonnerie de téléphone les interrompit. Dix personnes dans le restaurant mirent la main à leur poche, mais ce fut Claire qui gagna la partie et sortit son portable.

— Claire Bligh.

Alors que la jeune femme écoutait en silence ce que lui disait son interlocuteur, Thomas dut bien s'avouer qu'il était en train de passer une excellente soirée. Après tout, une femme flic, à part le fait qu'elle n'ait pas de sac à main, n'était pas si différente que ça d'une autre femme ! Il sourit quand Claire le regarda, toujours en ligne.

— J'arrive tout de suite.

Elle raccrocha et rangea vivement son téléphone.

— Il faut que j'y aille, Thomas. Désolée...

Elle se leva aussitôt et partit sans autre cérémonie.

Thomas en resta un peu désarçonné. Il aurait aimé une conclusion plus conviviale, du genre : « On s'appelle demain », ou : « On pourrait se faire un ciné ? » Puis il se dit avec une certaine amertume qu'ils étaient de toute façon appelés à se revoir, ne serait-ce que dans le cadre de l'enquête...

Assis à son bureau de la Cybercrime, Mark cliqua dans le carnet d'adresses de son PC sur le numéro de téléphone d'un certain Jorn Davidsen. Il disposa un casque audio équipé d'un micro sur sa tête et vit apparaître une fenêtre sur son écran, dans laquelle s'afficha l'image saccadée d'un jeune homme blond.

— Jorn ! Content de te voir ! dit Mark dans son micro.

— Et moi donc ! La police de Sa Majesté a enfin débloqué les crédits pour la vidéo conférence ?

Effectivement, une petite webcam était fixée sur l'écran de Mark.

— Tu plaisantes ! C'est du matos perso !

— Qu'est-ce qui t'amène, vieux frère ?

— Un service.

— Ah !... C'est ça les flics ! Jamais un coup de fil désintéressé, en simple ami...

Mark savait que Jorn plaisantait, car il était l'un des rares, parmi ses anciens amis hackers, qui ne l'avaient pas rejeté quand il avait rejoint les rangs de la police.

— J'espère au moins que c'est quelque chose d'illégal.

— Bien sûr, répondit Mark, sinon, pourquoi je t'appellerais ? J'ai besoin que tu fasses des recherches sur une fille qui animait un site érotique en 1999.

— Je te croyais incollable sur le sujet !

— Connard... Je vais t'envoyer l'adresse du site et une photo par mail. Apparemment, à l'époque, elle habitait Copenhague.

— Qu'est-ce qu'elle a de spécial ?

— Son site a brusquement été interrompu. Je voudrais que tu fouines autour de ça et, surtout, que tu cherches dans les dossiers de la Crime, des fois que le nom de cette fille apparaîtrait quelque part...

— Nous y voilà ! Et pourquoi t'appelles pas directement des collègues de Copenhague ?

— C'est pas mon enquête, et ils sont plutôt carrés, par chez toi ! Procédure procédure...

— Qu'est-ce qu'elle a fait de mal, cette fille ?

— Rien. Mais peut-être que c'est à elle qu'on a fait du mal. Écoute, y a peut-être rien du tout, juste une fausse piste... Mais je voudrais que tu vérifies s'il ne lui est rien arrivé. Ok ?

— Pas d'problème ! C'est tout ?

— Oui. Un petit piratage des fichiers de la police, ça devrait te distraire, non ?

— Oui... Surtout à la demande d'un flic ! J'te tiens au courant. À plus.

L'image disparut et Mark enleva son casque. 23:27 était inscrit en bas de l'écran du PC. Il se dit qu'il était bien tard pour être au bureau un jour de repos, et il ferma son ordinateur.

13

L'INSPECTEUR Lindsey mangeait un hamburger dont l'odeur agaçait Claire Bligh, qui était assise à sa gauche à l'avant de la voiture banalisée, un appareil photo équipé d'un téléobjectif sur les genoux. Le sandwich rond dégageait une senteur chaude, à la fois sucrée et grasse, artificielle et appétissante, très bien étudiée pour ouvrir l'appétit, alors que la première bouchée faisait immédiatement regretter au consommateur de s'être laissé prendre une fois de plus. Pour sa part, et dans la catégorie « repas chaud sur le pouce », Claire préférait les bons vieux *Fish and Chips* qui lui manquaient tant à Paris et qui étaient devenus introuvables à Londres.

— De toute façon, il fallait m'en parler avant !

L'inspecteur Lindsey regarda Claire en soupirant.

— Vous n'allez pas remettre ça ?

— Vous ne vous rendez vraiment pas compte !

— Écoutez... On en a déjà longuement parlé hier et j'ai très clairement compris votre point de vue ! On ne peut plus clairement !

Claire ne répondit pas, les bras croisés et la mâchoire serrée.

— Il aurait fallu être sourd ! bougonna Lindsey en enfournant une frite.

Les deux inspecteurs se turent un instant et Lindsey regarda au-dehors, à une centaine de mètres de la voiture, Frank Cross qui faisait les cent pas sur la berge, non loin de Tower Bridge.

— Et si je vous en avais parlé ? demanda tout de même Lindsey.

— J'aurais dit qu'il n'en était pas question, évidemment ! Faut être abruti pour filer une pièce à conviction à un suspect...

— Parce que vous y croyez vraiment, à sa culpabilité ?

Claire ne répondit pas et regarda Frank, au loin.

— Les Hollandais n'ont trouvé aucune trace chez la victime, un vrai travail de pro.

— Je sais, répondit sèchement l'inspectrice. Je n'ai jamais dit que c'était Cross qui tenait le couteau !

— En plus, on ne sait encore rien de l'entourage de Cathy !

— Oubliez ça. L'enquête locale a montré qu'elle n'avait ni famille, ni ami... De toute façon, c'est pas une raison pour lui donner...

— S'il y a quelque chose dans ces e-mails, l'interrompit Lindsey, c'est lui qui le trouvera, et personne d'autre...

Claire soupira, exaspérée. Puis elle désigna Frank du nez.

— On a repéré le numéro qu'il a appelé ?

— On est dessus, mais sur des œufs, l'écoute est illégale, je vous rappelle.

— Je sais, et on ne devrait pas être là non plus, vous me l'avez assez fait comprendre comme ça.

— Je suis là, non ?

Effectivement, l'inspecteur Lindsey avait fini par accepter d'être aux côtés de Claire, mais pour une raison qu'elle ne soupçonnait pas. Il l'avait détestée dès la première minute de leur rencontre dans le bureau du commissaire Tomlinson, et il avait donc depuis envie de la sauter. Pour lui, le sexe était quelque chose qu'on prenait à sa partenaire, jamais un partage. Selon ses principes, l'amour soulageait les hommes et souillait les femmes, et plus ces dernières étaient souillées, plus les premiers étaient soulagés. Lindsey n'était pas du genre à s'embarrasser des scrupules de l'homme civilisé qui cherche maladroitement à faire jouir sa partenaire. C'était contre ses principes, et bien trop fatigant. Il prenait son plaisir à son rythme, brutalement et sans détour. Claire Bligh avait également à ses yeux un attrait de plus que son physique agréable : elle portait un flingue. Car il avait un fantasme bien particulier et assez difficile à assouvir : rien ne le stimulait plus qu'une femme vêtue seulement d'un porte-jarretelles noir, d'une paire de bas de même teinte et d'un holster maintenant un flingue à même sa peau. Il n'avait réussi qu'une fois à concrétiser partiellement cette fantaisie sexuelle, assez misérablement, avec une prostituée qui n'avait pas pu s'empêcher de rire durant toute la manœuvre. Il l'avait giflée pour la faire taire et n'avait finalement pas réussi à éjaculer.

— On a du neuf sur son employeur ? demanda l'inspectrice en visant Frank de son téléobjectif.

— Pas grand-chose. La AXSNet, ça se prononce *accessnet*, c'est une petite boîte de conception de logiciels qui vient d'être absorbée par un gros groupe industriel.

Frank attendait toujours sur le pont, visiblement nerveux. Le quartier était désert et sombre, comme anesthésié par le cours épais du fleuve. Le point de vue dégagé permettait aux policiers de guetter au loin l'éventuelle arrivée du rendez-vous de Frank. Mais rien ne se passait depuis plus d'une demi-heure. La voiture dans laquelle attendaient les deux inspecteurs était garée le long d'une contre-allée qui surplombait l'eau polluée que la lumière hâve des lampadaires moirait ponctuellement de reflets oléagineux.

— On aurait pu rêver mieux, pour notre première sortie en tête à tête ! dit Lindsey d'un ton qui se voulait humoristique en ouvrant les deux morceaux de pain de son hamburger pour vérifier qu'il n'y restait plus de viande.

Claire posa son appareil photo et regarda l'horloge du tableau de bord.

— On pourrait peut-être dîner, un de ces quatre ? poursuivit Lindsey.

— À quelle heure il avait rendez-vous ? demanda la jeune femme, dont la tentative de son collègue n'avait même pas atteint le cerveau soucieux.

— Il y a cinq minutes, répondit Lindsey en se disant que cette inspectrice était définitivement gouine.

Il laissa tomber son reste de hamburger avec une moue de dégoût au fond de son sac en papier, qu'il chiffonna pour essuyer ses mains. Méticuleusement, lentement, il entreprit de nettoyer le gras de chacun de ses doigts. Claire le regarda faire un moment, puis lui arracha soudain le sac des mains.

— Bon, ça va ! Elles sont propres maintenant !

Visiblement irritée, elle entrouvrit sa portière pour jeter le sac dans le caniveau. Le plafonnier illumina un instant l'intérieur du véhicule.

— La porte ! intervint Lindsey.

Claire referma aussitôt, mais Frank Cross s'était immédiatement tourné vers la voiture.

— Merde ! dit l'inspectrice.

— Ça c'est malin ! On est mal, là...

Frank marchait maintenant dans leur direction.

— Il doit nous prendre pour son contact.

— Mon cul ! commenta Lindsey. Il nous prend pour ce qu'on est : des flics qui lui filent le train sans autorisation ! Barrons-nous !

Frank avançait d'un pas de plus en plus assuré vers la voiture.

— Non. Je vais lui parler.

Frank passa sous un lampadaire et les traits ironiques de son visage montrèrent sans ambiguïté qu'il savait parfaitement à quoi s'en tenir. Ce fut alors qu'un camion poubelle déboucha au coin de la rue, son vacarme et son gyrophare fendant brutalement l'opacité de la nuit. Le véhicule roula entre Frank et les policiers, alors que seulement dix mètres les séparaient encore. Quand les éboueurs furent passés, Frank n'était plus là.

— Où il est passé, ce con ? se demanda Lindsey à voix haute.

Trois coups frappés à la vitre de sa portière firent sursauter l'inspectrice. Frank se tenait penché à sa gauche, le visage à sa hauteur. Elle soupira, alluma le plafonnier et descendit sa vitre.

— Alors... on profite du point de vue ? demanda Frank d'un ton sarcastique.

Un point rouge apparut furtivement sur son front, puis un bris de verre net lui coupa la parole à tout jamais. Un trou bien propre au milieu du front, Frank s'écroula en avant, le haut du buste dans la voiture.

Lindsey en était bouche bée, n'osant plus un geste, la nuque collée à l'appui-tête. Il n'avait pas eu le temps d'identifier le rai de lumière rouge qui avait subrepticement traversé l'intérieur de la voiture de droite à gauche : une balle avait fait un petit trou dans la vitre de sa portière et lui était passée à cinq centimètres devant le nez. Il regarda sur sa droite pour tenter de voir d'où était parti le coup et comprit que le tireur avait pu se poster n'importe où sur l'autre rive, dissimulé par la nuit. L'inspecteur se laissa glisser d'un coup sur le siège pour se protéger d'un autre tir éventuel. Son cœur lui martelait la poitrine et il mit quelques longues secondes avant de retrouver suffisamment de sang-froid pour penser à se soucier de Claire Bligh. Sans se relever, il tourna la tête sur sa gauche et regarda l'inspectrice qui ne bougeait pas, tendue, figée, les yeux fermés, la poitrine soulevée par une respiration nerveuse. Elle semblait sous le choc.

La tête de Frank Cross pendait lamentablement dans la voiture, des gouttes de sang tombant de son front sur le jean de l'inspectrice.

14

L A même nuit, à 4 heures du matin, Thomas était
encore plongé dans les e-mails de Cathy, troublé
comme quelqu'un qui doit ranger la maison d'un
parent décédé. La jeune femme avait reçu un grand
nombre de messages, quotidiennement, allant des
insultes pornographiques aux messages amicaux et
réguliers dont faisaient partie ceux de Thomas. Il y
avait également un bon nombre de demandes en
mariage, sérieuses, parfois désespérées, accompagnées
de photos scannées de leurs auteurs sous toutes les
coutures. Il était clair que Cathy n'avait laissé personne indifférent, mais Thomas était peiné par le
niveau affligeant de la majorité des correspondants de
la jeune femme. Beaucoup réclamaient plus d'érotisme, dictant leurs fantasmes à Cathy, lui demandant
de se masturber devant l'écran, d'inviter des femmes
pour des joutes saphiques, d'organiser des partouzes
en direct... Ceux-là se croyaient tout permis sous pré-
texte qu'ils étaient abonnés à *cathylive*, comme si la
somme qui était tirée sur leur compte en banque chaque mois leur donnait le droit de modeler à leur guise
la vie de Cathy. Ils essayaient de contourner le fondement même de ce type de webcam personnelle qui

justement en faisait tout l'intérêt aux yeux de Thomas : mettre en ligne la vie telle qu'elle est, surtout rien de plus ; tout montrer, mais ne rien mettre en scène.

Heureusement, une partie des autres correspondants réguliers de Cathy étaient des gens normaux qui visitaient le site pour ce qu'il était, entretenant avec la jeune femme une correspondance courtoise, détendue, parfois amusante. À force de lire les messages, de retrouver les mêmes noms, Thomas apprit à connaître certains d'entre eux, suivant ce qu'ils dévoilaient de leur vie comme un feuilleton, et devinant ce que Cathy pensait d'eux à la nature de ses réponses. Petit à petit, il comprit à travers sa propre correspondance qu'il avait eu des rapports privilégiés avec la jeune femme. Elle s'était plus confiée à lui qu'à ses autres abonnés fidèles, elle semblait plus sincère, plus chaleureuse, plus spontanée, n'hésitant pas à lui parler de ses problèmes, de ses doutes, comme lui-même n'avait pas hésité à le faire dans ses messages. Il n'avait donc pas rêvé : quelque chose s'était bien passé entre eux, dans les limites du médium utilisé, sans qu'ils se soient jamais rencontrés, une sympathie, une attirance, un début de séduction.

Thomas eut les larmes aux yeux en retrouvant certains de ses propres messages. Tout cela était fini. Cathy était morte. Il sentit en lui le désœuvrement universel de l'homme face à la mort d'un être cher. Un mélange d'incompréhension, de chagrin et de vaine révolte. Un malaise qui renvoyait au mystère originel de la nature humaine, à la futilité de la vie autant qu'à sa magnificence. Il se laissa aller à ses larmes, et pleurer l'apaisa. Depuis qu'il avait été témoin du meurtre de Cathy, il s'en voulait de pouvoir malgré tout continuer à vivre normalement. Il aurait aimé être plus accablé, refuser le monde, cesser de se nourrir... Ce qu'il avait vu avait été si violent et insoutenable qu'il ne comprenait pas comment il pouvait y survivre. Mais peut-être que les conditions particulières de la mort de la jeune femme, justement, avaient sublimé à ses yeux ses rapports avec elle, et que, après tout, plus de chagrin eût été excessif ?

Quoi qu'il en soit, pleurer lui permit de faire la paix avec lui-même et d'officialiser inconsciemment le décès de Cathy.

Il reprit sa lecture un peu plus tard, triant les messages en anglais, et laissant de côté ceux qu'il ne pouvait pas lire car rédigés en hollandais.

« slt Kti. Koman va ? CT kewl les ouacances ??? ☺ ta nvlle coiffure. PETER »
« petite salope. est-ce que ta chatte est aussi rousse que tes cheveux ? STEVIE »
« ce boulot me tue à petit feu. tu as raison, il est encore temps de tout plaquer et de reprendre mon concept de jeu. il faudrait juste que j'aie le courage de franchir le pas. TOM »
« Kti je t'M. GZAVYÉ »
« Cathy. seriez-vous d'accord pour devenir ma femme. nous pourrions nous unir sur le Web et y diffuser également notre nuit de noce ? MAX »

Thomas retrouva le sourire quand il cliqua sur le document joint à ce dernier courrier et vit apparaître la photo du Max en question, un vieux beau à gourmette posant avec un bouquet de fleurs à la main.

Son téléphone portable se mit à sonner. Il ferma la photo et décrocha. Il fut étonné de se sentir soudain si ému d'entendre la voix de Claire Bligh, son rythme cardiaque s'emballant aussitôt. Il déchanta très vite et écouta sans un mot, sentant affluer un poison dans chaque atome de son corps, comme une fièvre de peine.

15

Trois quarts d'heure plus tard, blême, Thomas reposait le drap blanc sur le visage de son frère, le petit trou bien propre au milieu du front gravé à tout jamais dans sa mémoire. Il fit un signe affirmatif de la tête au médecin légiste de garde et se détourna.

Claire se tenait à l'écart, très pâle. Thomas la rejoignit sans un mot. Il se sentait incapable d'émettre le moindre son.

— Je suis désolée, Thomas, je... Il m'a semblé que ce n'était pas le rôle d'une femme enceinte de reconnaître le corps.

Thomas acquiesça de la tête et ils sortaient ensemble quand une sonnerie de téléphone se mit à tinter derrière eux. Le légiste fouilla les affaires du mort, trouva son portable, l'éteignit, puis accrocha une étiquette au gros orteil de Frank avant de refermer le tiroir dans lequel il était étendu.

Les couloirs de la morgue étaient froids et d'une propreté impeccable, sans appel. Thomas avait l'impression de marcher sur un coussin d'air, la tête bourdonnante, encombrée d'une ébullition de pensées qui ne menaient à rien.

— On n'a rien pu faire, poursuivit Claire, sa voix

résonnant désagréablement sur le carrelage qui couvrait les murs et le plafond. Frank avait un rendez-vous, vers minuit... On était en planque dans la voiture et...

Thomas regarda la jeune femme en essayant d'avoir l'air aimable. Il avait l'impression qu'elle pensait qu'il lui reprochait quelque chose.

— Ils ont tiré de loin. Un fusil à lunette...

La voix du médecin légiste interrompit l'inspectrice.

— S'il vous plaît !

L'homme les rejoignait d'un pas rapide, des papiers à la main.

— Vous n'avez pas signé ! dit-il à Thomas.

Thomas sentit sa tristesse se muer soudain en colère et fut sur le point d'envoyer balader le légiste avec ses formulaires administratifs. Mais il prit sur lui en se disant que ce type ne faisait que son boulot : pour lui, Frank n'était qu'un mort de plus parmi tant d'autres. Il soupira tout de même en prenant les feuilles de papier et le stylo que lui tendait le médecin.

— Je signe où ?

L'homme lui indiqua trois emplacements sur les documents et Thomas, ne trouvant aucun appui dans le couloir, finit par signer en équilibre précaire, sur un genou plié.

Quelques minutes plus tard, Thomas et Claire longeaient un autre couloir lugubre après avoir gravi un escalier. La voix de Thomas eut un raté, il se racla la gorge et reprit :

— Tu penses que Frank était mêlé à tout ça ?... À la mort de Cathy ?

La jeune femme hésita.

— En tout cas, il était bien mêlé à quelque chose... Quoi que ce soit.

Ils restèrent un petit moment sans rien dire, puis Thomas regarda la jeune femme.

— Tout le monde meurt autour de moi, Claire... Qu'est-ce qui se passe ?

Quand ils se retrouvèrent dans la rue, la nuit commençait imperceptiblement à se mêler de jour.

— Qu'est-ce que tu vas faire, maintenant ? demanda l'inspectrice.

— Là ? Je vais aller prévenir Nathalie...

— Tu veux que je m'en charge ?

— Non, merci, c'est à moi de le faire... On a quand même vécu ensemble six ans.

— Nathalie et toi ?

— Oui, avant que Frank me la pique...

La jeune femme sembla très surprise et son regard poussa Thomas à plus d'explications.

— Tu sais... ce n'est vraiment pas le moment de dire ça, mais... Frank n'a jamais été le frère idéal. Nathalie a été ce qui m'est arrivé de mieux dans ma vie, et il ne l'a pas supporté. Quand on était petits, il s'arrangeait toujours pour casser mes jouets... Il n'a pas vraiment changé en grandissant.

Les larmes aux yeux, Thomas se détourna en entendant approcher le bruit d'un moteur. Le taxi que Claire lui avait commandé quelques minutes plus tôt s'arrêta devant eux. Il monta en indiquant au chauffeur l'adresse de son frère et referma la porte sans un mot pour l'inspectrice, qui, pensive, regarda la voiture noire s'éloigner jusqu'à ce qu'elle disparaisse au coin de la rue.

Le jour en était à ses premiers bleus quand Thomas se décida enfin à monter. Il traversa le grand hall, gravit les marches moelleuses et sonna à la porte en prenant une forte inspiration.

— Frank ? C'est toi, Frank ?

Nathalie ouvrit la porte, les traits tirés. Elle fit entrer Thomas en le noyant sous les paroles, l'empêchant de prononcer un mot. Folle d'inquiétude, elle avait essayé de joindre Frank sur son portable une bonne partie de la nuit ; ce n'était pas dans ses habitudes de découcher sans la prévenir ; surtout que, depuis qu'elle était enceinte, il était plus attentionné ; il avait eu l'air contrarié et il était ressorti un peu avant minuit, ce qu'il ne faisait jamais... Puis Nathalie s'arrêta d'un coup, réalisant enfin l'incongruité de la présence de Thomas à cette heure indue alors qu'ils ne se voyaient quasiment plus. Elle prit peur. Thomas chercha les meilleurs mots, mais ne les trouva pas.

— Frank est mort.

Nathalie n'eut d'abord aucune réaction, puis elle posa les mains sur son ventre, comme pour protéger l'enfant qu'elle portait. Sans un mot, elle alla dans le salon et s'assit sur l'un des canapés. Une première larme coula d'un œil, puis une seconde de l'autre. Elle s'essuya le visage de la paume de la main gauche et leva ses yeux sur Thomas comme pour lui demander plus de détails.

— Il a été assassiné, vers minuit.

Nathalie fronça les sourcils, renifla, et enfin ses nerfs lâchèrent. Thomas s'assit à ses côtés et la prit dans ses bras. Il commença un petit mouvement de bercement, au rythme des sanglots de Nathalie.

Quand il se réveilla, Thomas vit qu'il faisait grand jour. Nathalie endormie dans ses bras, il jeta un coup d'œil circulaire sur le vaste salon. Il n'y avait rien ici qui lui rappelât son frère, seulement les accessoires impersonnels de sa réussite financière. Son regard s'arrêta sur la porte entrouverte du bureau. Lentement, doucement, il se dégagea du canapé, remplaçant son épaule par un coussin sous la tête de Nathalie. Il avait un bras engourdi à cause du poids de sa belle-sœur.

Dans le bureau, Thomas s'assit sur le fauteuil pivotant de Frank pour contempler son univers : des CD, quelques livres de poche, des DVD, des manuels d'informatique encore sous cellophane, et une photo qui attira son regard. Thomas se leva et s'approcha de l'étagère. Un peu jaunie, d'un format carré inusité depuis de nombreuses années, la photo représentait Frank et Thomas dans le jardin de leur enfance, en hiver : l'aîné, d'environ neuf ans, portait le masque du Croken et faisait un geste de fausse menace vers le cadet qui poussait un cri à la fois amusé et peureux. Thomas sourit.

— C'est la seule photo de toi enfant que j'aie jamais vue !

Thomas sursauta en entendant la voix de Nathalie qui venait d'entrer dans le bureau.

— Je dois avoir quatre, cinq ans, là-dessus... C'est le Croken... En fait, c'était le croquemitaine, mais j'arrivais pas à dire le mot en entier, alors c'est resté le Croken. C'était notre jeu préféré. J'adorais quand Frank faisait ça ! Ça me foutait une de ces trouilles !

Thomas reposa la photo sur l'étagère.

— Tu peux la prendre, si tu veux.

16

— ON n'a jamais vu ça !! Vous arrivez la gueule enfarinée, vous nous prenez tous pour des cons et en quarante-huit heures tout est par terre !!

Claire essaya d'intervenir, mais le commissaire Tomlinson ne lui en laissa pas le loisir. Il avait beau jeu de l'accabler : écoute illégale, filature illégale, et son prétendu suspect qui se faisait tuer sous son nez. Il était 10 heures du matin, Claire avait dormi à peine deux heures et n'importe quel cloaque au monde lui aurait semblé un paradis sur terre en regard du bureau du commissaire où elle devait subir sa mise à mort professionnelle. Devant témoins, en plus. Les inspecteurs Lindsey et Carlin étaient debout près d'elle, semblant de toute évidence apprécier le spectacle, alors que Mark Hayward et l'inspecteur Wilkins étaient en retrait.

— Qu'est-ce qu'on vous apprend à l'European Cybermachin ? poursuivit le commissaire. Que toutes les autres brigades sont faites pour les abrutis ? Qu'on sait tout mieux que les autres à trente piges quand on n'a jamais rien foutu de sa vie que de s'écraser la raie devant un écran d'ordinateur ?

Claire tenta une réponse et le regretta aussitôt.

— TAISEZ-VOUS ! Pas un mot, Bligh, je ne veux plus rien entendre de vous... plus jamais. Vous m'avez déçu. J'étais vraiment en droit de m'attendre à autre chose de votre part.

Claire sembla particulièrement exaspérée par cette dernière phrase. Mark et Wilkins souffraient pour la jeune femme. Mark parce qu'elle était son amie, Wilkins parce qu'il détestait les rapports de force, les situations conflictuelles, et que voir une collègue, même parfaitement inconnue de lui, passer un si mauvais quart d'heure lui donnait la chair de poule. Pour se donner une contenance, il s'approcha d'un petit cadre fixé de travers sur un mur. Il abritait la photo d'une équipe de cricket fière de montrer une coupe. Wilkins voulut redresser le cadre d'un doigt, mais il se décrocha. Il le rattrapa de justesse avant qu'il ne tombe par terre.

— Qu'est-ce qui vous fait marrer, tous les deux ?

Wilkins sursauta, mais comprit, et s'en réjouit aussitôt, que la colère du commissaire venait de se diriger sur Lindsey et Carlin. Ces deux-là l'avaient bien cherché, à afficher des sourires de star de cinéma devant la déconfiture de l'inspectrice.

— J'en ai autant pour vous si vous voulez ! Qu'est-ce que vous foutiez dans la bagnole, Lindsey ? Et l'écoute, elle s'est faite toute seule ?

— On n'était pas censés savoir que l'inspecteur Bligh n'avait pas d'autorisation ! plaida Lindsey, qui ne souriait plus du tout.

— Vous n'étiez pas censés le savoir, mais vous le saviez très bien. Alors vous la mettez en veilleuse, il y a le classement des dossiers en retard qui vous attend...

— Mais ! On n'a...

— Et quand ça sera fini, il restera toujours les chiottes à récurer ! Il y a eu un mort, nom de Dieu ! Sous votre nez, et certainement en grand partie à cause de vous !

Mark se dit que le commissaire avait dû se prendre lui-même un sacré savon pour être aussi hargneux. Il regardait successivement les trois inspecteurs avec dans les yeux un cocktail de fureur, de dégoût et de rancune.

— Si vous ne l'aviez pas filé, à cette heure-ci, ce putain de Frank serait peut-être tranquillement assis dans votre bureau en train de faire sa déposition !

— Ça m'étonnerait, intervint Lindsey, ce rendez-vous puait la baise à plein nez.

— En attendant, il se serait fait buter peinard dans son coin, et pas vautré sur les genoux de deux inspecteurs censés être sous mes ordres et qui n'avaient rien à foutre là !

Il avait hurlé cette dernière phrase, rouge de colère. Il soupira et revint à Claire, plus calme.

— Pour vous, Bligh, c'est fini. Vous êtes finie... Vous repartez à vos chères études. Vous aimez l'informatique ? Eh bien, tant mieux, parce que vous avez pas fini d'en bouffer. L'ECU va se faire un plaisir de vous trouver une petite place bien tranquille à l'archivage.

— Vous ne pouvez pas me retirer l'enquête.

— Je vais m'gêner.

— Vous ne vous rendez pas compte de ce que vous...

Le commissaire tapa du plat de la main sur son bureau. Wilkins sursauta et se débarrassa en catastrophe du cadre qu'il n'avait toujours pas réussi à raccrocher.

— ÇA SUFFIT, MAINTENANT ! cria le commissaire. Non mais, pour qui vous vous prenez ? C'est pas parce que

Paris vous envoie que vous allez me dire ce que j'ai à faire !

Le visage de Claire Bligh se crispa et elle foudroya le commissaire du regard.

— Ça ne se passera pas comme ça...

Elle fit aussitôt demi-tour et sortit en claquant la porte.

— Mais elle est complètement folle ! ragea le commissaire, sidéré par l'aplomb de la jeune femme.

Plus personne ne bougeait dans le bureau, et de longues secondes passèrent, tendues, palpables.

— Et...

— QUOI ENCORE ? cria le commissaire, toujours sous le coup de la colère.

— J'allais juste demander qui va reprendre l'enquête, termina timidement Carlin.

Le commissaire se radoucit et expira longuement.

— Oui... Wilkins, pour le commissariat...

Lindsey et Carlin échangèrent un regard chargé d'ironie et de mépris.

— ... et...

Le commissaire fouillait ses papiers. Mark termina à sa place :

— Hayward...

— Mark Hayward pour la Cybercrime, enchaîna le commissaire. Puisqu'on m'impose quelqu'un de chez eux... Maintenant, sortez d'ici, tous. Et oubliez le chemin de mon bureau.

Quand Mark Hayward arriva dans le parking souterrain du commissariat central, il découvrit Claire au milieu de trois containers de poubelles renversés et vidés sur une bonne dizaine de mètres carrés. Il comprit aussitôt que la jeune femme venait de passer

130

sa colère par une explosion de rage physique. Par le passé, elle avait été coutumière du fait, et le jeune homme se rappelait parfaitement comment elle avait envoyé à la casse un distributeur de soda flambant neuf parce qu'il lui avait avalé une pièce de monnaie sans délivrer de boisson, et cela dès la première semaine de son affectation à la Cybercrime de Londres.

— Ça va mieux ? ironisa Mark.

— Ouais ! lui répondit Claire en souriant, effectivement calmée.

— J'te dépose ?

Elle prit le casque que lui tendait son ami et monta à l'arrière de son scooter. Mark désigna du nez une des caméras de surveillance du parking.

— Au moins, t'auras distrait des mecs de la sécu !

Il mit le contact et démarra, tandis que Claire visait la caméra avec deux doigts, faisant mine de lui tirer dessus. Mark se dirigea vers la sortie, mais freina brusquement quand une grosse Daimler noire lui refusa la priorité.

— CONNARD !

Derrière Mark, surprise, Claire regarda le luxueux véhicule s'enfoncer dans le parking.

Un parfum trompeur flânait dans les rues de Londres. L'air était frais, froid même, mais le ciel était d'un bleu si clair et limpide qu'il évoquait à tous un trop précoce espoir de printemps.

Mark ne pouvait s'empêcher d'être joyeux. Cette enquête serait sa première véritable affaire, et il y voyait, enfin, son acceptation officielle et complète dans les rangs de la police. Fini les sempiternelles affaires de fraudes à la carte bleue, de piratages de logiciels, de téléchargements illicites sur le Net... Cette fois, il y avait un meurtre, et donc enfin de réels

131

enjeux. Il se sentait euphorique, même s'il gardait clairement à l'esprit que l'opportunité qui s'offrait à lui venait de la déconvenue de Claire à qui il savait pourtant tout devoir. Sans elle, il n'aurait jamais été inspecteur, il ne serait même jamais entré dans la police. Mark se demanda une fois de plus ce qu'il serait devenu sans son intervention, sept ans plus tôt, quand il était sur le point d'avoir de très gros ennuis avec la justice de son pays. Puis il revint au présent et s'attarda un instant sur le comportement de Claire depuis son retour en Angleterre. Il ne comprenait pas son attitude irréfléchie et précipitée sur cette affaire. Pourtant, elle avait mûri depuis toutes ces années qu'il la connaissait, et elle n'était plus, à maintenant trente ans, la jeune femme incontrôlable qu'elle avait été, si caractérielle, si impulsive, voire explosive en cas de tension. Il entendit alors la voix de Claire, mais ne comprit pas ce qu'elle venait de dire.

— Quoi ? cria-t-il par-dessus le bruit du moteur de son scooter.

Claire répéta, mais le jeune homme ne distingua toujours pas le sens de ses paroles.

— J'entends rien !

Mark s'arrêta à un feu rouge.

— Je dis quel vieux con ce Tomlinson !!

Cette fois, le moteur au point mort, la voix de la jeune femme fut si distincte que plusieurs passants se retournèrent.

— Faut dire que tu lui as offert ta tête sur un plateau d'argent !... Au fait, pourquoi il a dit qu'il était déçu ? Vous vous connaissiez avant ?

— C'est une vieille histoire, mais oui... En fait, il m'a un peu aidée à rentrer dans la police, au début. Disons que nous avions un... un ami en commun.

Le feu passa à l'orange, puis au vert, et Mark redémarra. Cette fois, la circulation était plus dense et, roulant moins vite, ils purent continuer à parler.

— Mark ?

— Oui.

— Je voudrais encore suivre l'affaire. En coulisse, bien sûr.

— Vexée ?

— Non non ! Enfin si, un peu... Mais surtout, cette histoire me...

— Pas d'problème, je te promets de te tenir au courant...

— Je ne suis pas pressée de rentrer en France... Je pourrais peut-être te filer quelques coups de main ?

— Ok... Comme au bon vieux temps !

Mark sentit que la jeune femme resserrait sa prise autour de sa taille.

« Comme au bon vieux temps », se répéta-t-il avec un léger pincement au cœur.

Le soir même, sur l'écran plat d'un ordinateur portable posé sur un bureau faisant face à une large baie vitrée dominant la City, défilaient des images en noir et blanc d'une caméra de surveillance des quais de la Tamise. Un homme y débouchait de derrière un camion de ramassage des poubelles et s'approchait d'une voiture. L'image se figea quand l'intérieur du véhicule fut illuminé par la lumière de son plafonnier. Une femme était assise côté conducteur.

— Non... Impossible, dit la voix d'un homme au téléphone. Je ne peux pas intervenir cette fois.

D'un clic de souris, il zooma progressivement dans l'image vers le visage un peu flou de la femme. Petit à petit, ses traits se précisaient.

— Je sais, c'est effectivement regrettable... Qu'il

trouve ou non quelque chose dans les e-mails, il ne faut plus le lâcher... Non. Restons calmes... Tout est sous contrôle...

Sur l'écran, le visage de Claire Bligh était enfin reconnaissable.

— ... Ou le sera bientôt, conclut l'homme avant de raccrocher son téléphone.

Entre quarante-cinq et cinquante ans, vêtu d'un impeccable costume trois pièces de couleur noire, l'homme se laissa aller sur le dossier de son fauteuil et se perdit un moment dans la contemplation de la vue époustouflante qui lui faisait face. Puis il sortit un grand mouchoir blanc d'une poche, se mit à nettoyer méticuleusement ses lunettes et relança la lecture des images muettes de la caméra de surveillance. L'homme qui s'était approché de la voiture se baissait, tandis que Claire Bligh descendait la vitre de sa portière. Soudain, l'homme s'écroulait en avant, le buste penché à l'intérieur de la voiture.

Dans son bureau, l'homme vêtu de noir se repassa plusieurs fois la séquence de la mort de Frank Cross.

17

Iᴌ faisait vraiment trop beau. Pas un souffle de vent pour tordre la cime dénudée des peupliers, pas un nuage pour mater la lumière, pas une goutte de pluie pour courber les silhouettes. C'était une matinée définitivement joyeuse, douce, baignée d'un soleil plein de promesses. Une incongruité pour un hiver anglais. Une indécence pour un enterrement.

Peu de monde accompagnait Frank dans son ultime emménagement. Thomas, Nathalie et ses parents. Le prêtre ne s'étant pas déplacé après la messe, une fidèle dévouée de la paroisse débitait un hommage type qui exaspérait Thomas. Frank avait toujours détesté tout ce qui se rapportait à la religion, mais ses beaux-parents avaient des principes et, comme ils avaient organisé l'enterrement, ayant même eu la gentillesse de trouver une petite place pour Frank dans leur caveau de famille, il eût été mal venu de contrarier leurs convictions. Thomas leur était très reconnaissant de l'avoir déchargé de démarches dont il n'aurait pas eu la force de se dépêtrer. La mère de Nathalie, avant le début de la cérémonie, lui avait expliqué en long et en large son choix de bois pour le cercueil, celui des fleurs, des caractères pour la stèle... Elle avait eu dans la voix cette tonalité d'affolement dévoué typique des braves gens dans la peine qui en font trop mais à qui on ne peut pas en vouloir. Le décès du papa de leur futur petit-fils les avait bouleversés. Et encore, personne n'avait eu le cœur de leur dire qu'il était mort d'une balle en plein front.

Le dernier psaume achevé, quatre trapus en uniforme élimé soulevèrent le cercueil à l'aide de larges sangles. Les grincements du bois, les chocs contre les bords du trou et les petits râles d'effort des croquemorts firent un écho vertigineux dans la mémoire de Thomas à ceux de l'enterrement de ses parents, quinze ans plus tôt. Le jeune homme sentit monter en lui un long sanglot. Il pleura ses parents, puis son frère, avec qui il n'aurait plus jamais l'occasion de faire la paix.

Une sonnerie de téléphone s'immisça. Thomas tourna la tête et vit Claire Bligh, un peu à l'écart, en train de se débattre avec son portable. Elle décrocha, parlant à voix basse :

— Claire Bligh.

— Claire ! C'est Mark... J'te dérange ?

— Euh... oui, mais vas-y, j'écoute...

— J'ai trouvé un site que je connaissais et qui a eu le même problème de firewall.

— Et alors ?

— Alors ? Alors la fille est morte, et l'enquête a été classée. Non résolue.

Claire se mit encore un peu plus à l'écart, nerveuse.

— C'est sûrement un hasard, des sites...

— Attends ! l'interrompit Mark. C'est pas tout ! J'ai fait des recherches avec des potes. On a trouvé...

— Des potes ! Quels potes ?

— Tu sais très bien de qui je parle. Fais pas chier...

Claire soupira mais ne dit rien. Mark reprit :

136

— On a donc trouvé vingt-trois webcams interrompues par le même type de procédé. Vingt-trois en cinq ans, et dans douze pays différents !

— Et tu penses que ça correspond à des meurtres ?

— Je sais pas encore...

— C'est pas parce qu'un site s'arrête que son webmaster s'est fait tuer !

— On va vérifier.

— Comment ?

— Un jeu d'enfant...

— Attends attends ! Ne me dis pas que que tu veux...

— ... pirater les archives de la Crime ? Si, bien sûr...

— T'es pas bien !

— T'en fais donc pas pour moi.

— Mark, tu avais promis...

— Le hacking, c'est comme le vélo, ça ne s'oublie pas ! plaisanta le jeune homme.

— Sauf que maintenant, t'es...

— Sinon, la coupa le jeune homme, j'ai pris des renseignements sur les employeurs de Frank.

— AXSNet ?

— Oui. C'est une start-up qui vend des logiciels dans le monde entier, directement par le Net. Ils viennent juste de rejoindre le groupe Baueur & Foreman...

— Baueur & Foreman ! Rien que ça !

— Oui, madame... Encore une année à ce rythme, et ils seront cotés en Bourse.

La mise en terre était terminée et Thomas, avec Nathalie à son bras, s'approchait de Claire.

— Faut que j'te laisse, Mark... Fais pas de conneries avant qu'on se reparle...

Claire raccrocha et tourna très vite dans sa tête une phrase pour annoncer à Thomas qu'on lui avait retiré l'enquête.

— Toutes mes condoléances, commença-t-elle. Je suis désolée...

Nathalie la regarda durement et Claire se sentit rougir. Il était évident qu'elle la tenait pour responsable de la mort de son mari.

— Je suis vraiment désolée...

Nathalie tira Thomas par le bras pour qu'ils s'éloignent.

— Thomas ! Il faut que je te dise une chose... je...

— Tu vas trouver ces fumiers, Claire... Tu vas les trouver, n'est-ce pas ?

Embarrassée, Claire regarda Thomas, puis Nathalie. Cette dernière était dans un état de nerfs inquiétant, visiblement épuisée par le chagrin, alors que le jeune homme semblait rongé par une sourde colère.

— Oui. Je les aurai... Je te promets que je les aurai.

18

— Qu'est-ce qui t'a pris de lui dire ça ?

Mark tapotait sur son clavier à toute allure, Claire penchée au-dessus de son épaule. Le soir tombait et les bureaux de la Cybercrime étaient calmes.

— C'était l'enterrement, il était bouleversé...

— Depuis quand t'es sentimentale, toi ?

— J'aurais aimé t'y voir !

Claire leva la tête et regarda l'inspecteur Philips qui était en train de lire un journal, les pieds sur son bureau, quelques mètres plus loin. Elle poursuivit à voix basse :

— T'es en train de signer ton arrêt de mort, Mark...

— Je revis, tu veux dire ! Tant pis si ça me coûte mon job. Ça faisait au moins trois ans que je n'avais plus rien piraté...

Philips grommelait en tournant les pages de son édition du soir.

— Tu sais, cette fois, je ne pourrai plus rien pour toi ! Je ne te sauverai pas la mise une seconde fois.

Mark s'arrêta quelques instants et regarda son amie. Elle était la seule à connaître son passé de hacker et, sept ans plus tôt, elle avait eu son avenir entre les mains. Un mot d'elle et Mark se serait retrouvé en prison pour un bon bout de temps. Elle l'avait pris la main dans le sac, alors que ses détournements des comptes secrets des plus grosses fortunes du pays défrayaient la chronique depuis plusieurs semaines. Il avait été le pirate informatique le plus recherché du Royaume-Uni, mais seule Claire Bligh avait réussi à le piéger.

— Je sais ce que je te dois, Claire... Mais il faut me faire confiance.

— C'est ce que j'ai toujours fait. Et jusqu'à aujourd'hui, je n'avais jamais eu à le regretter.

— Mais c'est rien, là... Et puis, ils n'ont qu'à mieux protéger leurs fichiers ! On rentre là-dedans comme dans du beurre !

— Ce qui n'enlève rien au fait que c'est parfaitement illégal ! Pourquoi tu passes pas par la voie normale ?

— Toi tu me demandes pourquoi ? C'est en France que tu as pris goût aux formulaires en dix exemplaires et aux mois d'attente, ne serait-ce que pour se faire refuser la demande ?

Claire sourit, devant bien admettre qu'elle avait toujours été la première à pester contre les lenteurs administratives qui minaient leur profession.

— Et puis mes petits talents cachés nous ont tout de même été bien utiles, pendant toutes ces années, non ?

Elle ne put rien répondre, car tous deux savaient parfaitement qu'en gardant pour elle les agissements passés de Mark et en lui faisant passer les examens d'entrée à la Cybercrime, elle s'était adjoint un collaborateur talentueux, certes, mais surtout « différent ». Et, effectivement, elle n'avait jamais hésité à utiliser cette différence quand le besoin s'en était fait sentir.

— Écoute, si on les laisse faire, cette enquête va s'effondrer sur elle-même. Ça les dépasse complètement. Je sens qu'on a mis le doigt sur un truc énorme, Claire...

— Comment ça ?

— C'est trop tôt pour le dire, mais je suis sûr que c'est une affaire comme on n'en a encore jamais vu. Et je compte bien la résoudre.

Elle fit une moue sceptique quand l'inspecteur Philips les interpella :

— Vous avez lu ça ?

— Quoi ? demanda la jeune femme.

Philips se leva, son journal à la main. Mark dissimula aussitôt son travail illicite en affichant un dossier de routine.

— L'article, là ! L'accord sur le nouveau système de surveillance de la ville ! Ça y est, il est signé !

Philips posa le journal. Claire s'approcha et regarda une photo qui illustrait l'article en question. Plusieurs hommes y posaient sur fond de logo de la police et du groupe Baueur & Foreman, à l'occasion d'une signature protocolaire.

— Là, c'est Cattlebell, le patron de la Baueur, dit Philips en désignant un homme d'un peu plus de cinquante ans. Celui-là, il est de chez nous, j'sais plus son nom, et lui c'est Carr, du ministère. Le dernier là, j'connais pas.

Il désignait un quatrième homme d'un peu moins de cinquante ans, en costume trois-pièces sombre.

— Aucune idée, dit Mark en regardant de plus près.

— Sans doute une huile de chez nous ! suggéra Claire. Faut faire les grandes écoles, maintenant, pour être flic !

— En tout cas, poursuivit Mark, nous voilà vendus au grand capital !

— Baueur & Foreman, soupira Philips. Ces mecs, il leur en faut toujours plus...

Il s'éloigna avec son journal. Mark relança ses calculs et réussit presque aussitôt à entrer dans les fichiers de la Criminelle.

— Bingo ! dit il à voix basse.

Claire le regarda, soucieuse. Mark sourit.

— Allez... Y a juste de quoi nous retrouver tous les deux à la circulation !

— Ou alors en taule, au choix, ajouta la jeune femme.

L'ordinateur était parti pour un long téléchargement.

Thomas revint soudain à lui. Il s'était perdu quelques secondes dans la contemplation de la photo du Croken qu'il avait récupérée chez son frère. Des souvenirs avaient afflué, et pas mal de regrets avec eux. Il soupira et retourna à son écran d'ordinateur.

« toutes les nuits je bande en te regardant dormir. SACHA »
« voilà une photo de ma bite. juste à ta taille, non ? JOHN »
« je veux te bouffer la chatte, attiser ton buisson ardent. I ♥ U. JEROME »

Son portable se mit à sonner. Il décrocha.

— C'est Claire... Je voulais juste savoir comment tu allais.

— On fait aller... Je suis toujours sur les e-mails de Cathy.

— Quelque chose d'intéressant ?

— Non. Et je commence à avoir une overdose de messages de cul. Cathy recevait des horreurs à longueur de jour !

142

— Tu as des nouvelles de Nathalie ?

— Ouais. Elle a du mal. Elle était déjà très flippée avec sa grossesse, alors maintenant qu'elle est seule...

Un silence. Thomas écoutait la respiration de Claire, à l'autre bout du fil. Il se laissa aller dans son fauteuil et se frotta les yeux qui commençaient à le piquer à force de lire le courrier électronique de Cathy.

— Y a du neuf, de ton côté ? demanda-t-il finalement.

— Euh... Justement, je voulais te dire que... enfin... On m'a retiré l'enquête.

— Quoi ?

— Oui. Tu sais... la mort de Frank m'a été beaucoup reprochée... Mais c'est un ami qui reprend le flambeau. Alors, ne t'inquiète pas, je reste sur le coup, même si c'est officieusement...

Un nouveau silence prit ses aises.

— D'accord. Merci de m'avoir prévenu.

— C'est normal.

— Mais...

Thomas hésita.

— Oui ? l'encouragea Claire.

— Tu repars à Paris ?

— Pas tout de suite, non. Je me suis débrouillée pour rester un peu.

Thomas s'en voulut de s'en réjouir. Qu'est-ce qui lui prenait d'avoir envie de revoir cette fille ? Pourquoi espérait-il entendre sa voix chaque fois que son téléphone sonnait ? Pendant le silence qui suivit, il se dit que ce n'était vraiment pas le moment de tomber amoureux, et surtout pas de cette Claire Bligh. Il se fabriqua vite fait une excuse en se convainquant qu'il ne s'agissait que d'une passagère vulnérabilité due à la mort de son frère et au meurtre de Cathy.

— Bon, dit enfin la jeune femme, eh bien... je te tiendrai au courant s'il y a du nouveau. Pour l'enquête.

— D'accord.

— De toute façon, tu as mon numéro... au cas où.

— Oui oui...

— Bonne nuit alors !

— Bonne nuit.

Elle finit par raccrocher. Thomas en fit de même et reposa son téléphone. Il ne put s'empêcher de voir dans les longs silences qui avaient entrecoupé leur conversation la preuve que Claire aussi aurait aimé la prolonger un peu. Puis il se força à revenir aux messages de Cathy là où il les avait laissés.

« Tu n'as jamais essayé avec une fille ? tu devrais, c'est bien mieux qu'avec un mec. moi, au moins, je saurais comment te faire jouir », lui avait écrit une certaine Carole, le 22 octobre dernier.

Thomas soupira et passa au message suivant.

Une demi-heure plus tard, lassé, il n'ouvrait plus les messages, mais se contentait de parcourir leurs intitulés :

« Karl Xpert — tes nichons »
« Mario — Pleaaaaase marry meeeeeee ! ! ! ! ! »
« Johnny — MDR : les rousses puent. »
« Shi — Koi de 9 ? »
« For You — Crok-N »
« Ralph XXL — suce ma queue »

Thomas eut un choc quand le titre de l'avant-dernier message se concrétisa enfin dans son cerveau. *Crok-N*, lu à voix haute, donnait *Croken*. Il cliqua aussitôt dessus, son rythme cardiaque s'accélérant subitement, et découvrit une icône ressemblant à un message publicitaire. Au-dessus du symbole était écrit : « webmasters, click here ». Thomas jeta un rapide coup d'œil à la photo de son frère scotchée sur sa lampe de bureau, puis cliqua. Une fenêtre s'ouvrit, déclenchant la diffusion d'une version électronique de l'air de la comptine *Three blind mice*. Débuta alors un court dessin animé : trois souris portant des lunettes de soleil et des cannes d'aveugle, chacune ayant un pansement à la place de la queue, prenaient la fuite devant un personnage tenant à la main un couteau à trancher ensanglanté. Le personnage portait le même masque que Frank sur la photo d'enfance. Le Croken s'arrêtait une fois au milieu de l'image, exécutait un quart de tour, puis, de face, faisait un simple pied de nez.

Thomas reconnut parfaitement le coup de crayon de son frère. Il réfléchit un moment, regardant le personnage animé sortir de l'image.

Enfin, il se redressa brusquement, enfila son blouson et quitta son appartement.

19

Nathalie était déjà couchée quand Thomas sonna à sa porte. Elle mit deux minutes avant d'ouvrir, le temps de comprendre ce qui se passait.

— Faut que je fouille la bécane de Frank, je crois que j'ai trouvé quelque chose.

— Les flics ont déjà regardé trois fois !

— Oui, mais moi, je sais ce que je cherche.

Il s'installa, alluma l'ordinateur, tapa le mot de passe et alla directement dans l'explorer. Il fit rapidement défiler les différents menus, mais n'y trouva pas ce qu'il espérait. Il ouvrit alors le fichier de recherche et y tapa *Croken*. L'ordinateur fouilla le disque dur et indiqua que rien ne répondait à ce nom. Il tapa *Crok-N*, mais n'eut pas plus de succès.

— Croken, c'est bien le nom du masque qui était sur la photo, non ? demanda Nathalie.

— Ouais, répondit Thomas, pensif.

Elle sortit du bureau pendant qu'il essayait toutes les orthographes possibles pour le nom de l'éventuel fichier qu'il recherchait.

— Tiens ! dit Nathalie en revenant près de Thomas.

Le jeune homme la regarda et vit qu'elle lui tendait un CD.

— Frank l'avait caché. Je n'en ai pas parlé aux flics...

Thomas inséra le disque dans le PC de Frank et en ouvrit le menu.

— Nom de Dieu !

— Qu'est-ce que c'est ? demanda Nathalie.

— Je ne sais pas encore vraiment, mais là, on tient quelque chose...

Thomas éjecta le CD, embrassa Nathalie sur le front et sortit.

Thomas leva la tête pour englober du regard toute la façade du bâtiment. Il se demandait combien pouvait coûter une si belle maison en plein cœur de Londres quand une voix se fit entendre derrière la porte :

— Qui est là ?

— C'est Claire, madame Hayward...

— Claire ? Claire Bligh ?

La porte s'ouvrit sur une femme indienne d'une cinquantaine d'années dont le visage était encore chargé de sommeil.

— Claire... Mark m'avait dit que vous étiez de retour...

— C'est provisoire.

— Je suis ravie de vous revoir, en tout cas.

— Moi aussi... Désolée de vous déranger à une heure pareille, mais le téléphone de Mark est coupé et...

— Rien de grave, j'espère ? dit la femme en les faisant entrer.

— Non non. Juste un boulot urgent.

Mme Hayward referma la porte et Thomas admira la vastitude du hall.

— Au fait, je vous présente Thomas Cross. Thomas, Mme Hayward...

Thomas serra la main de la femme qui lui sourit avec grâce. Claire s'était avancée jusqu'au pied d'un large escalier de pierre.

— Allez-y, vous vous souvenez du chemin...

Trois minutes plus tard, Claire tambourinait à la porte de la chambre de Mark.

— Il a toujours eu le sommeil très profond...

La jeune femme frappa de nouveau à la porte, mais sans plus de succès.

— Mais je l'crois pas ! Mark ? MARK ! POLICE, OUVREZ !

Aussitôt, du bruit se fit entendre derrière la porte, un choc, puis un juron étouffé. Claire fit une moue amusée à Thomas qui vit la porte s'ouvrir enfin sur un jeune métisse de type indien d'environ vingt-cinq ans, étonnamment beau malgré ses cheveux en bataille et ses yeux à peine ouverts.

— Ça va pas, non ?

— Il faudra bien que tu comprennes un jour que maintenant, la police, c'est toi ! ironisa l'inspectrice.

— T'as vu l'heure qu'il est ? dit Mark en fermant la porte derrière Thomas.

— Mark, voici Thomas, je t'ai déjà parlé de lui.

Mark regarda Thomas de la tête aux pieds.

— Le fameux Thomas Cross ?...

Rougissant, Thomas lui serra la main.

— Thomas a trouvé quelque chose, et on a besoin de ta science.

Mark soupira, plus parce qu'il avait du mal à se réveiller que par mauvaise humeur, et Claire lui tendit le CD récupéré chez Frank.

— Vous n'vous quittez plus, tous les deux, on dirait !

Mark dormait en slip, avec un T-shirt noir à l'effigie de Darth Vader, et Claire sourit en le regardant s'installer à son PC.

— Ça ne pouvait pas attendre demain matin ?

— Si, bien sûr, mais Thomas a été très persuasif...

Mark regarda Thomas par en dessous, d'un air de reproche, puis Claire.

— Désolée ! ajouta la jeune femme d'un ton amusé.

— J'espère pour vous que ça valait la peine de me réveiller ! J'étais en train de faire un rêve formidable... elle faisait au moins du 95 C et elle était folle de moi !

— Tout moi ! plaisanta Claire en bombant sa poitrine menue. Enfin... pour la première partie de ta description !

Perplexe, Thomas regarda Claire, puis Mark, en se demandant ce que sous-entendait cette succession d'échanges sucrés salés. Le portable de l'inspectrice se mit alors à sonner. Elle le sortit de sa poche et sembla contrariée en découvrant l'affichage de son écran. Elle décrocha tout de même.

— Ne quitte pas.

Elle sortit aussitôt de la chambre et referma la porte derrière elle.

— M. Bligh qui en a marre d'attendre ? demanda Thomas à Mark.

— Non. Il n'y a pas de M. Bligh. C'est un boulot trop dur...

Thomas nota une évidente teinte d'amertume dans cette remarque, mais ne s'y attarda pas, car le dossier Crok-N s'ouvrait enfin sur l'écran de l'ordinateur.

— Qu'est-ce que c'est que ce bordel ? se demanda Mark à haute voix.

— Apparemment, ça permet d'envoyer des messages sur le Net.

— Des messages, tu parles ! Des virus, oui !

— Et pas du tout-venant, à première vue, ajouta Thomas en se penchant vers le PC.

Du couloir vinrent des bribes incompréhensibles de la conversation téléphonique de Claire. La jeune femme semblait agitée, en colère, et Mark et Thomas échangèrent un regard dubitatif. Puis Mark revint à son écran.

— J'ai jamais vu un truc pareil, et pourtant, j'en ai vu un bon paquet, sans compter ceux que j'ai moi-même concoctés !

— Mais pourquoi Frank aurait-il envoyé un virus à Cathy ?

— Ah ! Parce qu'il y avait cette saloperie sur le disque dur de la victime ?

Claire rentra dans la chambre et s'approcha immédiatement de l'ordinateur. Thomas et Mark ne firent pas attention à elle. Thomas repensait au message intitulé *Crok-N* qu'il avait trouvé dans le dossier de Cathy, au dessin animé et à son pied de nez. Frank avait donc envoyé un message plombé à Cathy, un fichier attaché qui libérait un virus quand on l'ouvrait.

— Dans le message, sur l'icône, il y avait écrit : « webmasters, click here », dit-il, ça signifie que ce type de virus ne s'adresse qu'à des concepteurs de site Web, qu'à des webmasters.

— Peut-être bien, répondit distraitement Mark, absorbé par ce qu'il découvrait.

— Est-ce que c'est ça, le genre de boulot qu'il faisait pour AXSNet ? demanda Claire.

— Certainement pas, répondit Mark, ou alors en sous-main... Tout ça est parfaitement illégal. Si AXS-Net vendait ce genre de truc, c'était pas pour le grand public.

— Mon frère a très bien pu développer ça tout seul,

pour son compte. Il n'était que free-lance pour AXSNet...

— J'en saurai plus dans quelques heures, dit Mark, laissez-moi un peu de temps, il faut que je comprenne comment fonctionne cette petite merveille...

Le portable de Thomas se mit à sonner. Il décrocha. C'était Nathalie, affolée.

20

QUAND Claire et Thomas arrivèrent à son appartement, Nathalie était en larmes, paniquée. Deux
personnes s'étaient introduites chez elle, l'une pour
l'empêcher d'appeler la police pendant que l'autre
fouillait le bureau de Frank.

— Ils ressemblaient à quoi ? demanda Claire.

— Ils portaient des cagoules.

— Deux hommes ?

— Oui.

— Ils étaient armés ?

— J'en sais rien... Je n'crois pas.

Nathalie n'était pas loin de la crise de nerfs et ses
mains tremblaient.

— Ils vous ont brutalisée ?

— Non.

Dans le bureau sens dessus dessous, Thomas trouva
l'unité centrale de l'ordinateur de Frank éventrée, son
disque dur volé. Quand il revint dans le salon, Claire
et Nathalie avaient disparu. Il les retrouva dans la salle
de bain, Nathalie en train de vomir. Elle refusa de
faire venir un médecin. Elle était très pâle, les yeux
rouges et exorbités. Thomas l'aida à se recoucher pendant que Claire téléphonait au commissariat. Nathalie,

allongée dans son lit, retint Thomas par le cou et pleura dans ses bras.

Une heure plus tard, n'ayant en tête que le creux de son lit, Thomas ouvrit la porte de son appartement et entra directement dans la salle de bain pour s'y déshabiller. Épuisé, il se passa de l'eau fraîche sur le visage et se regarda dans le miroir. Il avait une mine à faire cailler du lait frais. Incapable de réfléchir calmement aux événements qui se bousculaient dans sa vie depuis quelques jours, il sentait pointer le besoin de s'apitoyer un peu sur lui-même, quand un bruit tout proche se fit soudain entendre. Il se passa rapidement une serviette sur le visage et sortit de la salle de bain au moment où une silhouette quittait furtivement son appartement. Il se précipita sur le palier et aperçut ce qui semblait être un homme dévaler quatre à quatre les marches de l'escalier. Il se lança aussitôt à sa poursuite.

Monter et descendre cet escalier quotidiennement depuis plusieurs années donnait à Thomas un avantage qui lui permit de rattraper l'intrus dans le hall du rez-de-chaussée. Par contre, étant nettement moins rompu au corps à corps, le jeune homme comprit qu'il n'aurait pas le dessus à la seconde où il empoigna les larges épaules de l'inconnu. Et le choc de sa tête contre le mur confirma aussitôt cette impression. Quand il revint à lui, l'homme était en train d'ouvrir le porche, et Thomas se releva d'un bond.

— Fumier !

Il agrippa un pan du blouson du fuyard, mais se prit les pieds dans le seuil de la porte et s'étala lourdement dans la rue. Secoué par le choc sourd de sa poitrine contre le bitume, il se remit tout de même debout,

153

juste à temps pour apercevoir la silhouette qui tournait déjà au coin de la rue. Thomas se lança à toutes jambes, courant au beau milieu de la chaussée, sans même avoir vérifié qu'aucune voiture n'était en vue. Il tourna au coin de la rue et continua, bien que ne voyant plus l'homme qu'il pourchassait. Il ne s'arrêta que quelques centaines de mètres plus loin, au milieu d'un grand carrefour. Là, le cœur lui martelant la poitrine et les tempes, il regarda dans toutes les directions et dut bien accepter l'idée que l'intrus lui avait échappé. Furieux et hors d'haleine, il se mit les poings sur les hanches et tenta de reprendre son souffle.

— Merde ! MERDE !

La circulation était quasiment nulle, mais une voiture traversa tout de même le carrefour, donnant au passage un petit coup de klaxon aimable pour lui signifier qu'il se trouvait sur le chemin.

— VA T'FAIRE FOUTRE ! hurla-t-il au chauffeur.

Et il rentra chez lui sous le coup d'une colère qui ne disparut qu'une fois sa porte refermée. Elle laissa alors subitement place à un sentiment qui, faute de temps, n'avait pas encore pleinement atteint son cerveau : la peur. Du coup, il verrouilla sa porte à double tour et, sentant un frisson lui parcourir le dos, se demanda avec effroi ce qui se serait passé s'il avait réussi à rattraper le fuyard. Les douleurs qui se réveillèrent soudain à l'arrière de sa tête et à l'avant de son genou gauche esquissèrent un début de réponse tout à fait explicite.

21

QUELQUES heures plus tard, à l'arrière d'une luxueuse voiture aux fauteuils de cuir couleur crème roulant dans la grande banlieue de Londres, un homme en tenue de sport blanche regardait des images diffusées sur l'écran plat d'un ordinateur portable connecté au Web par le biais d'un téléphone mobile. Filmé d'un point de vue élevé, derrière ce qui semblait être une grille d'aération, l'inspecteur Wilkins cherchait des indices dans l'appartement de Thomas Cross. Dans un coin de l'image, le jeune homme était appuyé au montant d'une fenêtre, regardant la rue.

— C'est vraiment utile ? demanda-t-il, sa voix rendue légèrement nasillarde par la retransmission Internet.

Thomas faisait allusion à une voiture garée devant son immeuble, dans laquelle il apercevait deux hommes assis à l'avant. Depuis tout gosse, sans qu'il sache vraiment pourquoi, il avait toujours trouvé louche la présence de deux hommes à l'avant d'une voiture. Pour lui, il ne pouvait s'agir que de policiers ou de bandits. Cela semblait se confirmer.

155

— C'est plus prudent, répondit Wilkins tout en inspectant méticuleusement le bureau de Thomas. Nous avons également mis votre belle-sœur sous protection policière.

Thomas regarda l'inspecteur et se souvint enfin qu'il l'avait déjà croisé durant son week-end forcé au commissariat. Environ quarante-cinq ans, sympathique et courtois, il avait une vraie tête d'imbécile heureux, le genre sain, bouffeur de soja, sourire plein de dents, cheveux brillants et silhouette de prof de sport. Thomas s'était dit en le voyant entrer dans son appartement qu'avec sa femme (il portait une alliance), après le footing et les pompes, ils devaient faire l'amour en regardant rouler les muscles de leur dos dans une glace, s'immobilisant parfois comme des bodybuilders pour garder la pose.

On sonna à la porte. C'était Mark, un peu essoufflé.

— Désolé pour le retard... Du neuf, ici ?

— Non, répondit Wilkins. Apparemment, rien n'a disparu, et je n'ai trouvé aucune trace jusqu'à présent...

— Bizarre...

— Et toi ? demanda Thomas à Mark.

— J'ai avancé. Le virus de ton frère a bien été conçu pour infester des sites Internet. Son but est de prendre le contrôle d'un site de l'extérieur... enfin en partie. Si la personne qui reçoit le message l'ouvre en étant encore connectée au Web, elle est baisée.

— C'est possible, ça ? s'étonna Wilkins.

— Bien sûr, répondit Thomas. On appelle ça un troyen.

— Un troyen ? Comme dans Homère ?

— Oui, à cause du cheval de Troie, précisa Mark.

Tout en écoutant, Wilkins se mit à quatre pattes pour continuer sa chasse aux indices.

— Le virus, une fois rentré dans la bécane grâce au message, permet d'en prendre le contrôle. Le troyen ouvre les portes de l'intérieur, si vous voulez. C'est d'ailleurs pas vraiment un virus, puisqu'il ne se démultiplie pas à l'intérieur de l'ordinateur. Il a une mission précise, c'est un espion dans la place, une taupe.

— Une belle saloperie, commenta Thomas.

— C'est dingue, dit Wilkins, allongé par terre sous le bureau de Thomas.

— En y mettant les moyens, tout est possible, vous savez. Vous m'écoutez, Wilkins ?

— Oui oui ! répondit la voix de l'inspecteur, qui avait complètement disparu sous le bureau.

— On peut tout faire en matière de virus, reprit Mark, le seul frein, c'est les idées... Et par les temps qui courent, quand il s'agit de vouloir contrôler le Web, les censeurs ont carte blanche !

— En tout cas, dit Thomas, ça veut dire que c'est à cause du virus qu'il y a eu le firewall.

— J'allais y venir. On appelle ça une bombe logique, c'est les plus vicieux des troyens. Une fois que le virus est dans l'ordinateur, il attend tranquillement qu'on l'active. Si ma théorie est bonne, ton frère a envoyé ce message à Cathy pour pouvoir ensuite occulter son site quand il le voulait en demandant au troyen de déclencher le fameux firewall. Il suffit d'envoyer un code, genre une date, comme un ordre de mission.

— Et Cathy n'aurait rien pu y faire de son côté ?

— Ce virus est un petit bijou, très bien pensé. Cathy ne s'est jamais rendu compte que son site n'était plus visible pour les autres. Pour elle, tout allait bien !

— Mais quel intérêt ? demanda Wilkins. Pourquoi s'amuser à occulter le site ?

Mark prit son temps pour répondre à cette question.

— Pour que ceux qui voulaient tuer Cathy puissent le faire tranquillement, à l'abri des regards.

Thomas fronça les sourcils. Cette théorie impliquait des conséquences qu'il percevait sans encore vraiment les saisir.

— Mais alors, pourquoi ne pas la tuer dans la rue ? demanda Wilkins. C'est plus simple que devant une webcam dont il faut s'emmerder à prendre le contrôle ! Aïe !

L'inspecteur venait de se cogner la tête en se relevant de sous le bureau. Mark regardait Thomas, comprenant qu'il n'était plus loin d'arriver à la même conclusion que lui. Il n'avait plus besoin que d'un seul indice.

— Thomas, tu te souviens de ce que tu m'as dit à propos du tueur qui a regardé la caméra ?

Cette fois, Thomas avait compris. Mais il rentra dans le jeu de Mark, autant pour éclairer l'inspecteur Wilkins que pour se laisser à lui-même le temps de digérer la nouvelle.

— Oui, et il s'est arrangé pour que Cathy soit face à la caméra.

— Justement, ça ne tient pas debout ! dit aussitôt Wilkins en se frottant le haut du crâne.

Et ce fut Thomas qui prononça la conclusion vers laquelle Mark l'avait guidé :

— Sauf si l'assassinat de Cathy était réservé à quelques happy few.

Un silence suivit cette hypothèse. Wilkins n'était pas sûr de bien concevoir ce qu'il venait d'entendre. Mark poursuivit :

— J'y pense depuis le premier jour de cette enquête. Frank s'est arrangé pour occulter le site de Cathy pour que le crime ne soit visible que par ceux à qui il avait donné le moyen de contourner le firewall.

— Le même moyen que j'ai moi-même utilisé, dit Thomas, pensif.

— Exactement.

— Attendez, attendez, dit Wilkins.

Mais les deux autres ne firent pas attention à lui.

— Mais pourquoi Frank aurait fait ça ? demanda Thomas.

— Pour l'argent. Lui, à mon avis, il vendait juste ses talents !

— Qu'est-ce que vous en savez ? intervint Wilkins. Qui vous dit qu'il n'était pas à l'initiative de tout ça ?

— Vous oubliez comment il a été tué ! s'offusqua Thomas.

— Thomas a raison. Je pense que Frank était celui qui rendait tout ça possible techniquement... c'est tout.

— Je veux bien, dit-il, mais ça implique des commanditaires, une organisation... de l'argent !

— Et alors ?

— Alors rien ! C'est juste que...

Wilkins se sentait perdre pied.

— Attendez. Si je reprends depuis le début, vous êtes bien en train de dire que la mort de cette pauvre fille était un spectacle ?

— Ça ne serait pas la première fois que des malades prendraient leur pied en matant un meurtre !

— Non, mais quand même !

— Mais pourquoi Cathy ? demanda Thomas.

— Pourquoi pas ? Par hasard ! Elle a dû être choisie sur un listing de webcams ! Il existe un fichier international dans lequel sont gardés les renseignements personnels concernant les webmasters.

— Mais ces informations ne sont accessibles qu'à la police ! dit Wilkins.

— En théorie, oui.

159

Thomas réfléchissait depuis un moment. Il faisait mentalement le bilan de tout ce qu'il avait appris depuis le début.

— Ça tient debout ! dit-il enfin. C'est énorme, mais ça tient debout.

— Il faut qu'on parle à Tomlinson. Tout de suite ! dit Mark à Wilkins.

— Il faudrait peut-être réfléchir encore un peu, non ? Laisser reposer tout ça jusqu'à lundi ?

— Et puis quoi encore ? répliqua sèchement Thomas. Qu'est-ce qu'on en a à foutre, du week-end de votre patron ? Il s'agit d'un meurtre, putain !

À quelques dizaines de kilomètres de là, l'homme à l'arrière de sa voiture déconnecta son ordinateur portable.

— Nous sommes arrivés, monsieur, lui dit alors son chauffeur.

L'homme soupira, soucieux, et regarda par la vitre de sa portière. C'était un beau samedi ensoleillé, et la vue familière des pelouses impeccables de son club de cricket parvint tout de même à le détendre un peu.

22

Wilkins et Mark, debout près du club house, attendaient la fin de la partie. Le commissaire Tomlinson se débrouillait très bien au cricket, et il était étonnamment véloce pour son âge et surtout son poids. Mark détestait ce sport qui lui rappelait tant de dimanches après-midi interminables devant la télé. Le bruit mat de la balle contre la batte, la voix terne du commentateur, les applaudissements clairsemés... tout lui revenait, jusqu'au sentiment de culpabilité qui, enfant, lui était instinctive chaque fois qu'il pensait à l'école, tout particulièrement les dimanches après-midi, cette anomalie universelle, cette preuve de l'incapacité des hommes à exploiter correctement le peu de temps libre que leur laisse la vie. Même si elle avait été dorée, pour rien au monde Mark n'aurait revécu son enfance et le cortège de figures imposées qui allait avec : cours de piano, uniforme de l'école, leçons à apprendre et comptes à rendre, tout le temps, sur tout. En fait, il n'avait jamais été aussi heureux qu'en ce moment, depuis qu'il avait un vrai travail. Et c'était dur à admettre pour un ancien hacker s'étant bercé durant des années de l'illusion d'être un rebelle..., surtout quand le rebelle était devenu flic !

L'arrivée de Tomlinson tira Mark de ses songes.

— Qu'est-ce qui se passe, Wilkins ? Qu'est-ce que vous fichez là ?

Le commissaire était accompagné d'un homme d'environ quarante-cinq ans que Mark était certain d'avoir déjà vu quelque part.

— Désolé de vous déranger ici, commissaire...

L'autre homme se mit un peu à l'écart, alors que le reste des joueurs entrait bruyamment dans les vestiaires, riant et discutant.

— C'est à propos de cette jeune femme, commissaire, intervint Mark. Cathy.

— Oui, et alors ?

Wilkins prit le relais :

— L'inspecteur Hayward a une théorie qui...

— Ça ne pouvait pas attendre lundi ?

— Non, dit Mark. Nous pensons que Cathy a été tuée pour le plaisir, pour qu'on la regarde mourir en direct sur Internet.

— Quoi ?

— Je vais vous expliquer, commissaire, commença Wilkins.

— Mais j'ai très bien compris ! C'est n'importe quoi !

— Ce crime est de la même veine que les snuff movies, précisa Mark. Mais en direct sur Internet !

Un silence suivit cette déclaration. De toute évidence, Tomlinson prenait sur lui pour ne pas se mettre à hurler. C'est alors que son partenaire de cricket s'avança de quelques pas.

— Les snuff movies, inspecteur ? dit-il d'une voix posée. Mais tout le monde sait qu'il ne s'agit que d'une légende urbaine...

Wilkins, Mark et Tomlinson regardèrent le quatrième homme avec surprise. Il était en train de net-

162

toyer méticuleusement ses lunettes avec un grand mouchoir blanc. Agacé, Tomlinson coupa court à la conversation :

— Vous deux, je vous vois lundi matin dans mon bureau. Maintenant, si vous permettez, on m'attend au bar...

Et il tourna les talons, suivi par son camarade de jeu qui fit un grand sourire aux deux inspecteurs avant d'entrer dans le club house.

Quelques minutes plus tard, Mark et Wilkins retrouvaient leur voiture garée sur le parking du club.

— Ça va mieux ? demanda Mark. Vous êtes sûr que vous voulez conduire ?

Wilkins tenait un mouchoir plein de glaçons sur son front.

— Oui oui, c'est rien. Ils sont cons, aussi, d'arroser les marches !

Mark eut du mal à s'empêcher de rire. Le vol plané que venait de faire son collègue était digne d'un Laurel et Hardy.

— Vous savez, dit alors Wilkins, il a raison, le vieux, ça...

— Vous n'allez pas encore me parler du mobile ? Il n'y en a pas, putain ! Cathy a été tuée pour le crime en lui-même ! Pour la beauté du geste !

— Avouez que c'est incroyable !

— Mais pas du tout ! On dirait pas que vous êtes flic ! !

Wilkins soupira, se débarrassa de ses glaçons et mit le contact.

— Vous le connaissez, ce type ? demanda Mark.

— Quel type ?

— Lui.

Mark désignait le partenaire de cricket du commissaire qui était en train de traverser le parking.

— Ça m'énerve, je suis sûr que je le conn...

Mark s'interrompit en voyant l'homme monter dans une Daimler noire avec chauffeur.

— Je sais ! J'ai vu cette bagnole dans le parking du commissariat. Il doit faire partie de la maison, les hautes sphères... Il était sur la photo du journal.

— Quelle photo ?

— Le jour de la signature de l'accord entre la police et Bauer & Foreman, vous savez, le système de surveillance...

La Daimler démarra, et Mark eut juste le temps de noter son numéro d'immatriculation sur la paume de sa main.

— Qu'est-ce que vous faites ? lui demanda Wilkins.

Mais Mark, pensif, ne répondit pas.

L'après-midi même, depuis sa chambre, Mark bombardait d'e-mails ses contacts dans une bonne quinzaine de pays.

— C'est très simple, maintenant. Ce qu'il faut, c'est reprendre la liste des sites qui ont été occultés par les firewalls pour voir s'ils ont reçu le même virus que Cathy.

— Et tu ne pourrais pas passer par la voie normale, plutôt que de mettre tous tes potes hackers sur le coup ?

Claire Bligh était assise sur le lit de Mark, soucieuse. Les relations de Mark formaient un large réseau qu'il s'était petit à petit tissé par Internet interposé. Il ne connaissait physiquement aucun de ses correspondants, mais communiquait très régulièrement avec eux par e-mails. Ces petits génies de l'informatique étaient capables de tout, assis devant un ordinateur. Ils pirataient pour le plaisir ou par idéologie tout ce qui était réputé inaccessible. Ils pouvaient semer la panique dans les comptes secrets des plus puissants groupes industriels aussi bien que s'infiltrer par défi dans le système de sécurité de la Maison Blanche. Nourris de cinéma d'action, de science-fiction et de fantastique, ils avaient du monde une vision sombre et paranoïaque qui faisait des simples citoyens les cobayes d'un vaste complot orchestré par les gouvernements. Pour certains d'entre eux, le fantasme avait d'ailleurs fini par être rejoint par la réalité car, à force de semer la déroute par leurs bravades informatiques, ils s'étaient effectivement mis les services secrets de leur pays aux basques. Tous ces pirates des temps modernes formaient une communauté disséminée aux quatre coins du globe, mais qui se serrait les coudes par le biais de l'Internet. Des recrues idéales pour violer, puis fouiller les archives de la police d'une demi-douzaine de pays à la recherche du *Croken*.

— J'en aurai pour six mois ! Rien que pour commander du papier, il faut remplir trois formulaires !

— Je sais, répondit Claire avec lassitude. Le problème, c'est toi ! Tu vas finir par avoir de gros ennuis !... En plus, tu ne sais même pas s'il y a un lien entre les firewalls et un quelconque...

— *Tu* ne sais pas ! Moi si ! Écoute, rien que dans les archives de la Crime anglaise, j'ai trouvé deux affaires à peu près similaires... Deux, Claire ! Ça fait trois avec ma Danoise ! Trois sites de webcam dont les animatrices ont soit disparu, soit été retrouvées assassinées ! Qu'est-ce qu'il te faut de plus, bon Dieu !

Claire soupira avec humeur.

— Ça sert à rien de discuter, de toute façon... Toi

et Thomas, vous voyez dans cette affaire exactement ce que vous voulez y voir !

— Pas du tout ! Ça saute aux yeux, enfin !

— Mais merde, Mark ! Quand est-ce que tu vas enfin grandir ? On n'est pas dans un film, là !

— Calme-toi ! Qu'est-ce qu'il te prend ?

— Il me prend que votre théorie, là, le snuff sur le Web, c'est du délire !

— C'est toi qui dis ça ? Toi ! Claire Bligh, la reine de la parano !

Elle ne répondit pas, les mâchoires serrées.

— Ils t'ont vraiment changée, les Français ! reprit enfin le jeune homme avec dans la voix un subtil dosage de déception et de mépris.

Mark vit passer dans le regard de Claire un voile de rage qu'il connaissait bien. Quelques années en arrière, il se serait fait casser la gueule pour ce type de réflexion. Mais elle avait effectivement changé, ce qui n'était pas plus mal, d'ailleurs, de l'avis de Mark. Il se souvint du jour où, sans son intervention, Claire aurait tué un suspect à mains nues. C'était avant que Mark entre dans la police, avant aussi leur brève et houleuse aventure ! À l'époque, Mark n'était qu'un hacker que la jeune inspectrice Bligh tenait par les couilles et utilisait comme indic personnel. Elle enquêtait alors sur un réseau de pédophiles qui communiquaient par le Net. Mark avait réussi à les infiltrer et, après des semaines de traque virtuelle, le jeune homme avait dû désigner « en vrai » l'un de ses membres à Claire. Mais l'homme avait vite flairé le piège et avait tenté de s'enfuir. Claire l'avait rattrapé et, hors d'elle, l'avait roué de coups avec une telle violence que Mark en était resté sidéré pendant de longues secondes qui avaient bien failli coûter la vie au suspect. Il avait fini par intervenir alors que l'homme, inconscient, n'était déjà plus qu'une plaie sanguinolente. Suite à cette affaire, et à cause de quelques autres aussi, il avait surnommé Claire « Martin Riggs », en référence au personnage interprété par Mel Gibson dans *L'Arme fatale*.

Mark décida qu'il avait assez chatouillé Claire pour le moment et revint à un ton plus amical :

— Écoute... Je ne t'en ai pas encore parlé, mais vendredi soir, la veille du jour où j'ai vu Tomlinson au cricket, j'ai... j'ai été tâté un peu le terrain sur un *chat*...

— Un *chat* ! répéta Claire. Ne me dis pas que...

Mais la tête de Mark était une confirmation suffisante.

— Mais Mark ! Putain ! Si tu te fais piquer sur tes forums de hackers, t'es foutu !

— T'en fais pas. L'adresse change toutes les semaines... En plus, je me connecte du bureau, et jamais sur mon PC. Je change à chaque fois de poste !

Claire soupira.

— Et alors ? demanda-t-elle enfin.

— Alors je suis tombé sur un type qui avait l'air d'en connaître un rayon sur le sujet.

— Sur le snuff ?

— Mieux que ça ! Sur le snuff en direct sur Internet ! Exactement la même configuration que dans notre affaire...

Claire fronça les sourcils. Mark attendit un moment avant de poursuivre.

— Claire... Avoue que ça tient, tout ça...

— Je sais pas... Peut-être, ouais...

— Tu sais, cette histoire de meurtres par le biais des webcams commence à salement circuler sur le Web !

— Mais qu'est-ce qui ne circule pas sur le Web ! Je te rappelle qu'on n'a jamais marché sur la lune et

167

qu'Elvis n'est pas mort ! ! Tu penses bien que pour tous tes tarés de potes, cette histoire de meurtres en direct est du pain bénit !... Et puis même... est-ce que ça vaut la peine de risquer ta carrière pour ça ? On dirait que tu en fais une affaire personnelle !

— C'est ma première véritable enquête, Claire...

Ils se regardèrent un instant sans rien dire, puis Mark continua, sur un ton plus léger :

— Et puis je fais rien d'illégal ! J'envoie juste un message à quelques amis ! Ensuite, c'est eux qui vont voler des dossiers, pas moi !

Claire sourit enfin et Mark enfonça le clou, amusé :

— Je suis un bon garçon, moi ! Pas comme une certaine personne que je connais et qui était abonnée aux maisons de redressement !

23

Quand, le lendemain après-midi, Wilkins arriva au domicile de Thomas, il trouva ce dernier prêt à sortir, chaussé de ses rollers.

— J'aimerais vous poser quelques questions, monsieur Cross.

— Euh... j'allais faire quelques courses...

— Je vous accompagne ?

— Comme vous voulez.

Et dans la rue voisine, quelques instants plus tard, débouchait l'inspecteur, trottinant pour rester à la hauteur de Thomas qui, bien que roulant au ralenti, forçait le policier à user de ses ressources physiques.

— Que pensez-vous des snuff movies, monsieur Cross ?

— Des snuff movies ?

— Oui.

— Rien de plus que tout le monde.

— C'est-à-dire ?

— Ce sont des films dans lesquels on tue des gens en vrai, non ?

— En avez-vous déjà vu ?

— Bien sûr que non ! Pourquoi vous me demandez ça ? Finalement, notre théorie vous intéresse ?

— Je ne sais pas... Je fais juste mon boulot...

Wilkins accéléra un peu sa course pour ne pas se faire distancer par Thomas.

— Et la pornographie ?

— Quoi ?

— Vous avez déjà vu des films pornographiques ?

— Oui, comme tout le monde...

Thomas se retourna discrètement. Un jogger portant une casquette de base-ball grise était en train de reprendre son souffle. Thomas était sûr de l'avoir vu quelques minutes plus tôt, au moment où il était sorti de chez lui.

— On dit que quatre-vingts pour cent des sites Internet sont des sites pornographiques, continua Wilkins, la voix commençant à être altérée par l'effort.

— Je ne sais pas, répondit distraitement Thomas.

— Pourtant, vous connaissez bien l'Internet ?

— Oui, effectivement... il y a beaucoup de sites de cul.

— Vous en êtes amateur, monsieur Cross ?

— Pas particulièrement... et vous ? répondit Thomas, que ces questions commençaient à agacer.

Il tourna dans la première rue à droite.

— Oh, moi, j'ai déjà du mal à écrire mon nom sur traitement de texte, alors Internet !

Le coureur emprunta la même rue quelques secondes plus tard.

— Il y avait de la pornographie sur le site *cathylive* ?

— Sur le site de Cathy ? répéta Mark. Mais non !

— Jamais de nudité ?

— Si, mais comme dans la vie, rien de plus ! Sous la douche ou... enfin, comme n'importe quelle femme chez elle !

— Pensez-vous que Cathy ait eu des penchants masochistes... ?

170

— Masochiste ? Cathy ?

— Oui, avait-elle une sexualité particulière, des goûts sortant un peu de l'ordinaire ?

— Mais non ! Qu'est-ce que vous essayez de dire ?

— Rien, j'essaye de comprendre... Je me demandais si cette Cathy ne recevait pas chez elle des hommes qui avaient l'habitude de la brutaliser pendant leurs rapports.

— Je n'ai jamais rien vu de pareil sur ce site. Cathy était tout ce qu'il y a de plus normale, si c'est ce que vous voulez savoir...

Thomas s'arrêta et fit face à l'inspecteur, qui fut soulagé de pouvoir s'arrêter de courir, essoufflé et en sueur dans son costume. De l'autre côté de la chaussée, le jeune homme à la casquette grise se baissa aussitôt pour relacer ses baskets.

— Dommage, dit Wilkins, cette fois franchement époumoné. C'était une piste envisageable. Une petite orgie qui tourne mal...

Thomas regarda l'inspecteur, dont il n'avait pas écouté les derniers mots. Monté sur ses rollers, il le dépassait de la tête et des épaules.

— Il est avec vous, ce type ?

— Quel type ? demanda Wilkins.

— Celui qui nous suit, là...

Mais il n'y avait plus personne à l'endroit que désignait Thomas.

— Où ça ?

Thomas scruta les environs, mais ne vit aucune casquette grise.

— Non... Rien. J'ai dû me faire des idées...

Thomas se remit en route, et cette fois, l'inspecteur le laissa filer, trop occupé à retrouver son souffle.

La veille au soir, alors qu'il n'arrivait pas à trouver le sommeil, comme souvent depuis la mort de Cathy et celle de son frère, Thomas avait pris quelques résolutions. D'abord, celle de ne pas retravailler tout de suite, puis de s'occuper un peu de la décoration de son appartement, de reprendre le hockey, et enfin de se remettre à travailler sur son concept de jeu. Il n'avait pas de problème d'argent, grâce à son indemnité de licenciement, et surtout à cause de la vente de la maison de ses parents qui n'allait certainement pas tarder à se conclure. C'est pourquoi il subissait le discours ennuyeux de Michael, un vendeur de matériel informatique dont le prénom était écrit sur un badge, et qui lui vantait les mérites d'un écran plasma mural magnifique, mais hors de prix. Thomas était bien décidé à se gâter un peu, mais tout de même dans les limites du raisonnable. Pour l'heure, tout en faisant semblant d'écouter Michael, il s'amusait avec une webcam de démonstration fixée sur un trépied et reliée à un moniteur 21' qui correspondait mieux à ses besoins. Il filmait le magasin et regardait sur l'écran les images retransmises instantanément. La boutique était pleine de monde, vendeurs et clients, occupés autour de matériel ou de catalogues. Soudain, son cœur fit un bond dans sa poitrine. Il ramena la caméra un peu en arrière et, la gorge serrée, vit qu'il n'avait pas rêvé : sur l'écran, le jeune homme à la casquette grise le fixait. Thomas regarda dans la direction pointée par la caméra et tomba dans le regard du jogger qui se tenait debout dans la boutique, à une dizaine de mètres, immobile, une moue ironique sur les lèvres.

— Euh... Je vais réfléchir et je reviens ! dit Thomas à Michael.

Et il sortit aussitôt du magasin.

Cette fois, le doute n'était plus permis. La casquette grise lui avait emboîté le pas, et Thomas sentit la panique le gagner. Bien sûr, en rollers, il pouvait facilement distancer son suiveur... mais à quoi bon, puisque ce fils de pute savait où il habitait ?

Thomas accéléra tout de même la cadence et ne s'arrêta qu'au pied de son immeuble. Il venait de rouler dix minutes sans regarder une seule fois derrière lui, comme si ne pas le voir eût pu faire disparaître le coureur à la casquette. D'ailleurs, il n'était plus là quand Thomas frappa au carreau de la voiture de flic banalisée garée devant chez lui. Un homme obèse baissa sa vitre.

— Bonjour, je suis Thomas Cross, c'est mon appartement que vous surveillez.

— Oui oui, nous vous connaissons, monsieur Cross.

Thomas se baissa et fit un petit signe de tête au policier qui était au volant.

— Euh... J'ai été suivi dans la rue.

Le policier haussa les sourcils en signe de surprise.

— Un type assez jeune, environ un mètre quatre-vingt-cinq, avec une casquette grise. Il fait du jogging...

Les deux flics échangèrent un regard, puis le gros fit de nouveau face à Thomas.

— Bien, dit-il. Nous allons surveiller ça, monsieur Cross.

Thomas vit bien qu'ils ne le prenaient pas au sérieux. Il hésita, puis décida d'en rester là. Après tout, l'important était que, même sceptiques, ces flics puissent repérer immédiatement le coureur s'il se présentait.

— Je vous remercie.

Le gros flic lui sourit et remonta sa vitre.

Thomas passa le reste de la journée chez lui, nerveux, ne pouvant s'empêcher de guetter la rue par la fenêtre tous les quarts d'heure. Mais l'homme à la casquette ne fit plus aucune apparition.

Il tenta en vain de passer ses nerfs sur son banc de musculation, ne parvint pas ensuite à regarder jusqu'au bout *Drôle de frimousse*, dans lequel Audrey Hepburn était pourtant à croquer, puis téléphona à Nathalie, autant pour prendre de ses nouvelles que pour s'occuper l'esprit. La jeune femme n'était pas en forme du tout, et ce coup de fil ne fit que renforcer la déprime qui guettait Thomas. Ils parlèrent de Frank, de l'enfant à venir, de leur aventure passée aussi, et Nathalie finit en larmes. Thomas fut à deux doigts de l'inviter à prendre un verre, ce qu'elle attendait de toute évidence, mais il ne s'en sentit pas le courage, ce qui ajouta à sa morosité une touche de culpabilité dont il se serait bien passé.

À presque minuit, allongé sur son lit dans le noir, il se sentait seul et abandonné. Cathy lui manquait, son frère lui manquait, ainsi que ses parents. Pire, il comprit que son boulot lui manquait. Au bord des larmes, il se décida enfin à prendre son téléphone et composa le numéro de portable de Claire Bligh.

Elle n'était pas joignable, et Thomas ne laissa pas de message après le signal sonore.

— Comment ça s'fait qu'on capte pas, ici ? demanda Claire à Mark en regardant l'écran de son téléphone.

— C'est depuis qu'ils ont construit la tour, derrière. Y a plus que dans les chiottes qu'on reçoit un signal !

— Pratique ! dit Claire en souriant.

Il était presque minuit, et les bureaux de la Cybercrime étaient déserts.

— Faut qu'on se magne ! dit Mark en consultant sa montre.

Il s'assit à la place du sergent Landau, son voisin de bureau, et alluma son PC. Après quelques secondes, une fenêtre sur l'écran demanda le mot de passe. Mark le trouva immédiatement sur son agenda électronique.

— Tu ne changeras jamais ! dit Claire, amusée.

— Est-ce que tu serais aussi folle de moi si je devenais raisonnable ? plaisanta Mark en connectant l'ordinateur de Landau à l'Internet.

— Peut-être encore plus, en fait. Tu sais, j'ai toujours eu un faible pour les hommes mûrs, sérieux... le genre de mec sur qui une pauvre fille comme moi pourrait compter !

Mark entra une adresse Internet et se retrouva aussitôt sur une page ne comportant qu'un champ à remplir avec un code d'accès. Il tapa cinq chiffres et une lettre qui lui ouvrirent l'accès à un *chat* où quelques « conversations » étaient en cours. Mark tapa le message suivant :

`« MadMark : ManX > je suis là. »`

— Il est anglais, ce Man X ? demanda Claire.

— Aucune idée, je... Merde !

— Quoi ?

— Rien, j'ai juste oublié d'appeler Ben.

— Ben ? Le vieux Ben, aux immatriculations ?

Sur l'écran, différentes lignes de dialogues s'inscrivaient avec régularité, mais pas encore de réponse pour Mark.

— Oui, j'ai pris le numéro de la Daimler du pote de Tomlinson.

— Le type dont tu m'as parlé ?

— Oui. Vu le blocage du vieux, je m'dis que ça

pourrait être utile de s'adresser directement à quelqu'un de plus haut placé.

— Si j'étais toi, je ne jouerais pas à ce petit jeu-là avec Tomlinson !

— Mais il est complètement à la ramasse ! Tu l'aurais entendu hier matin... et juste parce qu'on avait osé le déranger pendant son cricket ! Je ne vais pas attendre qu'il soit à la retraite pour régler cette affaire ! Et puis je veux juste connaître le nom de ce type...

Claire fronça les sourcils, pensive.

— Ok. J'm'en occupe, si tu veux. Tu m'donneras le numéro de la bagnole, j'appellerai Ben demain matin, comme ça, j'aurai l'impression de servir à quelque chose !

— D'accord... Mais qu'est-ce qu'il fout ?

Mark tapa un nouveau message :

`« MadMark : ManX > es-tu là ? »`

Aucune réponse ne vint.

— C'est quand même bizarre ! On avait rendez-vous à minuit pile !

`« MadMark : ManX > ? ? ? »`

Enfin, une réponse s'inscrivit à l'écran :

`« Eagle : MadMark > ManX ne viendra pas. »`

— Mais qu'est-ce que c'est que ce bordel ? commenta Mark en tapant un nouveau message :

`« MadMark : Eagle > qui es-tu ? »`
`« Eagle : MadMark > un ami. ManX a des ennuis, et ce chat n'est plus sûr. »`

Soudain, sur l'écran, une page d'erreur s'afficha. Très surpris, Mark rentra de nouveau l'adresse du *chat*, mais n'obtint que le message classique : « `erreur 404. ce site ne peut pas être trouvé.` »

Mark et Claire échangèrent un regard étonné.

Une demi-heure plus tard, Mark arrêtait son scooter devant l'entrée d'un hôtel. Assise derrière lui, Claire ôta son casque et descendit de l'engin.

— Merci pour la balade !

Le jeune homme hésita un instant, puis :

— Tu sais... je suis vraiment content que tu sois de retour... Même si c'est provisoire...

Claire lui sourit.

— Ok. Je suis fatiguée, alors...

— Alors... pas de dernier verre ?

— Non, Mark. Ça fait des années qu'on l'a pris, notre dernier verre...

Mark rougit.

— Tu penses que Thomas Cross correspond mieux à tes critères ?

— Thomas ? Mais de quoi tu parles ?

— Rien, dit tristement Mark. Je crois que je suis fatigué aussi...

Il remit son scooter en marche, sourit mécaniquement à la jeune femme et s'éloigna d'un coup d'accélérateur.

Londres était endormi, et il était grisant de rouler seul à travers les avenues vides. Mark essayait de ne plus penser à Claire et s'en voulait de ne jamais avoir complètement réussi à tourner la page après leur séparation. Et pourtant, il était bien placé pour savoir à quel point elle était exigeante, excessive, caractérielle, jalouse... mais aussi passionnée, drôle, sensuelle ! Le temps avait fait son travail d'érosion, et dans ses souvenirs de leurs quelques mois en tant qu'amant et amante, il commençait à négliger le mauvais au profit du bon. Il en avait conscience, tout comme il se souvenait combien il l'avait haïe au moment de leur rup-

177

ture. Mais Claire n'était pas une femme comme les autres, et si c'était bien pour cela qu'elle était invivable, c'était aussi la raison de son unicité. Depuis leur aventure, Mark avait connu beaucoup de femmes, des plus jolies parfois, des plus équilibrées surtout, mais toutes, un jour ou l'autre, avaient fini par lui sembler ternes et ennuyeuses. Et c'était peut-être là ce que Mark pouvait reprocher le plus amèrement à Claire : rendre la vie impossible en sa présence, et fade par contraste en son absence. Le jeune homme en était là de ses réflexions quand une voiture aux vitres teintées déboucha d'une rue voisine et se colla derrière son scooter. Il fit signe au véhicule de le doubler, mais la voiture se régla sur sa vitesse.

Mark ne pouvait rien apercevoir des passagers de la voiture dans ses rétroviseurs. Il tourna sur sa droite à la première occasion et ne fut pas surpris de les voir en faire de même. Le plus étonnant était que la voiture se contentait de rester derrière lui à distance régulière, sans faire d'appels de phares, sans klaxonner, sans essayer de déséquilibrer le scooter. Finalement, cette attitude était plus inquiétante qu'une démonstration d'agressivité qui aurait eu, au moins, l'avantage de les jeter dans le feu de l'action. Mark était nerveux, tendu, son rythme cardiaque emballé. Pourtant, au premier croisement qui se présenta, il se força à s'arrêter au feu rouge comme si de rien n'était. La voiture s'arrêta derrière lui.

Mark savait maintenant à quoi s'en tenir : ce ou ces types n'étaient là que pour l'impressionner, lui montrer que quelqu'un avait l'œil sur lui. Tout cela ne pouvait donc qu'être lié à l'affaire en cours. Le jeune homme démarra brusquement et obliqua immédiatement vers le trottoir. La voiture le suivit depuis la chaussée, et Mark tourna dans une nouvelle rue qui le mena comme prévu dans une voie piétonne encore animée malgré l'heure tardive. Le scooter se faufila entre les noctambules sortant ou entrant dans les night-clubs d'où s'échappait une sourde musique.

Cinq minutes plus tard, Mark, sur ses gardes, poussait son scooter sous le porche d'entrée du domicile de ses parents. Au moment de refermer la porte, il vit la voiture s'avancer très lentement dans la rue, tous phares éteints, et s'arrêter à une cinquantaine de mètres de la maison.

24

LES réponses de l'étranger ne s'étaient pas fait attendre longtemps sur la messagerie de Mark. En
quelques jours, tous ses correspondants lui avaient
envoyé un ou plusieurs e-mails, et la somme de ces
résultats semblait confirmer la théorie de Mark et
Thomas. Douze des vingt-trois sites concernés par le
firewall avaient bien reçu un message intitulé *Croken*,
ou *Crok-N*, avant d'être occultés. Sur ces douze, cinq
correspondaient à des disparitions non élucidées par
la police, et quatre autres à des meurtres classés dans
les affaires non résolues, le tout dans sept pays différents : États-Unis, France, Japon, Australie, Ukraine,
Hollande et Angleterre.

C'était plus qu'il n'en fallait à Mark. Quelqu'un,
quelque part, un groupe, une organisation, mettait en
scène des assassinats en direct sur le Web. Les victimes
étaient toujours jeunes, sans famille, et à quatre-vingts
pour cent des femmes.

— On est tout près du but, dit Mark à Claire et
Thomas. C'est pour ça que ces connards essayent de
nous mettre la pression en nous faisant filer depuis
quelques jours...

— Et ça marche plutôt bien ! ironisa Thomas.

Ils s'étaient retrouvés dans un pub proche de la Cybercrime pour faire le point sur toutes ces nouvelles données.

— Je n'aime pas la tournure que prend cette histoire, dit Claire.

— En tout cas, reprit Mark, maintenant, j'ai largement de quoi aller voir le boss.

— Quel boss ? s'étonna Claire.

— Le type de la Daimler. Il faut ouvrir une enquête internationale... Au fait, tu as eu Ben ? demanda Mark.

— Ouais. Il me rappelle...

Mark réfléchit un instant et sortit son téléphone portable.

— Qui tu appelles ?

— Tomlinson. Cette fois, il ne pourra plus botter en touche...

Dans une camionnette blanche garée à une trentaine de mètres du pub, une fenêtre d'enregistrement audio s'activa d'elle-même sur l'écran d'un ordinateur portable. Le témoin de fréquence vocale sous lequel était écrit « Hayward » s'anima.

— Allô ! dit Mark.

Mais il entendit sa propre voix en réponse, avec une seconde de battement.

— Merde ! Ça boucle ! dit Steve, dans la camionnette.

— Allô, répéta Mark.

Un son strident lui vrilla le tympan, ainsi qu'aux occupants de la camionnette. Sur l'écran, tous les voyants firent une crête dans le rouge. Mark écarta brusquement le téléphone de son oreille au moment où Steve arrachait son casque de sa tête en jurant.

— Passe-moi ton téléphone, Claire, je sais pas ce qu'il a, mais le mien déconne ces temps-ci...

Mark raccrocha et prit le téléphone de son amie pour rappeler Tomlinson.

— Change de fréquence, dit Paul à Steve, qui cliqua aussitôt sur l'icône intitulée « Bligh ».

Paul pointait ses jumelles à travers la vitre teintée de la camionnette et observait Hayward, Bligh et Cross, assis autour d'une table ronde. Le premier buvait un coca, la deuxième une bière, et Cross un thé. Les deux derniers échangeaient un regard de temps en temps, et leurs yeux se fuyaient aussitôt qu'ils s'étaient trouvés. Paul, qui se piquait d'être un fin psychologue, se dit qu'ils n'allaient plus tarder à coucher ensemble. Depuis plusieurs jours qu'il les surveillait, il s'était forgé une théorie quant aux rapports de ces trois olibrius : les deux garçons étaient amoureux de la fille, Hayward en tant qu'ancien petit ami, et Cross sans vraiment en être encore conscient. Bligh était plus difficile à cerner. Elle semblait consciente de l'effet qu'elle faisait sur ses deux amis, mais était présentement trop soucieuse pour s'y attarder. À moins qu'elle ne soit encore plus maligne que ça, et qu'elle use de ses charmes consciemment ? En tout cas, Paul aurait parié sa paye qu'elle allait finir dans les bras de Cross. Ces deux-là allaient trop bien ensemble, chacun admirant chez l'autre ce dont il pensait manquer : le calme et le romantisme de Cross, la volonté et le cran de Bligh. Décidément, Paul appréciait ce contrat. Pour lui qui s'efforçait toujours de compenser la stupidité de son boulot par l'étude, en amateur, de la psychologie de ses « clients », ce trio de jeunes célibataires « pas finis » était une aubaine.

Après avoir subi le thème de la série *Hawaï, police d'État* comme musique d'attente, Mark, Paul et Steve entendirent enfin la voix du commissaire. Il fut bref et précis, comme à son habitude. Et Mark se fit remettre à sa place en trente secondes chrono.

Devant le pub, alors qu'ils s'apprêtaient à se séparer, Thomas, qui était silencieux et pensif depuis quelques minutes, s'adressa à Mark et Claire :

— Écoutez. Le seul élément palpable de ces crimes, ce sont les tueurs, d'accord ?

— Oui, dit Mark. Et en plus, à mon avis, ces mecs font ça juste pour le fric.

— Ok. À part ça, et la certitude qu'il y a bien crimes organisés, vous n'avez rien : pas de mobile, des tueurs pigistes, un choix de victimes aléatoire et le tout dirigé par... personne ! Par des gens dont on ne connaît même pas la nationalité, des malades derrière leur écran, n'importe où sur le globe, aussi bien la rue d'à côté que l'autre bout du monde, des tarés sans doute si riches qu'il n'y a plus que la mort d'innocents pour les faire bander... Qu'est-ce qui te fait rire, Mark ?

— Rien, rien... C'est seulement un chien qui pissait sur une camionnette blanche et qui vient de se faire virer par un mec qui était à l'intérieur... Continue, je t'écoute.

— Bon. Ce qu'il faut, c'est leur tendre un piège

— Quoi ? dit Claire.

— Une webcam bidon. On attend qu'ils mordent à l'hameçon, qu'ils envoient le Croken, et on chope le tueur chez la fausse victime.

— Une chèvre, quoi ? dit Mark.

— Exactement.

— Ça peut pas marcher ! intervint Claire. Des webcams, il y en a des milliers dans tous les pays ! Pourquoi veux-tu que justement, ils s'intéressent à celle-là ?

— En leur proposant ce qu'ils cherchent : une personne jeune, sans liens familiaux !

— Mais c'est la description de quasiment tous les animateurs de webcams !

— C'est une bonne idée, dit Mark, une super idée, même...

— Mais non, enfin ! s'exclama Claire. C'est une idée...

— Tu permets que je termine ma phrase ?

Claire soupira et Mark poursuivit :

— C'est une bonne idée, Thomas, mais seulement en théorie !... C'est infaisable !

— Et beaucoup trop dangereux, de tout façon ! ajouta Claire.

— En plus, on n'est même pas sûr qu'il y aura d'autres meurtres ! Frank est mort, c'est quand même lui qui guidait les firewalls !

— Maintenant que le système existe, ils peuvent se passer de Frank ! dit Thomas. C'est simple comme bonjour !

— Peut-être, mais ça n'empêche pas que les chances de réussite soient à peu près nulles ! C'est pire qu'une bouteille à la mer !...

— C'est toujours mieux que rien ! conclut Thomas.

— C'est toujours mieux que rien, dit Mark, à l'arrière de la Daimler.

L'homme au costume trois pièces ne dit rien. Il relut la feuille de papier qu'il tenait à la main.

Le matin même, le lendemain de la conversation au pub, à peine avait-il fait trois pas dans la rue en poussant son scooter, que Mark avait aperçu la voiture aux vitres teintées qui, depuis une semaine, jouait à cache-cache avec lui. Comme il en avait plus qu'assez, il avait posé son scooter contre un mur pour se diriger d'un pas décidé vers la voiture. C'est alors qu'une Daimler noire qu'il reconnut aussitôt s'était arrêtée à sa hauteur. Sa vitre arrière était descendue, découvrant le partenaire de cricket du commissaire Tomlinson, cette fois en costume de ville sombre.

— Je crois que vous vouliez me parler ? avait-il dit à Mark en souriant.

— Euh... oui, mais...

— Montez.

Mark avait hésité, mais était finalement monté à bord de la Daimler tout en notant au passage que l'autre voiture avait disparu.

Alors que le chauffeur conduisait la voiture hors de Londres, Mark avait dit à son interlocuteur tout ce qu'il avait appris de nouveau, lui en avait confié la synthèse écrite, et avait terminé par l'exposition de son plan : monter une webcam fictive pour piéger le tueur qui permettrait ensuite de remonter jusqu'à ses commanditaires.

L'homme releva les yeux de la feuille de papier et regarda Mark, qui prit cette fois le temps de le détailler un peu. Il devait avoir dans les quarante-cinq ans, comme Mark se l'était déjà dit au cricket, brun, racé, cheveux courts, lunettes fines sans monture. Son allure générale était stricte mais pas austère, classique mais jeune. Ses yeux noisette brillaient d'intelligence et d'ambition.

— C'est du très bon travail, inspecteur Hayward... Pourtant, même avec plusieurs webcams par pays concerné, cette opération resterait trop hasardeuse.

— C'est le seul moyen d'établir un contact avec les assassins !

— Mais au bout de combien de temps ? Des mois... des années... Au bout de combien de temps mordraient-ils à l'hameçon ? Si jamais ils mordent un jour...

Mark ne répondit rien. L'homme sortit un mouchoir blanc d'une de ses poches, le déplia et entreprit de nettoyer ses verres de lunettes.

— Le problème, inspecteur, c'est que même si vous arriviez à me convaincre, il faudrait ensuite convaincre les autorités d'au moins sept pays... et tout ça pour enquêter sur des crimes dont la disparition des victimes n'a jamais intéressé personne !

— Évidemment, puisqu'ils prennent toujours des victimes complètement isolées !

— Comprenez-moi bien, inspecteur... Je ne cherche pas à vous contredire, j'essaye juste d'être réaliste ! Votre intuition, aussi pertinente soit-elle, ne pourrait suffire à mobiliser de tels moyens pendant si longtemps.

— Mais c'est plus que de l'intuition..., monsieur.

L'homme rechaussa ses lunettes et replia précautionneusement son mouchoir. Il réfléchit et regarda de nouveau la feuille de papier.

— C'est exact... Vous avez réuni là des éléments très convaincants.

Une lueur d'espoir pointa dans le regard de Mark, qui regarda par la fenêtre et se rendit compte qu'ils étaient en train de s'arrêter devant l'aéroport d'Heathrow.

— Écoutez, reprit l'homme, pour l'heure, j'ai un avion à prendre. Tout ce que je peux vous promettre, c'est de réfléchir à votre proposition. Gardons ça entre nous pour l'instant... C'est moi qui vous contacterai.

Il donna des ordres au chauffeur pour qu'il raccompagne Mark, sortit de la voiture et s'éloigna vers l'entrée de l'aéroport en composant un numéro sur son téléphone portable.

La Daimler redémarra. Mark se laissa tomber au

fond de la profonde banquette, finalement satisfait de cet entretien surprise.

L'appartement de Thomas était encombré de cartons contenant une petite fortune de matériel informatique. Finalement, il avait craqué pour l'écran mural et attendait à présent l'arrivée des installateurs de sa toute nouvelle connexion à l'Internet à haut débit. D'ailleurs, quand Claire avait sonné à la porte un quart d'heure plus tôt, il avait ouvert en pensant qu'il s'agissait des techniciens. Mais ces derniers étaient en retard, évidemment. Thomas, surpris, avait offert un coca à la jeune femme et, après quelques minutes de flottement, une agréable discussion avait démarré. Elle les avait menés à se confier sur leurs itinéraires et motivations respectives.

— Et pour la police ? demanda Thomas.

Claire sourit.

— Difficile à dire... Je suppose qu'il y a autant de raisons de rentrer dans la police qu'il y a de policiers ! Moi... je n'ai pas vraiment eu le choix.

— Qu'est-ce que tu veux dire ?

— C'est pas simple... je déconnais vraiment, à l'époque... et ils ont pensé que c'était la meilleure chose pour moi.

— Ils ?

Claire évita de répondre directement et emprunta le ton de la plaisanterie :

— Moi, tant que je ne devais pas porter d'uniforme !...

— Et le fait d'être une femme parmi les hommes, c'est pas trop dur à gérer ?

— Non. En fait, c'est plus dur d'être un spécialiste

de l'informatique dans la police que d'être une femme ! C'est beaucoup plus nouveau !

Un téléphone sonna. Thomas sursauta, et Claire sortit son portable de sa poche. Elle consulta l'affichage avant de décrocher.

— Mark ! T'es où ?

— Dans la voiture de ce type, là... celui du cricket... Pourquoi ?... Non ! C'est lui qui est venu à moi !

Thomas regardait Claire qui, en un quart de seconde, était entrée dans une colère impressionnante.

— T'es devenu dingue ou quoi !... Mais j'en ai rien à foutre, putain ! Tu ne sais rien de ce type et tu lui balances toutes les infos ? !

Ne sachant pas quelle attitude adopter alors que Claire hurlait dans son téléphone en faisant les cent pas, Thomas s'approcha de la fenêtre. Son regard fut attiré par la voiture de police banalisée qui était en train de manœuvrer pour sortir de sa place, derrière une camionnette blanche.

— C'est lui qui te recontacte ?... Non. Non ! Tu ne fais rien ! Rien !

Thomas s'approcha timidement de Claire.

— Claire... Claire ?

La jeune femme se tourna brusquement vers lui.

— Quoi ! cria-t-elle du ton de colère de sa conversation avec Mark.

Elle prit tout de même sur elle.

— Mark ! Attends une seconde...

— Est-ce que je dois m'inquiéter ou pas ? commença Thomas. Les flics, en bas, viennent de partir...

Claire fronça les sourcils.

— Je te rappelle, Mark.

Elle raccrocha, regarda par la fenêtre et composa immédiatement un autre numéro de téléphone.

— Inspecteur Wilkins.
— Qu'est-ce qui se passe avec la protection de Thomas Cross ? demanda Claire.
— Qui est à l'appareil ?
— Claire Bligh.
— Bligh ? Vous n'êtes pas rentrée à Paris ?
— Je suis chez Thomas Cross. Vos types viennent de partir.
— Je sais, oui. Le dossier vient d'être classé.
— Quoi ?
— Je l'ai appris il y a cinq minutes, je n'en sais pas plus pour... Et puis, pourquoi je vous parle de tout ça, moi ! Vous n'êtes plus sur...
Il raccrocha en voyant le commissaire Tomlinson passer dans le couloir.
— Monsieur !
Le commissaire tourna la tête, vit Wilkins et poursuivit son chemin.
— Monsieur ! répéta Wilkins en se levant de son bureau.
— COMMISSAIRE TOMLINSON ! cria-t-il en arrivant dans le couloir.
Le commissaire s'arrêta enfin et lui fit face.
— Qu'est-ce qui se passe avec...
— Pas un mot ! l'interrompit Tomlinson. C'est fini. Je ne veux plus entendre parler de cette affaire.
Le commissaire était particulièrement tendu, mais Wilkins était suffisamment furieux lui aussi pour poursuivre :
— Mais pourquoi avez-vous classé l'affaire, nom de Dieu ?

— Ce n'est pas ma décision. Les Hollandais ont fermé le dossier la semaine dernière, maintenant, c'est juste notre tour.

— Mais c'est pas possible !

Tomlinson tourna les talons, entra dans son bureau et claqua la porte derrière lui.

— Merde ! MAIS MERDE ! ragea Wilkins.

Toujours à l'arrière de la Daimler qui pénétrait la banlieue de Londres, Mark se pencha en avant pour regarder les magazines rangés dans le dossier du fauteuil avant. Étonné, il vit qu'il s'agissait exclusivement de revues économiques. L'inspecteur se redressa et regarda le chauffeur.

— Excusez-moi ?

Le chauffeur ne répondit pas.

— Excusez-moi ! Vous pouvez me dire quel est le nom de votre patron ?

Le chauffeur n'eut aucune réaction.

— Allô ! Je suis en train de vous parler ! Hé, ho !

Le portable de Mark se mit alors à sonner. Il décrocha.

— Oui ! Claire... Quoi ?

— Terminé ! répéta Claire. Ils ont classé l'affaire...

Thomas, pensif, regardait par la fenêtre de son appartement.

— C'est Wilkins qui me l'a dit, précisa Claire au téléphone.

Soudain, Thomas s'approcha de la jeune femme, déterminé.

— On monte le piège.

— Quoi ? lui dit Claire.

190

— Quoi ? demanda Mark à l'autre bout du fil.

— La fausse webcam, précisa Thomas. La chèvre. On y va.

Claire en oublia qu'elle était en train de parler à Mark au téléphone.

— Claire ? appelait ce dernier. Claire ? Je t'entends plus !

Mark ouvrit la vitre de la voiture, pensant qu'il n'entendait plus Claire à cause d'un problème de réception.

— CLAIRE ! MERDE ! PUTAIN DE MACHINE ! CLAIRE ?

Furieux, il jeta le téléphone par la fenêtre.

— MERDE !

Il se laissa retomber dans le fond de la banquette, et ses yeux croisèrent ceux du chauffeur dans le rétroviseur. Il rougit.

— De toute façon, j'aimais plus la couleur...

— Attends, dit Claire à Thomas. Tu veux monter le piège sans l'aide de la police ?

— C'est exactement ça.

— Mais c'est de la folie !

— Ça servira peut-être à rien, mais au moins, ça me permettra de dormir, parce que j'aurai essayé de faire quelque chose...

— Ok, Thomas. Tu es en colère et je...

— Mais je ne suis pas en colère ! Je suis absolument hors de moi ! Mon frère est mort ! Cathy est morte ! Il y a d'autres victimes un peu partout dans le monde et on classe l'affaire ! ! MAIS C'EST À DEVENIR DINGUE !

— Je sais. Ce n'est pas juste... c'est même dégueulasse... Mais c'est pas une raison pour faire n'importe quoi !

— Le plan est bon, dit Thomas. Avec ou sans le feu vert des autorités !

— Non ! Pas du tout ! C'est n'importe quoi ! Thomas, est-ce que tu réalises ce que tu es en train de dire ?

— Oui. Très bien. Et je monterai le piège tout seul s'il le faut.

Ils restèrent silencieux pendant un moment, tendus. Ce fut Thomas qui reprit d'un ton plus calme :

— Claire... Tu n'as pas vu Cathy se faire tuer devant tes yeux. Moi si... et je n'ai rien pu faire pour l'aider... Je n'oublierai jamais ça, Claire... jamais.

— Je sais, mais il y a sûrement un autre moyen de se battre. On doit pouvoir rouvrir le dossier !

— Claire... tu as promis. Tu as promis que tu attraperais ces fumiers...

Claire ne sut quoi répondre. Elle se tut, tendue, nerveuse, ses yeux trahissant une intense et vive réflexion.

Sur l'image saccadée retransmise par l'écran plat d'un ordinateur portable, Claire, visible à travers une grille d'aération de l'appartement de Thomas, tournait en rond comme un tigre en cage.

— Ok, dit-elle enfin. Je fais la chèvre.

— Mais ça va pas ? s'insurgea Thomas.

— Ferme-la ! Et surtout, ne me fais pas le coup du « t'es une fille, c'est trop dangereux pour toi ». Je suis un flic, et tu sais très bien que tu ne fais pas le poids.

— Mais Claire...

— Je suis une femme, justement : comme sept des

victimes. Déjà qu'on a une chance sur un million d'attirer leur attention !

— Attends, tu...

— Mon appart à Paris fera très bien l'affaire. C'est à prendre ou à laisser. C'est moi, ou rien.

La Daimler mit du temps à rejoindre le centre de Londres embouteillé, et quand son chauffeur déposa Mark devant chez lui, le jeune homme était à cran et écœuré, peu habitué à voyager à l'arrière et surtout à subir les affres de la circulation en voiture.

Debout devant la maison de ses parents, il lui fallut quelques secondes pour comprendre ce qui manquait dans le paysage : son scooter n'était plus appuyé au mur, envolé, faute d'antivol.

25

NI Claire ni Thomas n'avaient encore jamais créé de site Web. Ils s'attelèrent à la tâche, manuels en main, et découvrirent que ce n'était finalement pas si difficile que ça. Il suffisait de rédiger et de mettre en forme les différentes pages qui guideraient le visiteur à travers le site. C'était techniquement très simple pour des informaticiens professionnels, mais nettement plus compliqué dès qu'il s'agissait de choisir les intitulés des rubriques, de rédiger des paragraphes d'introduction, comme par exemple la brève biographie de la Claire du site dont la vie ne devait évidemment rien avoir en commun avec celle de la réalité... Ils n'avaient pas pensé à tout ce travail de fond qui était pourtant primordial pour donner corps au site, et ils durent s'inspirer de ce qu'ils avaient eux-mêmes rencontré lors de leurs périples sur le Web. Thomas, qui avait beaucoup fréquenté les webcams ces dernières années, fut pour cela très utile. Il se remémora les sites qui l'avaient marqué et piqua ce qu'il y avait de bon, d'original, dans chacun d'eux.

Mark ne participait pas à ces travaux, d'abord parce qu'il était bloqué à la Cybercrime de Londres, mais surtout parce qu'il était absolument opposé à l'exécution de ce plan sans l'appui de la police. Claire et lui s'étaient d'ailleurs violemment disputés à ce sujet, et Mark ne comprenait pas l'obstination de son amie. Que Thomas soit prêt à tout pour se donner l'illusion que cette affaire n'était pas terminée était compréhensible : il avait subi deux terribles chocs avec la mort de Cathy et de Frank. Mais Claire ! Elle n'avait aucune raison valable de prendre un tel risque, surtout en montant le piège à Paris, c'est-à-dire suffisamment loin de Mark et de Thomas pour qu'ils ne puissent intervenir efficacement en cas de danger ! Tout cela était parfaitement irrationnel, et Mark avait décidé de s'en laver les mains. Ce que, bien sûr, il était incapable de faire. En tout cas, Claire et lui s'étaient quittés en froid.

À Paris, Thomas se sentait bien pour la première fois depuis le début des événements. Il ne connaissait pas la France et savourait ces quelques jours de vacances. Il avait pris une chambre dans un petit hôtel du 18e arrondissement, à deux rues de l'appartement de Claire, et alternait tourisme et travail sur le site.

Ils attaquèrent la page d'accueil en choisissant la texture et la couleur de son arrière-plan, les polices de caractères, leurs couleurs, y insérant des symboles abstraits, des dessins exécutés de la main de Claire pour essayer d'inventer un univers, une ambiance censée symboliser ce que la jeune femme voulait exprimer en créant son site. Ils s'amusèrent énormément à faire différents portraits numériques de la jeune femme, lui faisant prendre de nombreuses moues sexy pour finalement choisir la dernière photo de la série, celle pour laquelle, fatiguée de prendre la pose, elle avait tiré la langue à la manière du célèbre portrait d'Einstein.

Claire, depuis son bureau de l'European Cybercrime Unit, s'occupa de pirater les fichiers administratifs adéquats pour se créer « officiellement » une nouvelle identité qui lui permette de s'inscrire chez le fournisseur d'accès de Cathy sous le nom de Clara Laplace, trente ans, orpheline et célibataire sans enfant. Elle fit une demande d'adresse e-mail et choisit les sponsors qui allaient afficher leurs liens sur son site. Elle avait décidé, pour éviter des démarches laborieuses, qu'il serait gratuit, sans abonnement, et accessible à tous.

Le plus compliqué fut l'installation des caméras dans les différentes pièces de l'appartement, car les informaticiens sont rarement bricoleurs. Fixer une caméra dans un mur n'est pas une mince affaire quand on n'a jamais tenu une perceuse de sa vie. Plus doués avec une souris qu'avec des outils, ils finirent tout de même par disposer tant bien que mal cinq webcams : une dans l'entrée, une dans le salon, une autre dans la cuisine, une quatrième dans la chambre et une cinquième dans la salle de bain. Ils avaient beaucoup hésité pour décider si cette dernière était indispensable, mais Claire avait insisté en disant qu'il fallait jouer le jeu à fond pour être crédible. Il y aurait donc une caméra braquée sur le lavabo et la douche, dont rien n'empêcherait Claire de tirer le rideau.

La mise en place du site fut l'occasion de jours distrayants et joyeux, qui permirent à Thomas d'oublier un peu le contexte tragique de cette mise en scène. Il s'investit dans ce projet avec ardeur et bonne humeur, et ce ne fut que quand tout fut en place, le site prêt à être ouvert, que le jeune homme prit peur. D'un bloc, la folie de cette entreprise lui fut comme révélée. Claire allait s'exposer pour servir d'appât à ils ne savaient pas qui, mais à des gens capable du pire, à des êtres dont le plaisir était de voir mourir des jeunes femmes en direct... Le seul point rassurant était que le piège avait très peu de chances de fonctionner, étant donné son aspect aléatoire. Mais cela déprimait Thomas, qui trouvait soudain leur plan désespéré et minable. Il se mit à penser que Mark avait raison et qu'ils n'auraient jamais dû se lancer dans cette aventure sans l'appui de la police. Claire n'avait peur de rien et Thomas lui trouvait beaucoup de courage... Beaucoup trop, en fait, cela frisait l'inconscience. Mais il n'osa pas lui faire part de ses craintes. Elle dut tout de même se rendre compte de son changement d'humeur car, la veille d'ouvrir le site, après avoir caché une arme dans chaque pièce, elle lui prit la main et lui dit en le regardant dans les yeux que tout allait bien se passer.

Quand ils se séparèrent à la gare du Nord, Thomas eut envie de serrer la jeune femme dans ses bras. Il n'en fit rien, et monta dans l'Eurostar le cœur serré.

Sur la terrasse ensoleillée et animée d'un restaurant à la mode donnant sur la baie de Rio, l'homme à la Daimler était assis seul à une table dressée pour cinq personnes. Son pocket PC à la main, connecté au Web avec son téléphone portable, il était en train de dialoguer par le biais de la section *conversation privée* d'un *chat*. Il lut la dernière phrase de son correspondant qui s'affichait en temps réel sur son écran :

« Ils vont le faire, finalement. »

L'homme envoya aussitôt sa réponse :

« Oui. Le site sera bientôt en ligne. »
« Parfait. Il ne nous reste plus qu'à retourner ce piège grossier contre eux. »
« Eux ? »
« L'occasion est trop belle. »

«Mais elle ? Ne devrait-elle pas être épar-
gnée ? »
« Non. »
« Elle est de la police ! ! ! »
« Ce n'en sera que meilleur. Nos clients sauront
apprécier ce détail. »
« Cette fois, nous ne pourrons pas étouffer
l'affaire aussi facilement ! »
« C'est votre problème. »

Son correspondant mit aussitôt fin à la conversation. Contrarié, l'homme leva la tête et vit une ser-
veuse s'approcher en guidant les hommes d'affaires
avec qui il devait déjeuner.

26

CHEZ lui, assis dans son canapé neuf livré la veille, Thomas tapa pour la première fois *www.clar@-home.fr* sur son nouveau clavier sans fil. La page d'accueil qu'il connaissait par cœur s'afficha sur l'écran plasma mural et il cliqua sur l'icône de la caméra du salon. Dans le petit cadre en forme de télévision dessiné par ses soins, il vit apparaître l'image de Claire assise devant son ordinateur.

« ça marche ! TOM », e-maila-t-il aussitôt.

« champagne ! ☺☺ MARK », envoya Mark au même moment depuis son domicile.

Mark, bien qu'officiellement en train de bouder, n'avait pu résister à l'envie d'assister à la naissance du site de son amie. Il eut un choc en découvrant le nouveau visage de Claire qui sourit à l'écran, sans doute parce qu'elle avait reçu ses premiers messages. Mark et Thomas sourirent en retour, chacun chez soi, à la fois excités par l'ouverture du site et angoissés par ce que cela signifiait. À partir de cet instant, tout ou rien pouvait arriver.

Claire, inspectrice brune le jour, était devenue Clara le soir et la nuit, portant une perruque blonde qui lui allait si bien qu'elle semblait simplement révéler chez elle une seconde nature.

Au même moment, le téléphone sonna dans le bureau de l'homme à la Daimler qui regardait l'image souriante de Claire sur son écran d'ordinateur tout en en époussetant les coins avec un mouchoir blanc. Il décrocha en main libre.

— Oui ? dit-il.

— Nous allons procéder en ligne... sans firewall.

— Quoi ? À la vue de tous !

— Vous avez bien entendu : elle ne recevra pas le *Croken*.

— Mais...

— Ce sera notre chef-d'œuvre.

— Ce sera surtout notre perte ! C'est de la folie !

— J'ai toujours considéré l'aspect confidentiel de nos activités comme un frein.

— Il a aussi toujours été le fondement de notre organisation !

— La diffusion sur le Web général est un aboutissement logique... et inévitable. J'ai toujours su que nous y parviendrions un jour.

L'homme regarda Claire sur son écran, gagné par une soudaine et pesante lassitude. Comme il le craignait depuis quelques mois, les choses devenaient incrontrôlables. Toute cette histoire avait cessé de l'amuser, et à présent, il se sentait pris au piège.

— J'imagine qu'aucun argument ne vous fera changer d'avis ?

— Aucun, non... Tout le monde ici est trop excité par ce nouveau chantier.

— Comme vous voudrez, mais je vous aurai prévenu.

L'homme raccrocha, regarda son mouchoir noirci par la poussière arrachée au magnétisme de l'écran et le jeta dans sa corbeille à papiers. Il ouvrit un tiroir de son bureau et en prit un neuf sur une pile. Puis il releva les yeux vers son écran, sur lequel il vit Claire vaquer à ses premières occupations domestiques en ligne.

« rien ce soir. tout va bien. CLAIRE », reçut Thomas sur sa messagerie vers 2 h 30 du matin, quand la jeune femme décida que sa première soirée sur le Web était finie.

Même s'il était impensable de leur point de vue que le site de Claire ait été repéré si vite, le message infesté n'en était pas moins au cœur des préoccupations des trois amis. Claire s'en était très vite confiée à Thomas par e-mails, dès ce premier jour en ligne, lui avouant que son rythme cardiaque s'accélérait à chaque fois qu'elle consultait sa messagerie. L'arrivée du *Croken* serait synonyme de danger immédiat ; il était à la fois ce qu'ils attendaient tous, et ce qu'ils redoutaient. Thomas se demanda si, avec le temps, ils finiraient par s'habituer à cette épée de Damoclès, et si justement cette accoutumance n'était pas un danger de plus. Ils allaient devoir rester vigilants, pendant des jours, des mois, des années peut-être..., comme un nouveau trait de caractère ajouté à leurs vies.

Mais, ce soir-là, tout allait bien. Thomas regardait Claire se laver les dents dans la salle de bain. Elle était décidément très jolie avec sa perruque blonde. Ses cheveux raides coiffés au carré arrondissaient son visage et lui donnaient une manière d'espièglerie. Encore déroutée par la présence des caméras, elle ne pouvait s'empêcher de les regarder furtivement de temps en temps, retenant difficilement un petit rire nerveux qu'elle communiqua à Mark et Thomas. Elle termina sa toilette et accrocha l'objectif de la caméra du regard avant d'éteindre la lumière. Tous deux cliquèrent sur l'icône de la caméra du salon et attendirent quelques secondes avant de la voir, un sourire narquois au coin des lèvres, traverser le salon en nuisette noire qui lui arrivait à mi-cuisses. Elle avait profité des quelques secondes d'obscurité de la salle de bains pour se changer. Thomas fut très étonné qu'elle porte ce genre de tenue. Il l'aurait plutôt imaginée en pyjama ou avec un long T-shirt. De son côté, Mark savait qu'un tel vêtement n'était pas du tout son genre ; elle avait toujours refusé d'agrémenter leurs ébats de lingerie affriolante durant les quelques mois qu'avait duré leur liaison. Elle devait avoir acheté cette nuisette pour l'occasion, pour parfaire son personnage. Chacun chez soi, Mark et Thomas surent apprécier ce détail à sa juste valeur.

Petite silhouette frêle et charmante, Claire traversa pieds nus son appartement pour en éteindre les lumières, à l'exception de celle la chambre. Elle y disparut à contre-jour, la lumière jouant un instant sur ses jambes. Elle se coucha et tira les draps jusqu'à son cou, laissant sa lampe de chevet allumée. Sur le dos, elle regarda dans la direction de la caméra quelques secondes, puis se mit sur le côté, dos à l'objectif. Mark se déconnecta et éteignit son ordinateur pour aller se coucher. Thomas, lui, continua de regarder Claire qui s'agitait un peu dans son lit, changeant de position, cherchant un endroit frais sur l'oreiller. Il pensa qu'elle aurait certainement beaucoup de mal à trouver le sommeil à cause de la présence de la caméra et à l'idée des inconnus qui la regardaient. D'après ce qu'elle lui avait dit dans ses e-mails, elle avait déjà eu une bonne vingtaine de visiteurs, pour seulement quelques premières heures d'existence du site. Elle avait aussi reçu quelques messages, tous plutôt aimables et amicaux, exclusivement masculins. Thomas se frotta les yeux et décida qu'il était temps pour lui aussi de se coucher.

« je vais dormir. je me déconnecte, mais suis toujours en pensée avec toi. TOM », envoya-t-il avant d'éteindre son PC.

Il en eut un pincement au cœur. Il n'y avait rien à craindre tant que le *Croken* n'était pas arrivé, mais il ne put s'empêcher d'être inquiet. Il s'allongea sur son lit et regarda par la fenêtre la nuit bleue sur les toits de la ville. De l'autre côté de la Manche, il savait Claire seule chez elle, vulnérable, visible en permanence sur le Net. D'autres devaient être en train de la regarder dormir, peut-être même ceux qui avaient tué Cathy. C'était de la folie. Thomas eut envie d'appeler la jeune femme pour lui demander de tout arrêter.

27

L E lendemain était le premier jour d'un week-end. Quand Thomas se réveilla, le jour était levé et il mit quelques secondes à comprendre que le bruit qu'il entendait était la pluie qui battait sa fenêtre en s'échappant de la gouttière trouée. Il se leva et regarda dehors. Du vent poussait de lourds nuages gris au-dessus des toits mouillés et il n'y avait quasiment pas de circulation dans la rue. La lumière du jour était fausse, non qu'il fût très tôt, mais parce que le temps était triste comme un dimanche soir d'automne.

Thomas s'assit à son bureau et cliqua dans ses *Favoris* sur *clar@home*. Le lit de Claire était défait et vide. Il cliqua sur le salon, mais n'y trouva pas la jeune femme qu'il dénicha finalement dans la cuisine, attablée derrière un bol dans lequel elle trempait une tartine. Elle portait un peignoir blanc et avait une petite mine. Thomas avait déjà un message dans sa boîte de réception :

« je n'ai pas fermé l'œil de la nuit. j'avais l'impression d'avoir quelqu'un chez moi avec cette caméra qui me fixait. j'ai éteint la lumière vers 5 heures mais ça n'a rien changé. je me suis fait une frayeur vers 6 heures en entendant un bruit dans l'appartement. j'étais persuadée que quelqu'un était rentré alors que c'était le chauffe-eau de la vieille bique d'en dessous. je déteste ces vieux immeubles où on entend tout. encore heureux que tous mes voisins soient vieux, sinon, je les entendrais baiser. pas de *Croken* ce matin, par contre, mon premier obsédé sexuel. je ne comprends même pas tout ce qu'il m'écrit tellement c'est dégueulasse. tu trouveras une copie de son message jointe au mien. j'ai aussi eu une déclaration d'amour d'un Américain qui m'appelle son *French Butterfly*, et qui veut que je le rejoigne à Las Vegas pour l'épouser. j'ai eu la visite de 2 Italiens, 7 Japonais ! ! !, un couple d'Anglais et un Suédois. voilà pour l'exotisme. je ne pensais pas qu'il y aurait du monde si vite. j'ai regardé ce matin : 16 personnes m'ont regardée dormir ! ! ou plutôt essayer de dormir. et pourtant, je te jure que j'avais les draps jusqu'aux oreilles ! merci pour ton dernier message. CLAIRE »

Sur son écran, Thomas la voyait se beurrer une nouvelle tartine. Il tapa une réponse au message :

« j'en ai honte, mais moi, j'ai tout compris dans le message de ton obsédé. c'est finalement assez banal mais dit avec originalité. en voyant les choses d'une manière positive, il veut juste te faire un enfant d'une façon un peu acrobatique. c'est sans doute l'effet nuisette ! avec tout le respect que je te dois, tu étais charmante hier soir quand tu as été te coucher. personnellement, j'ai dormi, mais avec de drôles de rêves. la webcam me monte à la tête et je me suis vu à poil sur l'écran géant de Time Square alors que je n'ai jamais fichu les pieds

à New York. il y avait des centaines de personnes qui me regardaient dans la rue mais je
n'avais rien pour me dissimuler... il doit bien
exister des sites de psy sur le Web, je devrais
peut-être consulter. te voir t'envoyer toutes
ces tartines me donne faim. évidemment, il n'y
a plus de pain chez moi, ou alors peut-être un
petit bout couvert de moisi. il doit me rester
un bout de pizza d'hier... les joies du céli-
bat ! A+. TOM »

Mark se réveilla deux heures plus tard et, quand il
se connecta au site de Claire, la jeune femme était
habillée, assise devant son ordinateur. Il avait aussi
reçu un message tôt dans la matinée :

« tout va bien. mauvaise nuit mais pas de *Croken*. merci d'être là malgré tout. ☺☺☺ CLAIRE »

La jeune femme était en train de taper sur son clavier et Mark lui envoya une réponse avant de prendre
son petit déjeuner :

« j'ai dormi comme un bébé. toutes ces émotions
m'ont fatigué. content de voir que ça va pour
toi. il n'y a pas à s'inquiéter pour l'instant
mais tout de même... tu sais, je n'ai toujours
pas changé d'avis. simplement, je ne cherche
plus à te convaincre, je te connais trop bien.
la seule chose qui me rassure, c'est que ce plan
a vraiment peu de chances de marcher. MARK »

Si Claire était à son ordinateur, c'était parce qu'elle
était en train d'écrire un message à Thomas :

« c'est dingue comme la présence des caméras
change tout. ça donne de l'importance à tout,
même à mon petit déjeuner ! j'avais l'impression d'être une star hollywoodienne et je me

suis surprise en train de tenir élégamment ma tartine, du bout des doigts, avec le poignet souple et le regard dans le vague ! ! très romantique, genre Garbo avec un flou artistique... ridicule. Avec les décalages horaires, j'ai calculé qu'il y avait très peu de moments dans la journée où j'avais des chances de n'avoir personne en train de me mater. si en plus on compte les insomniaques, c'est foutu, chacun de mes gestes du jour et de la nuit est observé de quelque part sur la planète. ça me rend à la fois parano et mégalo ! quand je marche, je pense à ma démarche, quand je bouquine, je me regarde tourner les pages ou je fais attention de ne pas mettre mes doigts dans mon nez. et je ne te parle même pas de la salle de bain ! j'ai déjà pas mal de visiteurs ce matin et beaucoup de messages qui me parlent de ma nuisette noire ! apparemment, tu n'es pas le seul à y avoir été sensible. au fait, merci pour le compliment. si tu me connaissais mieux, tu saurais que tout cela ne me ressemble pas du tout. j'ai toujours été du genre garçon manqué et je crois qu'avec cette nuisette (rien que le mot me fait marrer !), c'est certainement la première fois que je porte de la soie (c'est d'ailleurs très agréable...). je viens de comprendre pourquoi la grande majorité des filles qui ouvrent des sites n'ont pas de famille : c'est parce que sinon elles auraient trop peur que leur père les voie. tu imagines la tronche d'un père qui découvre que sa fille expose sa vie devant le monde entier ? qu'est-ce qu'il ferait ? il se déconnecterait et s'efforcerait d'oublier ou bien il regarderait du matin au soir ? et quand elle est sous la douche ou... je préfère ne pas y penser. tiens, Mark est réveillé. j'ai un message de lui... je t'ai dit qu'on a fait la paix ? il m'a envoyé un message dès les premières minutes du site. il pense toujours que je suis folle à lier, mais c'est pas nouveau ! je crois qu'il a peur pour moi, et ça me touche. moi aussi j'ai la trouille, mais en même temps, sûrement moins que lui parce que je suis au cœur de l'action. ces caméras me regardent et c'est un drôle de sentiment. en même temps, bien que j'y pense tout le temps, s'il n'y avait pas les e-mails, je crois que j'oublierais très vite que des gens me regardent. je saurais que je suis filmée mais je n'imaginerais pas des personnes physiques de l'autre côté de l'écran. c'est assez irréel. je suis chez moi, toute seule, comme d'hab... qu'un Japonais soit en train de me regarder est difficilement concevable. au fait, j'ai eu un nouveau message du couple d'Anglais ! après le petit déjeuner, ils m'ont proposé une partie à trois, en ligne ! ils se déplacent et sont prêts à prendre l'Eurostar dès ce matin si je suis d'accord ! c'est incroyable, non ? suis-je vraiment si sexy ou y aurait-il les mêmes réactions avec une truite en nuisette noire ? CLAIRE »

Thomas resta connecté toute la journée, à la fois par mesure de sécurité, mais aussi parce qu'il commençait à se prendre au jeu. Petit à petit, il s'abîmait dans l'intimité de Claire, trouvant de l'intérêt à la voir cuisiner, lire, regarder la télé ou laver ses carreaux. Dans un nouveau message, elle lui avoua qu'elle s'inventait des activités à cause des caméras. Elle n'osait plus ne rien faire, ce qui était pourtant par le passé son activité favorite des week-ends. « ça

faisait bien 1 an que je n'avais pas lavé les carreaux ! et en plus il pleut ! » lui avait-elle écrit.

Après déjeuner, Thomas ressortit le dossier poussié-
reux de son projet de jeu. Assis dans son canapé, il
regardait les croquis de son héroïne principale,
femme superbe et sophistiquée, sorte d'anti-Lara
Croft aux faux airs d'Audrey Hepburn, quand les
mouvements de Claire sur son écran mural attirèrent
son attention. Dans sa chambre, la jeune femme était
en train d'enlever son jean. En la voyant ensuite entrer
en T-shirt dans ses draps pour une sieste, il perçut une
onde de désir déferler en lui. Rien de véritablement
sexuel, mais juste l'envie d'être à ses côtés plutôt que
seul chez lui. C'était un sentiment qu'il avait ressenti
nombre de fois par le passé en regardant le site de
Cathy. Espionner la vie de la jeune femme lui avait
donné envie de la partager, juste pour ne plus être
seul.
Claire dormit plus d'une heure et Thomas ne la
quitta pas du regard. Puis elle commença à bouger
dans son lit, à se tourner, si bien que les draps glissè-
rent un peu, dévoilant de plus en plus de son dos jusqu'à ce que le T-shirt trop court révèle un bout du
tissu blanc de sa culotte. Thomas sentit son cœur lui
battre la poitrine. Il ne put s'empêcher de penser
qu'elle l'avait fait exprès. À son intention, ou à celle
de tous les autres qui la regardaient en même temps
que lui ?

La pluie était partie pour durer. Après le déjeuner,
Mary Storbest regarda le ciel par la fenêtre de la cuisine et décida de tout de même envoyer les enfants

jouer dans le jardin. Ils avaient déjà passé la matinée devant la télé, et elle sentait que William, son époux, ne supporterait pas une chanson supplémentaire d'un film de Disney. Il était à cran depuis quelques jours, irritable et scotché à son ordinateur portable ; même aujourd'hui, alors que c'était lui qui avait insisté pour que l'on donne son week-end à la nounou. Elle aida Alec et Lily à enfiler cirés et bottes.

Dans son bureau, William regardait Claire faire sa sieste sur l'écran plat de son PC. Tout en essuyant les verres de ses lunettes avec un grand mouchoir blanc, il en était à se demander si la jeune femme avait délibérément fait glisser son drap pour dévoiler ses jambes et sa culotte. En vérité, il en était persuadé, et en éprouvait une sourde colère. Elle n'était pas en ligne depuis trois jours qu'elle commençait déjà à s'exhiber.

— Papa ! Regarde, papa !

L'homme leva la tête et vit sa fille en bottes et ciré jaune, de l'autre côté de la porte-fenêtre, qui sautait à pieds joints dans une flaque d'eau. Il lui sourit et lui fit un petit signe de la main. Quand ses yeux revinrent à son ordinateur, la vue de Claire allongée sur son lit lui noua la gorge. Il se déconnecta et ferma son PC. Il s'avança ensuite vers la porte-fenêtre, regarda un moment Alec et Lily courir sur la pelouse détrempée et fut pénétré une fois de plus par un sentiment d'amour si profond qu'il l'étonnait encore. Avant la naissance de ses enfants, il se pensait incapable de tant d'affection, et puis le miracle si banal et si merveilleux à la fois s'était produit. William Storbest était devenu père. Pourtant, en ce samedi après-midi pluvieux, il se sentait profondément triste. Son instinct lui disait que son monde n'était plus loin de s'écrouler.

28

Le lendemain matin, Thomas trouva l'appartement de Claire vide. La jeune femme lui avait laissé un message avant de sortir :

« je vais faire un tour dehors, juste pour pouvoir échapper un peu aux caméras. j'ai envie de marcher sans qu'on me regarde. je vais prendre mon petit déjeuner dans un café bruyant et enfumé, pour me perdre dans la foule. mon couple d'Anglais insiste, ils m'ont envoyé une photo d'eux dont je t'envoie une copie pour égayer ton dimanche matin. »

Thomas ouvrit le dossier joint à ce message et vit apparaître la photo d'un couple d'une quarantaine d'années, souriant, posant entièrement nu, debout dans un jardin impeccable. La femme était brune, la peau très blanche, un visage long, intelligent et plein de charme. Elle avait des seins en forme de poire dont les aréoles étaient gonflées comme celles d'une adolescente en émoi. L'homme était un peu gras, le sexe petit, mais affichant une érection irréprochable. Thomas sourit, bluffé par ces gens qui ne reculaient devant rien. Ils devaient envoyer cette photo à toutes les jeunes femmes du Web qu'ils trouvaient à leur goût, n'hésitant pas à leur proposer une petite partouze comme ils le feraient d'une partie de bridge. Le pire, pensa Thomas, était qu'ils devaient arriver à leur fin plus souvent qu'il ne le pensait. Il les imagina, prenant le train ou l'avion pour retrouver des inconnues avec lesquelles ils allaient s'envoyer en l'air en direct sur Internet. En comparaison, sa vie à lui ressemblait à la retraite d'un moine prostatique. Il chercha mentalement depuis combien de temps il n'avait pas eu de rapports sexuels autres que virtuels et frustrants, et préféra ne plus y penser. Il ferma la photo des Anglais et se dit qu'ils avaient raison, et que sur le Web, celui qui était vu était plus à envier que celui qui regardait.

Son téléphone portable se mit à sonner. C'était Mark.

— Où est Claire ? L'appart est vide...

— Pas d'panique, elle est sortie... juste envie de prendre l'air.

— Tout ça me rend nerveux.

— Moi aussi. Mais pour l'instant, il n'y a vraiment rien à craindre.

— Je sais bien, mais tout ça ne me plaît pas. On a déconné, Thomas. Cette histoire ne... Claire joue avec le feu.

— Elle est déjà sur le bûcher, si tu veux mon avis. C'est la règle : elle est sur le Web, la partie est commencée...

— C'est pas une raison pour montrer sa culotte à tout le monde !

Mark semblait vraiment offusqué et Thomas en fut amusé.

— Qu'est-ce que ça change ? répondit-il. De toute façon, les dés sont lancés. Claire joue seulement le jeu à fond.

— C'est tellement pas elle...

— Elle joue un personnage, Mark... Le rôle d'une femme qui décide de mettre sa vie sur le Web !

En disant cela, Thomas se demanda si Mark connaissait si bien Claire que cela. Pour sa part, il avait l'impression qu'elle était en train de découvrir en même temps qu'eux une nouvelle facette de sa personnalité, comme une seconde nature. Lui aussi avait remarqué de nouvelles nuances dans son comportement, dans ses gestes, dans son regard même ; une féminité plus affirmée, une sensualité latente. Deux jours avaient suffi pour que Claire devienne vraiment Clara. Mais Thomas voyait dans ce glissement progressif plus de naturel que de calcul. À moins qu'il n'y voie que ce qu'il voulait y voir ?

Claire rentra en fin de matinée, un panier plein de courses au bras. Elle déposa ses affaires et s'installa devant son ordinateur. Chez lui, Thomas était également assis face à l'image géante de la jeune femme. Elle devait être en train de relever ses messages. Il la vit se mettre à taper sur son clavier et espéra une réponse au message qu'il lui avait envoyé.

Il attendit une bonne heure sans que rien ne vienne. Claire répondait au courrier des autres et Thomas en fut un peu jaloux.

Enfin un message arriva :

```
« c'est un vrai succès. je reçois plein d'e-
mails, et pas seulement de malades ! il y a quel-
ques types sympas qui cherchent juste à discu-
ter un peu. il y a même une femme de mon âge,
Valérie, une Française, qui m'envoie des messa-
ges très marrants. une autre m'écrit en collè-
gue ! elle a sa propre webcam, une Américaine.
```

elle m'a envoyé un très long message pour me raconter ses débuts sur le Web. c'est à pisser de rire. ce matin, j'ai aussi eu un mail d'un vieux monsieur sourd et muet qui me dit qu'il passe son temps sur Internet. il adore les web-cams parce qu'elles sont aussi sourdes et muettes que lui ! je n'avais pas pensé à ça, mais c'est pourtant vrai. il me dit que c'est le seul moyen qu'il a d'être à égalité avec les gens. je lui ai répondu qu'il avait même l'avantage sur moi puisque lui, il pouvait me voir. il m'a dit que justement, il était en train de se faire installer une caméra pour faire office de visiophone. »

Claire avait l'air d'excellente humeur, un peu grisée, même, et, sans vraiment savoir pourquoi, Thomas sentit son moral s'assombrir.

À 19 heures, le même jour, Thomas était vautré devant la télé, passablement déprimé par le spectacle affligeant qu'il y voyait, comme une synthèse de la vacuité du monde. Après s'être envoyé un match de cricket comme pour s'assurer qu'il détestait toujours autant ce sport, il avait vainement tenté de travailler sur son jeu. Pour l'heure, il regardait une série américaine qu'il avait déjà visionnée plusieurs fois durant son enfance, mais que même la nostalgie ne rendait pas plus digeste. Son téléphone sonna.
— Allô !
— Tom !
— ...
— Tu es là ?
— Claire ?
Thomas se rua sur sa télécommande et passa du

mode télé au mode PC. L'image de Claire apparut aussitôt sur le large écran mural, de face, son portable à l'oreille.

— T'as l'air surpris ?

— Euh... Un peu, oui ! Ça me fait drôle d'entendre ta voix.

— Y a pas que les e-mails dans la vie ! Depuis que je suis en ligne, je n'ai plus un seul coup de fil !

— Je m'étais habitué à ton image muette.

— Toi tu me vois, le monde entier peut me voir, mais moi je n'vois personne !

Le mouvement de ses lèvres était légèrement décalé par rapport au son de sa voix en raison des saccades de la connexion Internet. Même en haut débit, ses mouvements ressemblaient à ceux d'un automate.

— En tout cas, tu as l'air très occupée ! Je t'ai envoyé un message ce matin et...

— C'est ça le succès ! dit la jeune femme en souriant sur l'écran.

Sa voix était chaude et vibrante, comme émoustillée. Elle portait un débardeur blanc et pas de soutien-gorge. Thomas pouvait apercevoir les marques sombres de ses tétons tendus sous le tissu de coton ; si elle avait été en train de jouer au poker, ils auraient trahi au moins un full aux as. Puis il se rappela qu'elle ne pouvait pas le voir et se sentit coupable de cette indiscrétion.

— T'es sur la liste d'attente, maintenant ! poursuivit-elle sur le ton de la plaisanterie. Pourquoi tu viens jamais sur mes *chats* ? Les réponses arrivent plus vite !

— J'aime pas l'côté forum... conversation à plusieurs...

— T'es du genre possessif, alors...

Il ne répondit pas.

— Ça va, Thomas ? T'as pas l'air en forme...

215

— Non ! C'est juste que c'est dimanche, j'ai pas vraiment la pêche....

— Ouvre ton propre site ! Tu sais, ça occupe ! Et puis c'est folklo ! J'ai reçu un message d'un Australien qui me demande de lui montrer mes seins !

— Ah bon ?

— Oh ! Ça n'a rien d'exceptionnel, j'ai reçu bien pire, mais lui, là, il n'avait jamais encore fait allusion au sexe... Qu'est-ce que tu en penses ?

— Qu'est-ce que tu veux que j'en pense ?

Sur l'écran, il vit Claire faire glisser une bretelle de son débardeur. Il en eut le souffle coupé. S'il ne l'avait pas surveillée par intermittence tout l'après-midi sur son écran, il aurait pu croire qu'elle avait bu. Mais son exaltation était d'une tout autre nature.

— Tu crois que je devrais le faire ?

— Faire quoi ?

— Les lui montrer ! répondit Claire en descendant sa deuxième bretelle sur son bras gauche.

— C'est toi qui vois, dit Thomas d'une voix peu assurée.

— Non, c'est *toi* qui vois !

Thomas ne répondit rien et vit Claire poser le combiné de son téléphone sur le bureau. Elle regarda droit vers la caméra et descendit soudain le haut de son débardeur sous sa poitrine. Thomas en fut subjugué, en oubliant même de respirer, son téléphone toujours à l'oreille. Le temps de compter jusqu'à trois et elle avait recouvert ses deux petits seins blancs. Le rouge aux joues, elle reprit le téléphone et dit juste :

— Bon dimanche.

Puis elle raccrocha et se leva de son bureau.

Thomas bandait et en eut honte, alors que s'il avait vu n'importe quelle autre femme se comporter ainsi avec lui sur le Web, il se serait aussitôt masturbé.

Au même moment, dans son bureau, alors que du salon lui venait une fois de plus la bande-son exaspérante de *La Petite Sirène* de Disney, William Storbest, les mâchoires serrées, entendit dans son combiné téléphonique le message d'annonce de la messagerie de Claire. Il hésita, mais ne raccrocha pas. D'une voix tendue, il laissa un bref message après le signal sonore :

— À quoi tu joues, petite salope !

29

L E lundi, quand Thomas se connecta en se levant, il y avait une feuille scotchée devant la caméra du salon sur laquelle était écrit de la main de Claire : « gone to work. come back at 7 p.m. »

Clara était redevenue Claire. Thomas se sentit seul sans la présence de la jeune femme sur son écran. Il avait très mal dormi, ayant passé sa nuit à chercher toutes les interprétations possibles de la petite exhibition de la veille au soir. Claire l'avait-elle provoqué personnellement ou son petit numéro était-il adressé à la terre entière ? Si tout le monde avait effectivement pu la voir, c'était tout de même bien à lui et à lui seul qu'elle avait téléphoné... et si son Australien s'était rincé l'œil, il n'avait pas pu entendre le timbre si étonnamment lascif de sa voix ! Toute la nuit, Thomas était passé de l'euphorie à la désolation, persuadé à 2 heures du matin qu'il aimait Claire et qu'elle l'aimait, puis convaincu à 2 h 15 qu'elle se foutait de lui et que sa seule motivation dans la vie était de montrer ses nichons à qui voulait bien les voir. Il avait changé d'idée au rythme de ses changements de position dans son lit. Incapable de s'endormir, il avait cherché du frais sur son oreiller et dans ses pensées. Selon le moment, il ne savait plus s'il devait admirer l'audace de son amie ou s'en offusquer.

Le comportement de Claire n'avait pourtant rien de très exceptionnel, il était même assez banal dans le monde des webcams personnelles qui s'accompagnaient dans la totalité des cas d'une touche d'érotisme. Seulement cette fois, Thomas connaissait Claire, toute la différence était là. Cathy, dont le site n'était pourtant rien d'autre que sa vie, passait des heures torse nu devant son ordinateur et il n'en avait jamais été bouleversé, comme s'il se fût agi d'un comportement tout à fait normal. L'aurait-elle fait sans la présence des caméras ? Sûrement pas. Dans la vie, les femmes ne se promenaient pas chez elles torse nu, et pourtant, c'était un point commun à presque tous les sites de ce type que Thomas avait visités. Un jour ou l'autre, la nudité faisait son apparition dans une webcam, aussi sage fût-elle. C'était un passage obligé, par jeu, puis par goût... Le fondement de la webcam personnelle était l'exhibition de la vie, et l'exhibitionnisme en était une composante incontournable. Claire ne ferait donc pas exception à la règle.

Fatigué et perturbé à son réveil, Thomas se sentait maintenant abattu. Claire était partie travailler et lui ne savait pas ce qu'il allait faire de sa journée. Il n'avait plus de travail, ne voulait pas postuler pour les nombreuses places qui s'offraient à lui, mais n'était pas dans l'état d'esprit adéquat pour profiter de cette oisiveté. Jusque-là, il n'avait pas eu le temps de penser à l'avenir, d'abord trop choqué et malheureux après les meurtres de Cathy et de Frank, puis occupé par l'enquête elle-même dans le déroulement de laquelle il s'était retrouvé impliqué sans vraiment comprendre ni pourquoi ni comment. Mais maintenant que *clar@home* avait vu le jour, il allait bien falloir reprendre une vie normale. Thomas s'en savait incapable, comme si quelque chose devait se passer. Il se sentait en attente, mais ignorait de quoi.

Le reste de la journée lui parut long. Il fit un peu de musculation, essaya sans succès de travailler sur les personnages de son jeu, tourna surtout en rond dans son appartement en attendant le retour en ligne de la jeune femme.

Et quand Claire apparut à l'image, il sentit son cœur s'emballer et composa immédiatement un message à son intention :

« bonne journée au boulot ? TOM »

Il n'avait rien trouvé de mieux à écrire, mais, après tout, ce message n'avait pour dessein que de forcer Claire à lui répondre. Quand il reçut le mail de la jeune femme, il n'y trouva rien de plus que dans les précédents. De toute évidence, la petite exhibition de la veille, qui l'avait tant bouleversé, n'avait rien changé dans le comportement de Claire. En tout cas rien vis-à-vis de Thomas en particulier. Pour le reste, pour tous les connectés à son site à travers le monde, le personnage de Clara s'affinait de jour en jour.

Claire poursuivait sa composition, enrichissant instinctivement de sensualité chacun des actes les plus quotidiens de Clara, soignant ses tenues qui, en devenant toujours un peu plus sexy, n'en semblaient que plus authentiques parce que portées avec plus de naturel. Clara prenait corps et elle devenait pour Thomas la matérialisation d'un fantasme : tout ce qu'il aimait en Claire, son intelligence, sa volonté, sa simplicité, mais dans l'enveloppe charnelle de Clara, plus féminine, plus sexy... et donc plus accessible. Mais accessible pour quoi ? Pour qui ? Thomas ne parvenait pas à comprendre ce qu'il ressentait pour Claire depuis maintenant plusieurs semaines, et justement, il savait que cette confusion même était le signe qu'il était en train de tomber amoureux. À moins que cela ne soit déjà fait ? Il était passé à côté de beaucoup d'occasions dans sa vie sentimentale simplement parce que, n'étant jamais sûr que ses sentiments étaient partagés, il attendait que les femmes le lui confirment avec l'audace qui lui manquait. Il n'avait jamais été celui qui invitait à monter pour un dernier verre, jamais celui qui tentait un premier baiser ou une main passée dans les cheveux. Thomas était timide et faible, pétochard en amour. Il n'avait donc eu d'aventures qu'avec des femmes fortes, capables de prendre les devants... ce qui expliquait en outre qu'il avait toujours fini par se faire larguer.

La présence de Claire en ligne avait au contraire permis à Mark de clarifier ses sentiments pour la jeune femme. Autant son séjour à Londres l'avait troublé, autant son personnage sur le Web l'avait guéri d'elle. Au bureau comme à la maison, il restait connecté presque en permanence sur *clar@home.fr*, mais uniquement pour des raisons de sécurité et par amitié. Curieusement, il avait suffi de quelques jours pour que tout cela devienne une sorte de routine, et il ne pensait presque plus à l'éventualité de l'arrivée du *Croken*. Il n'y avait d'ailleurs jamais vraiment cru. Et, après tout, si, faute de permettre la capture des organisateurs du meurtre de Cathy, ce piège pouvait apaiser la peine de Thomas tout en révélant une vocation chez Claire, ce n'était pas plus mal. Mark était évidemment ironique quand il pensait cela, en tout cas en ce qui concernait la « vocation » de Claire.

Par contre, même s'il avait bien dû reprendre son

travail routinier après l'abandon de l'affaire *Cathylive*, il ne désespérait pas de rouvrir un jour le dossier pour le résoudre de façon plus académique. C'est pourquoi il appela Ben au service des immatriculations.

— Salut, c'est Mark !

— Comment va ?

— Tranquille. Dis-moi, finalement, t'as quelque chose sur le mec de la Daimler de l'autre jour ?

— Quelle Daimler ?

— Tu sais, celle dont Claire t'a filé le numéro...

— Claire ? Claire Bligh ? Ça fait au moins deux ans que j'lui ai pas parlé !

— Elle t'a pas appelé ?

— Non, pourquoi ? Un problème ?

— Non non... elle a dû oublier. Écoute, je t'envoie le numéro par e-mail. Essaye de me dire qui roule dans cette bagnole. Ok ?

— C'est comme si c'était fait.

Mark raccrocha, très étonné. Pourquoi Claire lui avait-elle dit qu'elle avait appelé Ben alors que ce n'était pas vrai ? Même si elle était opposée à l'idée de rentrer en contact avec cette huile de la police, ce n'était pas son genre de faire ses coups en douce.

30

L E vendredi soir, Claire rentra chez elle aux alentours de 20 heures. Elle avait dans les bras un bouquet de fleurs et une boîte de gâteaux. En jean et en blouson, mais coiffée de sa perruque blonde, elle posa ses affaires et vint s'asseoir face à la caméra du salon, devant son ordinateur, sans doute pour jeter un œil sur sa correspondance électronique.

Dix minutes plus tard, Mark et Thomas reçurent le même message :

« *clar@home* existe depuis une semaine. toujours pas de *Croken*. bon anniversaire. ☺☺☺ CLARA »

Claire régla ensuite la caméra sur son cadre le plus large, mit un CD, disposa les fleurs dans un vase, alluma une bougie sur la table basse, se choisit une tenue dans la penderie de sa chambre et alla dans la salle de bain. Thomas la suivit en sélectionnant la bonne caméra.

Elle enleva son polo par la tête, dévoilant un soutien-gorge très sage en coton jaune pâle et, une fois son jean par terre, Thomas put voir que sa culotte était de même facture. La bouche du jeune homme s'ouvrit d'elle-même quand Claire fit rouler ce petit bout de

223

tissu sur ses cuisses jusqu'à ses chevilles, révélant ainsi au monde entier qu'elle n'était pas une vraie blonde. Puis, debout face à la caméra qui la surplombait un peu, elle passa ses bras dans son dos et dégrafa son soutien-gorge. Claire était nue. Elle se retourna et enjamba le montant de sa baignoire. Ses fesses étaient rondes et fermes, elles eurent un léger rebond, souple mais contenu, quand les deux pieds furent dans la baignoire. Ses jambes étaient longues et minces, mais pas maigres, avec des chevilles fines et des mollets galbés. Elle fit couler de l'eau sur la paume d'une main puis s'avança sous le jet de la douche. Une légère vapeur s'éleva en volute de l'émail blanc de la baignoire. Elle ne tira pas le rideau de douche.

Dans sa chambre, Mark soupira. Ce petit jeu ne l'amusait pas du tout, et il préféra se déconnecter.

De son côté, Thomas était sidéré, à la fois par ce qu'il voyait et par le fait de le voir. Il n'aurait jamais cru que Claire fût capable d'une telle exhibition, ni qu'elle fût si belle. Il l'avait toujours trouvée jolie, mais les jeans n'étaient décidément pas faits pour mettre un corps en valeur. Elle se savonnait lentement et son corps luisant révélait maintenant toute sa grâce. Claire faisait donc partie de cette catégorie rare et précieuse de personnes qui étaient communes (jolies ou non) habillées, et superbes dévêtues. Un cadeau du ciel, l'inverse étant tellement plus répandu et source de tant de déceptions. Thomas, hypnotisé, se félicita d'avoir choisi après beaucoup d'hésitations les caméras les plus chères de la boutique, avec la meilleure définition d'image. Il avait l'impression de percevoir le grain de la peau de Claire, de sentir la chaleur qui montait dans la salle de bain, l'odeur mêlée du savon et de la chair. Pourtant, l'image se troublait petit à petit. La buée opacifiait petit à petit l'image. L'objectif de la caméra était en train de se couvrir de vapeur d'eau chaude et Claire ne devint plus qu'une silhouette floue.

Quand elle sortit de la salle de bain, Claire était maquillée et portait une petite robe noire très ajustée, un fourreau qui laissait ses épaules nues et moulait le reste de son corps jusqu'à mi-cuisses. Elle prit une bouteille de champagne et la boîte de gâteaux dans la cuisine, mit une cassette vidéo dans le magnétoscope et s'installa dans son canapé, allongée en travers, les jambes sur les coussins et la nuque sur l'accoudoir. Thomas reconnut le film aux premières images en noir et blanc. Claire lui en avait beaucoup parlé. Il s'agissait de *L'Aventure de Mme Muir*, avec Gene Tierney, Rex Harrison et George Sanders : une histoire d'amour entre le fantôme d'un marin et une romancière. Claire lui avait dit avoir vu ce film plus de quarante fois depuis ses huit ans, presque autant que *Vacances romaines*, et avoir chaque fois pleuré. Elle se servit une coupe de champagne et ouvrit la boîte de gâteaux sur son ventre.

Elle passa l'heure et demie suivante à manger des mini-éclairs au chocolat et à se tamponner les yeux avec un mouchoir ; Thomas la passa rivé devant son écran.

Puis Claire se releva, se moucha, éteignit le magnétoscope, laissa glisser sa robe à ses pieds et traversa le salon, nue, pour aller se mettre au lit.

William Storbest en profita aussi pour aller se coucher. Il éteignit son ordinateur, son bureau, et traversa le salon plongé dans l'obscurité. À l'étage, il entrouvrit la porte des chambres de ses enfants pour vérifier que tout allait bien. Cela apaisa un peu son désarroi, et il entra enfin dans sa chambre où Mary dormait déjà.

Quand Thomas se réveilla, son écran affichait 02:17. Il se redressa sur son canapé, le cou endolori par sa mauvaise position, et regarda l'écran mural. Claire dormait sur le ventre, le visage tourné à l'opposé de la caméra, la lumière de la lampe de chevet soulignant doucement la cambrure de ses fesses. Il fut traversé par une lame d'affection. S'il avait été près d'elle, il aurait tiré le drap sur le corps nu de Claire pour qu'elle n'ait pas froid. Il hésita à lui envoyer un message et ne le fit pas, n'étant pas sûr de trouver les mots justes qui lui diraient sa tendresse et son admiration sans risquer de sembler déplacé à froid, le lendemain au réveil. Il se déconnecta et se coucha.

Il trouva le visage de Claire défait quand il se reconnecta vers 10 heures du matin. La jeune femme était assise devant son ordinateur et des coulées de Rimmel montraient qu'elle avait pleuré. Il décrocha aussitôt son téléphone, la peur au ventre.

31

— CLAIRE ? Qu'est-ce qui se passe ?
— T'inquiète pas, j'ai pas reçu le *Croken*...
Thomas se sentit effectivement soulagé. Il s'assit à son bureau et regarda l'image de Claire sur le PC de son bureau, tournant le dos à l'écran mural.

— C'est quoi alors ?
— Oh, rien...
— On dirait pas ! Claire... qu'est-ce qui se passe ?
La jeune femme renifla.

— C'est juste que ce matin, j'ai trouvé ma messagerie pleine à craquer... J'avais l'impression d'avoir seulement joué le jeu hier soir... entre adultes ! J'ai donné à ceux qui m'écrivaient ce qu'ils voulaient ! Même si...

— De quoi tu parles ?
— J'ai rien fait de mal, Tom ! J'ai juste pris une douche sans tirer le rideau ! Est-ce que c'est si grave que ça ? Est-ce que ça fait de moi une pute ?

Sur son écran, Thomas vit que la jeune femme se remettait à pleurer. Il ne parvenait pas à comprendre ce qu'elle voulait dire.

— Thomas, c'est... Je me retrouve couverte de merde ! J'ai reçu des dizaines de messages d'insultes, des messages de malades qui me traînent dans la boue ! Je me sens dégueulasse...

— Claire, faut pas...

Elle l'interrompit aussitôt.

— Ils me traitent de salope dans toutes les langues, de pute, de chienne ! Ils veulent que je les suce... que je tâte de leur pine... ils veulent m'enculer et me couvrir de leur foutre !

Elle était en larmes et Thomas ne savait pas quoi dire.

— Est-ce que j'ai mérité ça, Tom ?... J'ai juste essayé d'être jolie, désirable... même Valérie, ma nouvelle copine française, veut me bouffer la chatte !

— C'est juste des tarés, Claire... Faut pas...

— C'est tellement minable... Il y a une telle misère derrière tout ça... Est-ce que l'Internet n'est qu'un défouloir pour frustrés, un rendez-vous pour mal-baisés... ou pas baisés du tout ? J'en arrive à avoir honte de moi... et pourtant, je me sens bien avec ce site ! Je me suis habituée aux caméras, à l'idée d'être regardée !... J'y prends plaisir, même... quand je fais la cuisine, quand je m'endors, ou quand je me douche... Et pourquoi pas ?

Cette fois, Thomas ne chercha pas à intervenir, comprenant que Claire avait surtout besoin de parler. Avec le curseur de sa souris, il encadra lentement le visage de la jeune femme et zooma légèrement dans l'image à l'aide d'un petit joystick.

— Après le boulot, poursuivait Claire, je suis plus impatiente qu'avant de rentrer à la maison, comme si quelque chose m'attendait, presque comme si quelqu'un m'attendait ! Des fois, au bureau, je regarde l'heure pour savoir dans combien de temps je vais pouvoir rentrer, comme si j'avais une famille à retrouver ! Et puis, une fois rentrée, je regarde qui m'a écrit, je réponds à mon courrier...

Claire marqua une pause, mais Thomas n'osa rien dire. Le visage baigné de larmes de la jeune femme occupait maintenant tout l'écran de son PC. Thomas fit pivoter sa chaise de bureau et se plaça face à son large écran mural. Claire se remit à parler :

— Une fois rentrée, j'ai quelque chose à faire, autre chose que m'endormir devant la télé... Tu sais... je crois que tout ça montre juste à quel point ma vie est un désert. Les caméras comblent un vide, les messages me donnent l'impression que je compte pour quelqu'un...

Elle eut un petit rire ironique et nerveux.

— Foutaises ! Je comble surtout le vide des autres... je permets à de pauvres types de se branler devant leur ordinateur !... Tout ça est tellement sordide...

— Mais Claire, tu n'es pas responsable de la misère des autres !

— Non, je sais bien... La mienne me suffit largement...

— Ne dis pas ça...

Thomas zooma encore, et l'image plusieurs fois grossie devint fortement pixelisée, presque floue.

— Qu'est-ce que j'ai dans la vie, Tom ? Mon boulot ? Tu parles.... ça fait des années que je fuis la vraie vie en jouant les flics... un vrai dur qui fait de la saisie informatique toute la journée ! Et le soir, il n'y a personne chez moi... Il n'y a jamais vraiment eu quelqu'un, d'ailleurs. Mes histoires d'amour ont toujours été minables, soit avec des connards qui ne pensaient qu'à me sauter, soit avec des types bien dont j'avais peur. Mais peur de quoi ? Je suis prête à courir après un tueur avec un flingue à la main et je suis incapable de dire à un homme que je l'aime ! De peur que ça ne soit plus vrai un jour ? De peur qu'il m'apporte sa brosse à dents chez moi et qu'il veuille me faire des enfants ? À mon âge, toutes mes anciennes copines d'école doivent être mariées avec des gosses ! Moi, j'ai un port d'arme et une super collection de vieux films sentimentaux...

Thomas se leva et s'avança doucement, hypnotisé par le regard de Claire qui occupait maintenant tout l'écran.

— J'en ai marre, Tom... J'en ai juste marre...

Thomas était debout face à son écran mural. Claire ne parlait plus, immobile, vidée. Il voulut dire quelque chose, mais rien ne sortit. Sa gorge était nouée, non par les confidences de Claire, mais par ce qu'elles venaient d'éveiller en lui. Ce fut Claire qui parla après un long silence :

— Tom, on se rappelle plus tard, tu veux bien ? Je crois que je vais me recoucher...

— Euh... Oui, je...

Elle raccrocha et quitta soudain l'image. Thomas sursauta, comme sortant d'un rêve, et alla à son bureau pour sélectionner le cadre normal de la caméra du salon de Claire. Elle avait quitté la pièce et, quand il cliqua sur la caméra de la salle de bain, elle était déjà sous la douche. Elle avait laissé le rideau ouvert, mais cette fois-ci, il n'y avait aucun érotisme dans ses gestes. Elle n'avait pas tiré le rideau parce qu'elle n'y avait pas pensé. Elle se douchait, tout simplement, et resta longtemps sous l'eau chaude. Puis elle enfila un pyjama et alla se recoucher. Il était 11 heures du matin.

À 11 h 30, Thomas faisait les cent pas dans son loft, jetant de temps en temps un regard à son écran mural sur lequel était visible la chambre de Claire. La jeune femme dormait profondément.

Elle n'avait pas bougé d'un centimètre une demi-heure plus tard. Thomas tournait toujours en rond, mais cette fois, ses rollers aux pieds. Le bruit régulier des patins sur les lattes du parquet ne parvenait pas à l'apaiser comme il l'avait espéré.

À 12 h 15, il jouait nerveusement au hockey contre la porte de sa cuisine. La balle cognait avec fracas le bas de la porte, revenait lentement vers lui, et il la frappait chaque fois un peu plus fort avec sa batte.

À 13 h 10, il y avait un trou dans le bas de la porte de la cuisine. En sueur, Thomas tapait nerveusement un message sur le clavier de son ordinateur :

« Claire. je ne suis pas sûr que le moment soit bien choisi, mais c'est justement à cause de ce genre de crainte que je n'ai jamais dit ce que je suis en train de t'écrire à personne jusqu'à ce jour. Claire, je crois pouvoir dire que je t'aime. ça fait plusieurs jours que je le sais, et rassure-toi, ça n'a rien à voir avec hier soir, même si le fait que tu sois si belle n'enlève rien, bien au contraire, à mes sentiments. depuis le début je sens bien qu'il se passe quelque chose entre nous... ou en tout cas quelque chose de moi vers toi, car je ne sais plus trop quoi penser quant à l'éventualité de... en fait, si, je crois que tu partages mes sentiments, au point où j'en suis, autant dire toute la vérité. Au début, j'ai mis ça sur le compte de tout ce qui m'arrivait : la mort de Cathy, la mort de mon frère. alors je me suis dit que je me faisais des idées, par vulnérabilité. j'ai toujours été très fort pour me trouver des excuses qui me permettaient de ne pas regarder en face ce que j'éprouvais. mais là, je suis sûr de

moi, et je suis sûr de toi. je t'aime, Claire. et
si j'ai encore trouvé le moyen de ne pas le dire
en face mais en e-mail, c'est toujours mieux que
rien et je le dis quand même. je t'aime, et je
voudrais vieillir à tes côtés. TOM »

Thomas se redressa et regarda son écran mural.
Claire était toujours endormie. Il dirigeait le curseur
de sa souris vers *envoi*, quand on sonna à sa porte. Il
resta un instant sans bouger, puis classa son message
dans les courriers à envoyer plus tard, éteignit son
écran, et alla ouvrir.

— Nathalie ?

— J'espère que je ne te dérange pas ?

— Euh... Non ! Entre !

Nathalie entra et jeta un regard circulaire autour
d'elle.

— Tu t'es enfin décidé à t'occuper de ton appartement ?

— Ouais... quelques meubles... C'était pas du luxe !

Elle s'arrêta quelques secondes sur l'écran mural.

— Enfin... tout n'est pas du luxe ! ajouta-t-il en souriant.

Elle lui sourit a son tour.

— Tom, j'ai... Je voudrais te demander un service...
J'ai une échographie, la dernière... et... j'ai pas l'courage d'y aller seule...

— Je comprends...

Nathalie essaya de prendre un ton joyeux, mais cela
sonna un peu faux :

— Comme ça, tu verras ton neveu !

Le sourire de Thomas ne fut pas plus convaincant
que la voix de Nathalie.

— Laisse-moi juste le temps de prendre une
douche...

232

Thomas n'avait jamais supporté les hôpitaux, ni d'ailleurs tout ce qui se rapportait au corps humain d'un point de vue médical. L'idée qu'il pût avoir un cœur relié à un réseau de veines dans lequel circulait un flot de sang suffisait à le conduire au bord de l'évanouissement. D'ailleurs, enfant, il avait perdu connaissance à table, lors d'un repas de famille, quand son grand-père avait raconté avec force détails le double pontage qui lui avait provisoirement sauvé la vie. Depuis, rien que le mot lui donnait des sueurs froides. C'est pourquoi il se tenait près de la fenêtre entrouverte alors que Nathalie, une gelée bleuâtre étalée sur son ventre incroyablement gros et tendu, s'extasiait devant l'image plongeante de l'intérieur de son utérus distendu. Oui, il y avait bien deux petites mains, deux pieds, une colonne vertébrale, un cœur qu'effectivement on voyait battre, un sexe de garçon, un nez, une bouche, deux reins... tout était là, bien à sa place, et Thomas manquait d'air. Il commençait à regretter les histoires de cigognes, de choux ou de roses de son enfance, surtout quand l'obstétricien désigna du curseur de sa souris une large masse sombre qu'il désigna comme étant le placenta.

— Tout est parfait ! lança l'homme en blouse blanche.

Thomas savoura la bonne nouvelle qui, pour lui, signifiait que la séance était terminée. Pourtant, le pire était encore à venir, sous la forme d'une nouvelle prouesse technologique qui leur permit d'écouter les battements de cœur du bébé durant quelques longues secondes. Il battait à une vitesse folle qui aurait inquiété Thomas s'il avait été moins occupé à ne pas tomber dans les pommes. Il tâcha de s'imaginer que ce bruit était celui d'un train lancé à pleine vitesse, ce à quoi il ressemblait d'ailleurs étonnamment.

Dans les couloirs qui les menaient vers la sortie de la clinique, Nathalie insista pour offrir à Thomas l'un des clichés tirés de l'échographie. La jeune femme était radieuse, et il se dit que l'arrivée de cet enfant, aussi répugnante fût-elle dans ses détails cliniques, était une bénédiction dans les circonstances actuelles. Sans elle, Nathalie se serait effondrée après que son mari se fut fait assassiner d'une balle entre les deux yeux.

— Et si on passait la soirée ensemble ? dit Nathalie une fois dehors.

— Euh... Je peux pas, là... un autre jour ?

— D'accord.

Thomas fit signe à un taxi qui vint s'arrêter devant eux.

— Je suis désolé ! ajouta Thomas en aidant Nathalie à monter dans le véhicule. Ça tombe mal, je...

— Pas d'problème, Tom... En tout cas, merci d'avoir été là.

Thomas lui sourit et referma la porte. Le taxi s'éloigna et Thomas traversa la rue. Arrivé sur le trottoir d'en face, il accéléra le pas et se mit bientôt à courir.

Il allongea ses foulées en entendant les haut-parleurs de la gare de Waterloo annoncer le départ de son train, et sprinta sur le quai pour ne pas le manquer.

Les portes de l'Eurostar se refermèrent juste après son entrée dans le wagon. Ce ne fut qu'à ce moment-là que Thomas pensa qu'il n'avait pas envoyé son message électronique à Claire. Le temps de trouver sa place et de reprendre son souffle, et il se félicita de cet oubli, tant, avec le recul, sa déclaration d'amour lui semblait infantile.

32

Comme il en avait pris l'habitude, le premier geste de Mark en rentrant chez lui ce samedi soir fut de se connecter au site de Claire pour vérifier que tout allait bien. Il trouva son amie sur la caméra du salon, assise devant son ordinateur, certainement occupée à consulter ses messages. Il vit alors Claire se redresser sur sa chaise, étonnée, puis se lever. Il cliqua sur la caméra de la cuisine, de la chambre, et retrouva finalement la jeune femme dans l'entrée, en train d'ouvrir la porte. La surprise qu'il parvint à lire dans l'attitude de Claire malgré l'angle élevé de la caméra lui fut aussitôt communiquée quand il vit Thomas s'avancer vers elle, un bouquet de fleurs à la main.

— Non mais je rêve ! murmura Mark.

Il s'en voulut aussitôt, mais ne put s'empêcher d'être jaloux, ou plutôt agacé, puisque en vérité il n'avait aucune envie d'être à la place de Thomas à ce moment-là. Pourtant, il ressentait sa présence chez Claire comme une trahison, la transgression d'un pacte tacite : Claire en ligne depuis son appartement, et eux deux la surveillant depuis leurs appartements. Mais Thomas avait choisi de passer de l'autre côté du miroir, et Claire, souriante, était en train de le faire entrer au salon. L'esprit sur position « ironie », Mark regarda la scène qui se jouait sur l'écran de son PC comme celle d'un film muet sans cartons de dialogues. Il pouvait aisément deviner ce qui se disait. Thomas, embarrassé, se tenait debout, alors que la jeune femme portait les fleurs à la cuisine.

— Mets-toi à l'aise, devait dire Claire.

— J'espère que je ne te dérange pas ? demandait certainement Thomas, qui, tel que le connaissait Mark, devait déjà regretter l'audace qui l'avait conduit chez la jeune femme.

Pour la suite, l'imagination de Mark fut prise de court : Claire s'avança vers Thomas, se mit sur la pointe des pieds, prit son visage entre ses mains et l'embrassa longuement sur la bouche.

Thomas, un œil en coin vers l'objectif de la webcam du salon, se laissa embrasser. La bouche de Claire était chaude et salée, mais elle ne parvint pas à lui faire oublier qu'à ce moment même, n'importe qui pouvait le regarder sur le Web. Il essaya de se détendre et de profiter de l'instant, mais n'y arriva que très partiellement. Il était sur le point de demander à Claire de couper toutes les caméras quand la jeune femme se détacha de lui et le prit par la main.

— Viens, lui dit-elle.

Il se laissa guider jusqu'à la chambre.

Ils roulèrent sur le lit, leurs bouches jointes, et Thomas en profita pour chercher la lampe de chevet à tâtons. Il trouva le cordon électrique et éteignit. Une fois dans le noir, il se détendit et commença à parcourir le corps de Claire avec ses mains. Mais la jeune femme ralluma aussitôt, le renversa sur le dos et s'assit sur lui à califourchon. Le souffle court, les yeux brillant de défi, elle commença à déboutonner son chemisier. Thomas regarda la caméra de la chambre braquée sur eux, prit une forte inspiration et s'abandonna enfin.

Sur l'écran de l'ordinateur portable, Thomas et Claire étaient enlacés, se déshabillant mutuellement sans pour autant cesser de s'embrasser avec fougue. William Storbest les regardait, seul dans la pénombre de son bureau de la City. Puis il consulta sa montre.

De son côté, Mark était très gêné. Il passait d'une pièce à l'autre de l'appartement de Claire avec la souris de son ordinateur pour essayer de voir le moins possible ses amis en train de s'aimer. Pourtant, il restait connecté au site et préférait ne pas chercher à s'interroger sur ce comportement contradictoire, voire hypocrite. Il fut alors distrait de son écran par la lumière de la lampe de son bureau qui se mit à trembler. L'ampoule claqua et, après s'y être brûlé les doigts, il la dévissa à l'aide d'un mouchoir. Un petit objet métallique tomba quand il eut sorti l'ampoule. Il le ramassa entre son pouce et son index et le regarda de plus près.

— Merde ! C'est pas vrai...

Le signal sonore de l'arrivée d'un e-mail retentit. Mark réduisit la fenêtre dans laquelle il voyait la chambre de Claire et ouvrit le message qui lui avait été adressé. L'envoyeur était Ben, du service des immatriculations, et la photo de l'homme à la Daimler s'afficha à l'écran au moment où son téléphone portable sonna.

— C'est Ben. T' as reçu mon mail ?

— Je viens de l'ouvrir.

— C'est bien ton homme ?

— Oui. C'est qui alors ?

— William Storbest. L'homme de l'ombre du groupe Bauer & Foreman.

— Quoi ?

— C'est le numéro 3 de la boîte.

— Bauer & Foreman ? Ceux qui ont racheté AXS-Net, la boîte de Frank ?

— De qui ?

Mark avait réfléchi à voix haute, cherchant à saisir ce que cette nouvelle pouvait apporter à l'affaire *Cathylive.com*. Il entendit à peine ce que dit Ben :

— C'est surtout la boîte qui a décroché le contrat d'équipement du système de surveillance des flics !

— C'est donc pas un flic, laissa échapper Mark.

— Écoute, ajouta Ben, visiblement embarrassé. J'ai autre chose sur ce type... c'est pour ça que je t'appelle qu'aujourd'hui...

— Oui ?

— Tu vas pas aimer, tu sais...

Mark ne dit rien. Il ferma la photo de l'homme à la Daimler et réagrandit l'image de Claire et Thomas en train de faire l'amour. Cette fois, le jeune homme était allongé sur la jeune femme. Ben se lança :

— Ce type, Storbest, a été l'amant de Claire.

Mark sentit un frisson de malaise le parcourir.

— Il est devenu son tuteur, après la mort de ses parents, et ils ont été ensemble pendant un moment.

Mark avala sa salive et ferma les yeux.

— Tu es toujours là ? demanda Ben.

— Oui. Comment t'as appris ça ?

— Par hasard, en fouinant autour de ce Storbest. Le seul endroit où son nom apparaisse dans les fichiers officiels, c'est chez la police des polices, sous la rubrique Claire Bligh.

— Les bœufs-carottes !

— Oui. Je sais pas pourquoi, mais ils ont Claire dans le collimateur depuis un moment. Écoute, j'ai copié un fichier dans leur base de données. Je te l'envoie...

— D'accord. Merci, en tout cas...

— Dis à Claire de faire gaffe ! Ces types sont des chiens, quand ils tiennent un os, ils le lâchent pas...

Ils raccrochèrent et, quelques secondes plus tard, Mark ouvrit le fichier que Ben venait de lui adresser. Il s'agissait d'un extrait de dossier médical venant d'un hôpital psychiatrique de Sheffield. Mark y trouva une photo d'identité de Claire adolescente sous laquelle était écrit ce qui devait être son vrai nom : Clara Nicholls. Suivaient des lignes et des lignes de jargon médical et psychiatrique sur lesquelles Mark, déjà abasourdi, préféra ne pas s'attarder. Il soupira et réfléchit un moment. Puis il composa un message électronique et l'envoya à l'adresse de Thomas.

Pensif, Mark se mit machinalement à zapper d'une pièce à l'autre sur le site de Claire. Soudain, il se redressa sur sa chaise : sur l'image de la caméra de l'entrée, la porte venait de s'entrouvrir.

33

— **M**AIS ! Et le *Croken* ? laissa échapper Mark.

Un homme entièrement vêtu de noir et portant une cagoule s'introduisait dans l'appartement de Claire. Mark se rua sur son téléphone et sentit brusquement une violente douleur lui irradier la face. Sans même comprendre ce qui venait de se passer, il se retrouva par terre, du sang lui coulant du nez sur l'œil. Il essaya de retrouver ses esprits et vit les mains de son agresseur s'approcher de son visage pour lui coller un ruban adhésif sur la bouche. Mark tenta aussitôt d'enlever ce bâillon, mais l'homme cagoulé lui attrapa le bras et le brisa soudain d'un coup de talon. La douleur était atroce. Mark hurla, mais sa voix ne put pleinement sortir de sa bouche. Il se tournait sur son épaule valide quand une terrible brûlure lui explosa le genou gauche. Il se sentait sur le point de s'évanouir.

L'intrus délaissa un peu sa victime et posa son pistolet à silencieux sur le bureau à côté d'une sacoche dont il sortit une petite caméra et des câbles. Il fixa la webcam au-dessus de l'écran de Mark et la brancha à l'unité centrale dans laquelle il inséra un CD. L'homme pianota sur le clavier, perdit la connexion avec le site de Claire, et l'image de l'appartement de la jeune femme fut remplacée par celle du bureau de Mark. Il fit quelques réglages et alla allumer le plafonnier de la pièce pour que l'image soit plus nette. Mark gémissait au sol, il avait froid et son corps était parcouru de spasmes. Il essayait en vain de s'extirper en rampant de la chaise avec laquelle il était tombé. Ses gestes étaient lents et inefficaces, comme dans un cauchemar.

Sur l'écran de William Storbest, Claire et Thomas étaient toujours en train de faire l'amour. Une seconde fenêtre était maintenant ouverte, dans laquelle était visible l'image de l'appartement de Mark, que son agresseur était en train de relever de force pour l'installer sur la chaise de bureau.

Chez lui, le visage en sang, l'épaule démise et un genou perforé d'une balle, Mark était juste assez conscient pour voir sa propre image sur l'écran de son ordinateur qui lui faisait face, à trente centimètres à peine. C'est ainsi qu'il vit le bras de son agresseur armé d'un couteau entrer dans le cadre. Il n'eut pas la force de réagir, sa tête lourde et douloureuse ayant tendance à tomber sur sa poitrine. Il sentit une main le tirer par les cheveux pour le forcer à se redresser et à regarder son image. Curieusement, une dernière pensée fusa dans son esprit : on ne lui avait confié l'affaire *Cathylive* que pour permettre à Claire d'en garder le contrôle. Puis il vit sur l'écran, en même temps qu'il le sentit, le couteau entamer la chair de son cou et commencer à l'égorger de gauche à droite.

Une fois Mark mort, William Storbest ferma l'image de son appartement, agrandit celle de la chambre de Claire et ouvrit en parallèle celle de son salon. Sur cette dernière, il vit la silhouette de l'homme cagoulé qui regardait sa montre. Storbest en fit autant et constata que le timing était parfait. L'homme en noir se dirigea alors vers la chambre.

Thomas retenait difficilement son orgasme. Allongé sur Claire dont les jambes lui ceignaient les hanches, il enlaçait la jeune femme, la tête enfouie dans son cou, se forçant à penser à autre chose pour ne pas venir trop vite. Soudain, il fut transpercé d'une douleur fulgurante dans le dos et hurla. Claire ouvrit les yeux au moment où Thomas tombait à côté d'elle sur le lit, et vit un homme cagoulé brandir un couteau plein de sang.

Elle eut juste le temps de se laisser tomber sur le sol, et ramassa dans le mouvement le revolver qu'elle avait caché sous le lit. En visant à peine, allongée sur le dos, elle tira à bout portant sur le tueur, qui fut propulsé en arrière. Thomas hurlait toujours sur le lit, mais Claire, dans un état second, ne lui accorda pas un regard et se rua vers la pièce voisine, arme au poing. Quand elle revint, le tueur se relevait, son pull noir déchiré à l'endroit de l'impact laissant voir l'épaisseur d'un gilet pare-balles. Il était en train de sortir un pistolet de son blouson. Claire appuya sur la détente. L'arme tomba au sol, et l'homme, touché au bras, râla de douleur. Grimaçant, il leva aussitôt les mains en l'air en signe de reddition et se mit debout.

— Fumier ! marmonna Claire.

Elle avait les bras tendus devant elle, les mains tremblantes, le visage crispé de rage. Sans autre sommation, elle tira deux fois à bout portant.

Cette fois, l'homme fut propulsé à travers la fenêtre du salon et disparut dans une explosion de verre.

Claire courut jusqu'à la fenêtre, se pencha, et tira encore. Deux étages plus bas, l'homme était couché, les bras en croix sur le toit défoncé d'une voiture. Une balle le toucha à la cuisse, une autre le manqua et transperça la carrossserie de la voiture. Claire ne se rendit compte que son revolver était vide qu'après avoir encore appuyé quatre ou cinq fois sur la gâchette. Enfin, elle reprit ses esprits. Un passant vêtu d'un imperméable sur un pyjama, son chien tremblant au bout d'une laisse, s'était couché par terre non loin de la voiture.

— Il est mort ? lui cria Claire en français.

L'homme redressa prudemment la tête, mais la vision d'une femme nue, un revolver à la main, l'interpellant depuis sa fenêtre brisée, ne fit que renforcer son trouble.

— Police ! lui dit Claire. Est-ce que cet homme est mort ?

Le passant se releva et s'approcha prudemment de la voiture. Il regarda l'homme qui s'y trouvait allongé, presque encastré.

— Il... Non, je crois pas... il gémit !

— Restez là, et criez s'il bouge !

— Bien, m'dame, répondit le passant éberlué.

Claire prit son téléphone et composa le numéro du commissariat. Pour la première fois depuis qu'elle avait vu l'homme cagoulé brandir son couteau au-dessus d'elle, elle entendit les plaintes de Thomas qui n'avaient pourtant jamais cessé. Comme sortant d'un songe éveillé, elle retourna dans la chambre.

— Thomas... Tom ?

243

Dans son bureau, William Storbest éteignit son ordinateur. Son téléphone se mit à sonner mais, avant de répondre, il prit le temps d'essuyer ses verres de lunettes avec un grand mouchoir blanc. Ses pressentiments des jours passés venaient donc de se réaliser. Son monde était bel et bien en train de s'écrouler.

34

Lʌ pluie battante commençait à transpercer l'imperméable de William Storbest. Il se tenait debout
près de sa Daimler, alors qu'à quelques dizaines de
mètres de là, un jet privé roulait sur la piste déserte
d'un aérodrome de campagne.

L'avion s'immobilisa enfin, et sa porte latérale s'ouvrit aussitôt. Tandis que les moteurs continuaient de
tourner, trois hommes descendirent les marches
déployées. Le premier, d'une trentaine d'années,
grand et les cheveux ras teints en jaune, portait un
épais blouson noir et à la main un long sac de sport.
Le deuxième, petit et d'une quarantaine d'années,
tenait un parapluie au-dessus de la tête du troisième,
qui n'était autre que le rendez-vous de Storbest. Ce
dernier fit quelques pas vers les autres.

— Bonjour, dit-il à l'homme abrité par le parapluie.

— Je pense que c'est de l'humour ?

Storbest se tut et attendit.

— La maladresse de votre homme va nous coûter
cher, Storbest. Ce raté n'a pas du tout été apprécié en
haut lieu.

— Je vous avais prévenu que c'était une folie.

— Épargnez-moi vos leçons... Il faut aller vite, maintenant.

— Évidemment, approuva Storbest.

Il jeta un coup d'œil à l'homme en blouson qui se tenait immobile sous la pluie et regardait droit devant lui, comme un bon petit soldat.

— Cette histoire ne doit en aucun cas remonter plus haut, Storbest. Débrouillez-vous comme vous voulez, mais stoppez-moi tout ça au plus vite. Si une tête doit tomber, ce sera la vôtre, seulement la vôtre.

— Ça n'arrivera pas.

— Je vous le souhaite, parce qu'à partir de maintenant vous ne pouvez plus compter sur personne. L'heure est venue de justifier vos émoluments exorbitants...

L'homme et son porteur de parapluie firent demi-tour et remontèrent dans l'avion. Storbest soupira et se dirigea vers sa voiture, aussitôt suivi par le quatrième homme, toujours silencieux.

Dans la chambre d'hôpital 306 aux murs peints en vert pâle, l'agresseur de Claire et de Thomas était allongé sur un lit, plâtré, pansé, perfusé et sous assistance respiratoire. Conscient, il suivait des yeux ce qui se passait dans la pièce obscurcie par les rideaux tirés. Claire était en train de parler avec un médecin français qui essayait de la convaincre qu'il était beaucoup trop tôt pour pouvoir interroger le blessé. Le téléphone de l'inspectrice sonna, elle en consulta l'écran et répondit en anglais :

— Oui ! C'est moi... Attendez, je capte mal...

Elle sortit de la chambre et reprit son correspondant en s'éloignant dans le couloir.

— Thomas Cross, oui c'est ça. Il a été rapatrié hier...

À quelques kilomètres de là, le commissaire Tomlinson s'impatientait dans une voiture de police française. En compagnie de Wilkins et d'un inspecteur local, il était bloqué dans un embouteillage.

— Et qu'est-ce qu'elle a dit ? lui demanda Wilkins.

— Qu'elle avait pris toutes les précautions, qu'il y avait une arme cachée dans chaque pièce...

— Remarquez, elle ne pouvait pas deviner qu'ils n'enverraient pas le firewall !

Tomlinson était exaspéré.

— De toute façon, cette fille est incontrôlable ! J'espère pour ses fesses que son agresseur est en état de parler... Quand je pense que c'est moi qui ai fait rentrer cette cinglée dans la police !

— Ah bon ?

Le commissaire évita d'en dire plus.

— Il est encore loin, cet hôpital ? s'énerva-t-il.

Wilkins traduisit approximativement cette question, à laquelle l'inspecteur français répondit par la négative.

Au même moment, William Storbest entrait d'un pas décidé dans la chambre 306. Il s'avança vers le lit du blessé et s'aperçut qu'une infirmière était accroupie dans un coin de la pièce, en train de fouiller une armoire. Elle se releva, un flacon transparent dans les mains, et lui fit face.

— Commissaire Lafarge, lança Storbest dans un français impeccable. Tout se passe bien, mademoiselle ?

L'infirmière, qui avait quarante-cinq ans mais en faisait cinquante, rougit jusqu'aux oreilles.

— Oui oui, commissaire.

— Il fait une chaleur épouvantable dans cette chambre, vous ne trouvez pas ? Pourriez-vous ouvrir la fenêtre ? C'est un tueur, mais il faut nous le bichonner si on veut qu'il nous livre ses complices !

— Bien sûr, commissaire, répondit l'infirmière en minaudant. Je lui change sa perfusion et je m'en occupe.

— Merci beaucoup, euh... ˙

— Nicole.

— Merci beaucoup, Nicole...

— Merci de m'avoir rappelée, dit Claire à son interlocuteur.

Les nouvelles de Thomas étaient rassurantes. Elle rangea son portable et consulta sa montre : Tomlinson était en retard. L'inspectrice soupira pour essayer de se détendre et regarda par la fenêtre du couloir de l'hôpital. Dehors, un orage se préparait.

— Claire !

Elle sursauta en reconnaissant la voix qui s'adressait à elle.

— Qu'est-ce que tu fous là ? demanda-t-elle sèchement en se retournant.

— Il faut qu'on parle, dit William Storbest.

— Pas question.

Claire voulut partir, mais il la retint par le bras.

— Lâche-moi ! cria la jeune femme en se dégageant.

— Pourquoi as-tu monté cette webcam ?

Elle s'arrêta et le regarda.

— Il l'aurait fait, de toute façon.

— Et alors ?... Tu n'as pas l'air de bien comprendre l'ampleur qu'ont pris les choses...

248

— Je pensais que si c'était moi, vous n'oseriez pas...
Mais vous êtes tous trop tarés !

— Tu crois pas que c'est un peu tard pour jouer les
vierges effarouchées ?

— Va te faire foutre ! C'était si facile, pour toi, de
me manipuler... Mais c'est fini, maintenant...

— Parce que tu crois que c'est toi qui décides ?

— En tout cas, ce n'est plus toi qui décides pour
moi...

Dans la chambre 306, l'infirmière tira le rideau, puis
entrouvrit la fenêtre. Un peu d'air frais entra, accompagné des bruits de la ville et, au loin, d'un premier
grondement de tonnerre. Dans son lit, le blessé s'agita
et râla sous ses pansements. Elle s'approcha de lui et
passa doucement une main sur son front.

— Vous dormirez mieux comme ça...

L'homme roulait des yeux et essayait en vain de
bouger.

— Je sais, il fait très chaud sous ces plâtres... Calmez-vous... Il faut dormir maintenant. Je reviens...

Et elle sortit.

— Tu ne serais rien sans moi, Claire ! dit Storbest
d'une voix nerveuse. Rien qu'une petite délinquante
hystérique !

— Et qu'est-ce que je suis devenue, hein ? Quand
je pense qu'à sa mort, tu as juré à mon père de t'occuper de moi !

— Et c'est ce que j'ai fait.

— Oh oui... En beauté, même...

Claire regarda son interlocuteur avec dégoût et lui
cracha au visage.

— Tu es folle, Claire... Complètement folle...

Il sortit un grand mouchoir blanc de la poche de sa veste et s'essuya le visage.

— ... et je suis le seul à avoir eu confiance en toi. J'ai fait de toi un inspecteur de police !

— Un inspecteur ? Une taupe, oui !... Mais je vais tout balancer, Will, tu m'entends ?

— Tu tomberas avec nous.

— Il n'y a rien contre moi, et puis je suis flic ! On croit toujours les flics !

— Ils mettront la main sur ton dossier psychiatrique...

Un point rouge entra par la fenêtre de la chambre 306 et commença à parcourir le mur. Terrifié, et ne pouvant esquisser le moindre mouvement de fuite, le blessé entravé par ses plâtres et ses bandages le regardait s'approcher inexorablement. Le point rouge atteignit le lit, passa sur l'oreiller et toucha insensiblement le visage de l'homme qui tenta de crier, la voix étouffée par les accessoires respiratoires.

Claire entendit, sans que son esprit s'y arrête, deux claquements lointains et un léger bris de verre. William Storbest venait de poser sa main sur son avant-bras, et elle se dégagea une nouvelle fois.

— Ne me touche pas ! Tu me dégoûtes...

— Comme tu voudras, dit Storbest, soudain pressé d'en finir. Je t'offrais juste une dernière chance...

Et il se mit aussitôt à marcher vers les ascenseurs. Soudain, un cri de femme retentit. Claire sursauta et regarda Storbest. Ce qu'elle lut dans son regard confirma ce qu'elle redoutait.

— Oh non..., murmura-t-elle en se mettant à courir. Non !

Quand Claire entra dans la chambre 306, l'infirmière criait et pleurait à côté du lit. Claire s'approcha du tueur et le trouva sans vie, un trou bien net à la tempe droite, un autre au milieu du front.

— Mais qui a ouvert ce putain de rideau ? cria-t-elle en cherchant du regard d'où le coup avait pu être tiré.

— C'est le commissaire qui m'a demandé, sanglota l'infirmière, qui avait du mal à respirer.

Une balle siffla soudain à l'oreille de Claire, alors qu'elle parcourait du regard ce qu'elle pouvait voir du toit plat du bâtiment qui faisait face à la chambre. Elle sortit son arme, mais avant qu'elle ait le temps de se mettre à l'abri, un autre projectile la toucha à l'épaule. L'infirmière hurla de frayeur et la porte s'ouvrit soudain sur un docteur en tenue.

— Couchez-vous ! ordonna Claire.

Mais une balle vint se loger dans le cou du médecin qui s'écroula au sol. Une autre tinta avec une éclaboussure d'étincelles sur un montant chromé du lit.

L'infirmière était paralysée par la peur et restait debout, alors que deux projectiles supplémentaires venaient se ficher dans le mur. Claire dut se jeter sur elle pour la forcer à se coucher. Elle se retrouva par terre, souffrant de sa blessure à l'épaule et de sa tête qui venait de porter lourdement contre un pied du lit, allongée sur l'infirmière dont les nerfs finirent de lâcher. Une balle explosa le flacon de perfusion, aspergeant les deux femmes de verre et de liquide, une autre ricocha sur un montant métallique du lit et une troisième frôla Claire au moment où elle se mettait enfin à l'abri en traînant l'infirmière de son bras encore valide. Il y eut quelques secondes de silence, bien vite rompu par un coup de tonnerre. Puis de nouveaux projectiles, en rafale cette fois, pétaradèrent dans la pièce. L'infirmière brailla de plus belle.

Tomlinson, Wilkins et le policier français se ruèrent hors de la voiture qui avait enfin atteint le parking de l'hôpital.

— Là ! cria Wilkins en désignant un toit sur lequel il venait d'apercevoir un reflet.

Les détonations reprirent en rafale. Les trois hommes se mirent à courir, mais le commissaire Tomlinson s'arrêta soudain.

— Allez-y, vous deux ! FONCEZ ! ordonna-t-il aux deux inspecteurs.

Il venait de voir William Storbest sortir d'un pas pressé de l'entrée principale de l'hôpital.

Claire guettait le bon moment. Elle essayait de saisir le rythme du tireur, de se mettre dans sa peau, de calquer sa respiration sur ses rafales. Mais, à côté d'elle, l'infirmière ne se contrôlait plus, complètement déboussolée par le bruit des impacts, les éclats de plâtre qui pleuvaient des murs, les étincelles et les bris de verre. Claire la regarda hurler, agacée, et l'assomma d'un coup de poing à la face. Soulagée par l'arrêt des cris, elle prit une bonne inspiration et décida qu'il était temps d'agir. Elle se leva et tira par la fenêtre sans prendre le temps de viser. Elle appuya quatre fois sur la gâchette et se laissa de nouveau tomber sous le montant de la fenêtre. Une balle venait de lui frôler l'oreille, et la rafale continua de se perdre dans le chaos qu'était devenue la chambre.

Dans l'escalier de service du bâtiment B du centre hospitalier, Wilkins s'était fait distancer par le jeune inspecteur français. Il marqua une pause sur le cinquième palier et reprit sa course.

La pluie commençait à tomber quand le commissaire Tomlinson s'adressa à Storbest qui arrivait près de la Safrane de location dont son chauffeur habituel tenait le volant.

— C'était donc, toi, William ? C'est toi qui étais derrière tout ça !

Storbest se retourna et regarda le commissaire. Derrière lui, le chauffeur sortit de la voiture.

— Moi qui te prenais pour mon ami, ajouta le commissaire.

Wilkins, tout en courant dans l'escalier, entendit soudain plus distinctement l'orage qui grondait dehors. Puis il perçut la voix de l'inspecteur français :

— NE BOUGEZ PLUS !

Bien qu'à bout de souffle, Wilkins accéléra sa course.

Sur le parking, Storbest et Tomlinson se faisaient face. La pluie avait forci et la lumière s'était assombrie, comme une petite nuit en plein jour.

— Quand je pense que tu t'es servi de moi pendant toutes ces années... Et j'imagine que Claire Bligh est aussi dans le coup ? Sinon, pourquoi aurais-tu fait appel à ton vieux pote pour la pistonner ?...

— Jack, dit enfin Storbest. Ne sois pas si naïf... Je

suis juste un pion ! Et toi un dinosaure dans une police corrompue...

Un coup de tonnerre éclata violemment, tout proche.

— Les temps changent, Jack... La police et les gouvernements pactisent avec les financiers en espérant garder le contrôle... Mais ils ne sont déjà plus que leurs marionnettes ! Qui sommes-nous dans ce jeu truqué, mon ami ?

Il n'y avait pas eu de tir depuis quelques longues secondes et Claire se dit que le moment était venu de sortir de ce guêpier. Elle jeta un coup d'œil à l'infirmière, qui était tranquillement inconsciente sur le sol, et se mit à courir, pliée en deux, vers la porte de la chambre. Prise de remords, elle s'arrêta, soupira et fit demi-tour. Elle attrapa l'infirmière par les jambes et la traîna sans ménagement hors de la chambre.

Quand Wilkins déboucha sur le toit, l'inspecteur français qui tenait le tireur en joue se déconcentra un quart de seconde. Cela suffit pour qu'il reçoive une balle dans le ventre et tombe à terre. Wilkins eut juste le temps de plonger derrière une large cheminée d'aération en béton, suivi de près par les derniers impacts de la rafale qui venait de faucher son collègue.

En entendant ces nouveaux tirs, Tomlinson sursauta sur le parking. William Storbest fit un pas de côté, libérant ainsi la ligne de mire de son chauffeur qui tira aussitôt. Touché au ventre, le commissaire s'écroula.

— Vite ! dit Storbest en courant vers la voiture.

La pluie tombait maintenant à verse et battait bruyamment le toit de l'hôpital. Wilkins parvint à s'adosser à la cheminée qui lui servait d'abri et sortit son pistolet. Du tueur, il n'avait aperçu que les cheveux jaunes et ras, le blouson noir, et surtout le MP5K. Il n'avait aucune idée de sa position précise sur le toit, et se pencha sur le côté. Il eut juste le temps de voir l'inspecteur français gisant au sol, avant que des éclats de béton lui cinglent le visage. La rafale s'arrêta aussitôt, et Wilkins jura, la joue éraflée. Sa voix fut couverte par un nouveau coup de tonnerre.

Dans la Safrane, le chauffeur mit le contact et s'écroula soudain sur le volant. Un coup de tonnerre avait couvert la détonation et, assis à l'arrière, Storbest mit quelques secondes à comprendre ce qui venait de se passer. Il regarda enfin Tomlinson qui expira une dernière fois, laissant tomber son arme au sol. Il sortit aussitôt de la voiture sous la pluie battante, ouvrit la portière avant et attrapa son chauffeur par le col de sa veste. L'homme était corpulent, et Storbest râla en le tirant de toutes ses forces. Les essuie-glaces et le klaxon se déclenchèrent, et il fallut qu'il pèse de tout son poids pour que le corps bascule hors du véhicule. Il l'écarta sans ménagement et put enfin s'asseoir au volant.

— NE BOUGE PLUS !

William Storbest ferma les yeux et ne put s'empêcher de sourire. Il se demanda pourquoi il s'obstinait à se débattre alors qu'il savait depuis le début que la partie était perdue. Il tourna la tête et regarda Claire

Bligh qui, ruisselante de pluie et visiblement blessée à l'épaule, le tenait en joue.

— Est-ce que tu crois que j'hésiterais une seule seconde, Will ?

« Pas une seconde, se dit Storbest, presque amusé, en mettant ses mains en l'air. »

Curieusement, il se sentit soulagé. Au loin, derrière le vacarme de la pluie, des sirènes de police approchaient.

L'inspecteur Wilkins se savait pris au piège. Il était condamné s'il restait plus longtemps immobile derrière son frêle abri de béton. Toujours assis, le dos contre la cheminée et les jambes tendues, il entendit des pas de course se rapprocher sur le toit, puis, au loin, des sirènes.

« Cette fois, la cavalerie est en retard, pensa-t-il involontairement. »

Trois impacts fusèrent près de lui et une terrible brûlure lui transperça le mollet droit. Il ramena aussitôt ses jambes sous son menton et regarda le sang liquéfié par la pluie couler du bas de son pantalon. Comme soudain électrisé par la fulgurance de la douleur qui lui irradiait la jambe, il se releva d'un bond tout en tournant sur lui-même à 180 degrés, et tira plusieurs fois à l'aveugle devant lui. Tout se passa sans doute en moins de deux secondes, mais le cerveau de l'inspecteur décomposa suffisamment ce temps pour pouvoir enregistrer la silhouette du tireur et capter la flammèche que cracha aussitôt la gueule de son arme. Wilkins se laissa retomber, alors que les balles ricochaient déjà sur le béton de la cheminée.

Son mollet lui faisait horriblement mal. C'était la première blessure en service de l'inspecteur et, le souffle court, les larmes aux yeux, il se dit que s'il avait su qu'une balle pouvait faire aussi mal, il ne se serait jamais engagé dans la police. Ses parents auraient voulu qu'il reprenne la boutique, mais lui souhaitait faire quelque chose pour la société, aider les gens... Wilkins se secoua et reprit ses esprits. L'orage semblait s'éloigner maintenant, et la pluie avait baissé d'intensité. Il se pencha prudemment sur le côté pour essayer d'apercevoir l'inspecteur français, mais, là où aurait dû se trouver son corps, n'était plus visible qu'une traînée écarlate. Soudain, un nouveau coup de feu retentit, différent de ceux produits par l'arme du tireur, puis le bruit sourd d'un corps qui s'écroule au sol. Wilkins retint sa respiration, attendit quelques secondes et se releva doucement. L'inspecteur français, debout, se tenant le ventre d'une main, venait d'abattre le tireur aux cheveux jaunes.

Toutes proches maintenant, les sirènes de police se turent, laissant entendre des crissements de pneus sur l'asphalte, des claquements de portières, des ordres criés et des pas de course.

35

Un bras en écharpe, Claire Bligh se tenait près de la fenêtre du bureau du directeur d'une maison de repos de la proche banlieue de Londres. L'air était doux et le jardin d'un calme effectivement reposant. Claire regardait Thomas qui, en bas, avançait lentement dans les allées, assis dans une chaise roulante.

— Ne vous inquiétez pas, dit le directeur en s'approchant. Il est jeune, il y arrivera.

— Et ça sera long ?

— Difficile à dire, ça dépend des individus ! Mais je peux vous assurer qu'il remarchera, et, à mon avis, plus tôt qu'on le pense...

Claire regarda l'homme qui lui sourit.

— Vous savez, mademoiselle Bligh, il a eu beaucoup de chance ! À quelques millimètres près, il restait à vie dans une chaise roulante !

Dans le jardin, Thomas s'arrêta près de la fenêtre ouverte de la salle de télévision où une poignée de convalescents regardaient les infos sur BBC News. Des images d'interpellations policières défilaient à l'écran ; dans différents pays, des hommes et des fem-

258

mes essayaient de dissimuler leur visage aux caméras et aux appareils photo des reporters avec leurs mains ou sous leur veste. Parmi eux, William Storbest, derrière un autre homme plus âgé sur lequel se déchaînèrent les flashes des journalistes. La voix de la commentatrice donnait quelques précisions :

« ... *en Angleterre, rien de moins que l'inculpation pour complicité de meurtre de Raymond Louis Cattlebell, le très médiatique PDG du puissant groupe Bauer & Foreman, et celle de son bras droit, William Storbest. Ce dernier semblerait avoir été à la tête de la branche anglaise de cette tentaculaire organisation criminelle identifiée sous le nom de code* snufflink.com *et qui, sur l'inspiration des snuff movies, organisait des meurtres en direct sur Internet par l'intermédiaire de sites webcams personnels. Une clientèle fortunée payait jusqu'à un million de dollars le droit d'accès à ces mises à mort. Toute la communauté internaute est en émoi, comme nous l'explique John Swallow, le directeur de la rédaction du magazine* Micromania... »

— On parle de nous ?

Thomas tourna la tête et sourit en voyant Claire se pencher et l'embrasser sur la bouche.

— Quel bordel ! dit Thomas en désignant la télévision.

— Oui. Et si tu veux mon avis, ça ne fait que commencer...

Ils se turent un instant et regardèrent la suite du reportage.

— Tu les as eus, finalement, dit Thomas après un moment. Tu les as eus, ces fumiers...

Claire garda le silence quelques secondes, puis, prenant un ton soudain joyeux :

— Allez ! Prêt à rentrer chez toi ?

— Plutôt deux fois qu'une...

— Alors, allons-y. J'ai un train à prendre, ce soir...

Claire poussa la chaise roulante de Thomas, tournant le dos à l'écran de la télévision murale où la journaliste concluait devant une maison d'arrêt :

« ... *Ce ne sont là, de toute évidence, que les premières retombées d'une enquête qui n'a pas fini de faire des vagues. Une affaire qui nous révèle encore un peu plus, comme si cela était nécessaire, combien la nature humaine est intarissable en perversité. Brenda Farrow, Londres, pour BBC News.* »

Thomas jura une nouvelle fois entre ses dents. Il en était à sa troisième tentative pour entrer dans la cuisine. S'il ne se présentait pas exactement de face, les roues de son fauteuil se trouvaient bloquées par les montants de la porte — et souvent ses doigts entre les deux —, et il était alors bon pour une petite marche arrière, puis un nouvel essai. Il mit cinq bonnes minutes à atteindre le réfrigérateur, dut reculer un peu pour en ouvrir la porte et se soulever sur ses avant-bras pour atteindre les canettes de coca.

En fond sonore, son répondeur terminait de déverser son trop-plein des dernières semaines :

« *Bon, je recommence à cause du bip, euh... Thomas, Anne-Marie à l'appareil, la maman de Nathalie. C'était juste pour vous dire que Nathalie est rentrée à la clinique ce matin et qu'ils vont déclencher l'accouchement demain. Voilà. C'est Nathalie qui a voulu que je vous prévienne... j'espère que vous aurez ce message.* BIP. *Monsieur Cross, Jeremy Clear de la Profiles Connection World Wide. Nous avons entendu dire que vous étiez disponible, et nous avons de grandes opportunités dans votre domaine de compétence, en ce moment. Mon numéro est le 0207 737 3947. Appelez-nous s'il vous plaît. Vous ne le regretterez pas.* BIP. *Tom, c'est Nathalie. On est*

mardi, et tu es tonton depuis hier soir. Tout s'est bien passé.
J'ai appelé dans l'après-midi à la maison de repos, et ils m'ont
dit que tu étais sorti. Bon... À plus tard... BIP. *Tom, c'est*
encore Nathalie. Tu n'est toujours pas là... Écoute, est-ce que
tu voudrais être le parrain ? Je l'ai appelé Frank. BIP. *C'est*
moi. Je suis bien arrivée. Le temps est pourri à Paris. Tu me
manques déjà. Deux jours, ça va être long... Appelle-moi !
BIP BIP BIP. »

En pantalon de pyjama, torse nu, Thomas était
allongé sur son lit et parlait au téléphone avec Claire,
presque à voix basse. Par une fenêtre ouverte. il regardait le ciel d'un bleu nuit irréprochable que commençait à éclaircir une lune encore dissimulée derrière les
immeubles voisins.
— Oui. Moi aussi.... Un mail ? Non, j'ai pas encore
réouvert mon PC... Tu sais... j'ai du mal à ne pas penser à tout ça... Je sais, mais c'est Mark, surtout ! C'est
trop...
Il s'arrêta, les larmes aux yeux, et écouta.
— Je sais bien, mais... Putain...
Thomas pleurait maintenant pour de bon.
— Oui... Moi aussi... Promis. D'accord... Je t'aime,
Claire... je t'aime...

Le lendemain matin, Thomas roula devant son
bureau, souffla la poussière déposée sur son clavier et
alluma son PC. Un grand bruit de vaisselle se fit entendre dans la cuisine. Il ne put s'empêcher de soupirer.
Il s'en voulait, mais ne supportait plus le garde-malade
qui venait l'aider tous les jours. Pourtant, il était aimable, patient et dévoué ; il lui faisait sa toilette, le mas-
sait et s'occupait en plus de faire ses courses et la

vaisselle ! Mais Thomas avait perdu l'habitude d'avoir une présence chez lui, et surtout il tolérait très mal son handicap provisoire.

Une fois l'ordinateur en route, Thomas alla dans ses favoris et supprima le lien avec le site *clar@home.fr*. Il se connecta ensuite au Web et ouvrit sa messagerie. Cinq nouveaux messages s'affichèrent :

« Outlook – too large ! »
« Mark – beware »
« GameOnline – new realeases »
« Amazon – your account »
« Claire – Love U »

Étonné, Thomas cliqua d'abord sur le message de Mark, et découvrit la dernière correspondance de son ami défunt :

« 2 choses. étant donné ce que je suis en train de voir sur le Web, la deuxième ne devrait pas te plaire :
1. j'ai trouvé un micro chez moi. tu devrais chercher dans ton appartement, ça pourrait expliquer ton visiteur nocturne.
2. Claire nous cache quelque chose. elle connaît l'homme à la Daimler. ils ont même été amants.
on en reparle + tard. MARK. »

Thomas était tellement sidéré par ce qu'il venait de lire qu'il ne se vit pas cliquer sur le message de Claire :

« tu me manques. je t'aime, je t'aime, je t'aime, je t'aiiiiiiiiiiiiiiiiiiiiiiiiiiiiiiiiiiiiiiiiiiiiiiiiiiiiiiiiiime... CLAIRE »

36

L E samedi suivant, il faisait beau et doux sur Londres. Claire poussait le fauteuil roulant de Thomas dans un jardin public.

— Et pourquoi pas ?

Thomas ne répondit pas et la jeune femme l'embrassa dans le cou.

— Tu sais, la vie est agréable à Paris...

Elle le poussa encore un peu et s'arrêta près d'un banc.

— Qu'est-ce qui va pas, Tom ?... Pour une fois que je sais vraiment ce que je veux !

Elle lui sourit, mais le visage de Thomas resta fermé.

— Je t'aime... Je veux vivre avec toi !... Et puis, ça te ferait du bien de changer d'air, de t'éloigner un peu de tout ça...

Elle s'accroupit devant le fauteuil roulant et avança son visage pour l'embrasser. Thomas se détourna aussitôt. Claire fronça les sourcils et se redressa, soupira légèrement et se composa un sourire un peu forcé.

— Au boulot ! lança-t-elle d'un ton qui se voulait enjoué.

Elle aida alors Thomas à se lever et à sortir de son fauteuil sur ses jambes encore faibles.

— Allez...

Soutenu par Claire, Thomas fit quelques pas, lents et hésitants. Après seulement quelques mètres, il s'arrêta.

— Ramène-moi au fauteuil. J'ai pas envie, aujourd'hui...

— Mais pourquoi ? Tu fais des progrès tous les jours !

— Je te dis de me ramener au fauteuil !

La voix du jeune homme était nerveuse et brutale.

— C'est quoi ton problème ? répliqua Claire, vexée.

Elle obtempéra tout de même et aida Thomas à faire demi-tour.

— Tu n'arriveras jamais à rien comme ça !

Dix minutes plus tard, une évidente tension régnait entre les deux amants. Claire poussait de nouveau le fauteuil de Thomas, cette fois à travers un pont enjambant la Tamise. Après le calme du jardin public, la ville reprenait petit à petit ses droits. Un sourd vacarme faisait office de bruit de fond, celui d'une dense et rapide circulation automobile.

L'esprit agité, Thomas cherchait ses mots depuis quelques minutes. Il se lança enfin :

— J'ai trouvé un message de Mark dans ma messagerie.

— De Mark ?

— Oui... datant du jour de... enfin de sa mort.

Claire marqua un petit temps d'arrêt, mais se remit aussitôt à pousser Thomas.

— Et qu'est-ce qu'il disait ?

Thomas se demanda s'il l'avait rêvé, ou si la voix de Claire avait bien été un peu tremblante. Il se sentait mal, presque fiévreux, et fut tenté de répondre par un mensonge qui aurait rabaissé cet échange au niveau de l'anecdote.

— Le message dit que tu connais le type à la Daimler...

Claire s'arrêta de marcher. Thomas avala sa salive et ajouta :

— William Storbest, c'est bien ça ?

Si Thomas avait été croyant, il aurait prié pour que Claire prononce sans hésitation les mots qu'il n'était pas parvenu à s'imaginer durant ces derniers jours, mais qui auraient fourni une explication simple et évidente à la révélation posthume de Mark. Mais Claire ne dit rien et se remit à le pousser.

— Mark dit que vous avez été ensemble...

Il y avait dans cette dernière phrase une perche tendue dont Claire se saisit aussitôt :

— C'est une vieille histoire. C'est fini depuis longtemps.

Thomas fut déçu et malheureux.

— Pourquoi tu m'en as jamais parlé ?

— Est-ce que je te demande des comptes sur tes ex ?

L'agacement déferla en Thomas. Cette pauvre défense n'était pas digne de la femme qu'il aimait.

— Arrête ! lâcha-t-il, hargneux. Ce type est le cerveau des crimes sur lesquels tu étais censée enquêter ! Merde !

Il se tourna pour la première fois et fit face à Claire qui s'arrêta de nouveau de marcher. Il vit que ses yeux étaient baignés de larmes et les trouva plus beaux que jamais.

— S'il te plaît, Claire, dis-moi la vérité... S'il te plaît.

« Quelle vérité ? » pensa-t-il en se demandant ce qu'il cherchait vraiment. Il n'y avait plus rien à révéler, la certitude de la complicité de Claire se suffisait à elle-même ; sa mécanique, son organisation seraient de l'ordre du sordide. Pourtant, Thomas souhaitait qu'elle parle, se confesse, avoue, car c'était le meilleur qu'il pouvait obtenir d'elle, maintenant que tout s'était écroulé.

— C'est si compliqué, entendit-il. Tout est à cause de lui ! Je pensais l'aimer, à l'époque, tu comprends ? Il pouvait me faire faire n'importe quoi !

— N'importe quoi ? Même participer à ces meurtres odieux ?

Thomas fut étonné de se trouver si impitoyable. Claire n'avait vraiment pas besoin de son aide pour sombrer, et pourtant, il sentait qu'il ne pouvait pas s'empêcher de l'accabler encore... et de se meurtrir lui-même un peu plus...

— Je n'ai jamais rien eu à voir avec ces meurtres. Thomas, je te le jure...

Elle pleurait maintenant pour de bon.

— Alors quoi ? Tu noyautais juste les enquêtes de l'intérieur, c'est ça ?

— Mais merde, Tom ! Je ne savais pas ce qui se passait vraiment ! Au début, je te jure que je n'en savais rien !

— Au début ! Mais après ? Après, Claire ?...

Elle hésita. Thomas se laissa retomber sur son fauteuil, tournant le dos à la jeune femme.

— Mais c'est fini, Tom... Tout ça est terminé ! Est-ce que je ne les ai pas fait arrêter ?

— Oui, bien sûr, pour te mettre à l'abri...

— Non ! T'es injuste ! C'est pas pour ça !

Elle avait répliqué avec spontanéité, chagrin et sincérité.

— Et pourquoi crois-tu que j'aie accepté de faire la chèvre, hein ?

Thomas ne répondit pas.

— J'ai fait tout ça pour te protéger, Thomas... Ils t'auraient tué si tu avais monté la webcam chez toi !

Il resta silencieux. Il n'avait plus qu'une envie : que prenne fin cet échange, cette torture. Il se mit à avancer seul avec son fauteuil roulant. Derrière lui, Claire frappa le sol du pied, comme une enfant boudeuse.

— Je t'aime, Thomas, je te jure que c'est vrai !

Elle se remit en marche et dépassa rapidement le fauteuil roulant.

— S'il te plaît, Tom ! Ne me repousse pas !

Il continua de rouler, et Claire se mit à marcher à reculons, lui faisant face.

— Tom !...

— Comment as-tu pu me mentir depuis tout ce temps ?

— Je t'aime. Tout ça c'est du passé ! Essaye de me croire...

— J'ai vu Cathy se faire tuer, Claire ! Ils l'ont éventrée devant mes yeux !... Et Frank ! Et Mark !

Claire s'arrêta et laissa Thomas la dépasser.

— Tom ! Est-ce que tu m'aimes ?

Il ne répondit pas et continua de s'éloigner. Il approchait du bout du pont, et le bruit de la circulation était maintenant très proche.

— Est-ce que tu m'aimes ?

Des passants se retournèrent en entendant Claire crier. Thomas accéléra la pression de ses bras sur les roues de son fauteuil. Elle se mit à courir pour le rattraper.

— Je t'aime, Thomas, ne gâche pas tout...

La jeune femme sanglotait. Elle était obligée de courir à moitié pour se maintenir à la hauteur de Thomas, qui évitait son regard. Viscéralement, il avait senti que quelque chose venait de changer dans le comportement de Claire. Sa voix était en train de glisser progressivement de la défense à l'attaque.

— Thomas ? implora-t-elle. Thomas...

Il perçut aussi du regret dans sa voix. Soudain, il se sentit tomber. Claire venait de faire basculer son fauteuil roulant d'un coup de pied.

— Pourquoi faut-il que tu gâches tout ?

Sous le choc, Thomas aperçut des passants qui les observaient, puis le regard de Claire qui avait un reflet qu'il n'avait jamais vu. Il s'accrocha à la balustrade du pont pour se relever, et vit Claire s'approcher de lui. Elle le frappa soudain de ses deux poings joints, en pleine face. Thomas retomba au sol de tout son long.

— Je t'aime tant ! se lamenta Claire.

Cette fois, Thomas prit peur. Un peu sonné, il eut la force de se mettre à ramper sur le sol pour s'éloigner d'elle. Son nez lui faisait terriblement mal, et il avait le goût de son propre sang dans la bouche. Il se sentit attrapé fermement par le col de son blouson. Claire le souleva jusqu'à ce que leurs visages soient l'un en face de l'autre, à seulement quelques centimètres.

— Claire, dit Thomas.

Elle était en larmes, mais la peine qu'il avait lue dans ses yeux seulement quelques minutes plus tôt avait laissé la place à un effrayant égarement. Thomas agrippa à son tour les vêtements de la jeune femme qui le maintenait à moitié soulevé du sol.

— Calme-toi, Claire...

Elle poussa un profond soupir de lassitude et de regret, et donna un terrible coup de tête à Thomas qui lâcha prise et sentit son crâne cogner lourdement par terre. Il crut percevoir une voix dans le lointain :

— Là-bas ! Ils sont là-bas !

Claire se retourna et vit une femme qui la désignait

à un agent de police. Elle jeta un regard circulaire autour d'elle, et l'arrêta sur l'autre côté de la rambarde du pont. Au sol, reprenant difficilement ses esprits, Thomas perçut la direction de ce regard. Puis leurs yeux se rencontrèrent. Ceux de Claire étaient sombres et résolus.

— Non, Claire, dit Thomas. NON !

Elle se pencha vers lui, l'agrippa et, avec un râle, le souleva du sol pour le hisser sur le garde-fou du pont.

— CLAIRE ! ARRÊTE ! JE NE DIRAI RIEN !

— ARRÊTEZ ! cria le policier.

Claire le vit s'approcher en courant et poussa un peu Thomas vers le vide. Le bruit de la circulation subitement tout proche fut comme une détonation aux oreilles de Thomas.

— NE BOUGEZ PAS ! cria Claire au policier.

— D'accord... Calmez-vous...

Thomas cherchait en vain une prise sur le parapet.

— CLAIRE ! JE T'EN PRIE !

— C'est fini, Tom... Tout est fini...

Thomas se sentit glisser, il ferma sa main au hasard et crut que son épaule allait se détacher. Il mit deux bonnes secondes pour comprendre qu'il se tenait d'une main à un élément quelconque de la structure du pont. Son poids était bien trop important pour qu'il résiste ainsi longtemps, la douleur à son épaule en était la meilleure indication. Il tenta d'arrêter le mouvement de balancier de son corps pour soulager sa main. Il prit alors conscience que, quinze mètres sous lui, des voitures et des camions roulaient à vive allure sur les deux files de circulation d'une voie express sur berge.

Penchée au-dessus de la balustrade, Claire regardait Thomas sans le voir. Dans les méandres de sa confusion, elle distingua tout de même qu'il lui tendait sa main libre et entendit qu'il prononçait son prénom. Mais tout cela n'éveilla rien en elle, jusqu'à ce que son regard accroche la caméra de vidéosurveillance, dont l'objectif plongeait vers le pont.

37

« RIEN n'est fini, pensa Claire. Bien sûr ! Tout continue ! Je suis toujours leur jouet ! Les salauds...
le salaud... Pourquoi Will ? Pourquoi rien ne va jamais
avec moi ? Schizophrénique, c'est bien ça qu'ils
disaient ? Les fils de pute ! Je me souviens plus des
autres mots... tous en "ique". Qu'est-ce que j'ai fait de
mal ? Pourquoi j'ai pas le droit d'être tranquille ? C'est
si bien avec Tom... »

Son esprit brassa des années de vie en quelques instants. Les images apparaissaient en flashes, des souvenirs olfactifs, des sensations de rage, de bonheur, de
tristesse... Elle trépignait intérieurement, face à ce
bonheur touché du doigt qui était en train de lui
échapper. Thomas. Elle insulta Mark mentalement
pour l'avoir dénoncée par-delà la mort, et elle se
frappa le dos de la main contre la pierre de la balustrade, plusieurs fois, toujours plus fort, jusqu'à ce que
ses phalanges fussent en sang.

Sans bien savoir pourquoi, elle monta sur le parapet. Elle comprit alors que c'était pour menacer le
policier de sauter s'il continuait sa manœuvre d'approche. Claire leva la tête et regarda la caméra de surveillance en face, défiant ceux qui, elle en était certaine,

étaient en train de la regarder. Ils attendaient, ils se régalaient d'avance, et elle allait leur en donner pour leur argent.

— Je t'aime, Claire...

La voix de Thomas fut comme une éclaircie dans la tempête. Claire sentit soudain le flot de ses idées s'apaiser, se dénouer. La jeune femme comprit que, pour une fois, elle pouvait décider par elle-même. Pourquoi jouerait-elle le jeu plus longtemps ? Il suffisait que Thomas ne meure pas. Ensuite, il ferait ce qu'il voudrait d'elle. Elle ne croyait pas à son pardon, à sa propre rédemption, mais en tout cas, elle était sûre qu'elle ne voulait pas offrir cette nouvelle mort en spectacle.

« Tout continue, bien sûr... mais pas cette fois ! »

Claire sauta légèrement de la balustrade sur l'étroite corniche du pont. Elle se tint d'une main et se pencha au-dessus du vide, l'autre bras tendu vers Thomas. Derrière lui, les voitures passaient si vite qu'elles n'étaient que des traînées monstrueuses et fugitives dans l'air déchiré. Seulement une poignée de secondes s'était écoulée depuis que Thomas pendait dans le vide, et il eut encore la force de serrer la main glacée de Claire. La jeune femme se cambra en arrière et tira de toutes ses forces. L'agent de police était maintenant à plat ventre sur la balustrade, il attrapa Thomas par les manches de son blouson, puis par son col. Ils tirèrent, et Thomas sentit enfin l'arête du parapet lui meurtrir les bras, la poitrine et les cuisses. Il tomba lourdement au sol, enfin sauf.

Claire ferma un instant les yeux. Un air chaud et vicié montait de la voie express et caressait son visage. Quand elle rouvrit les paupières, elle faisait face à la caméra de surveillance perchée en haut de son lampadaire. Elle lui sourit avec défi. Cette fois, ils avaient perdu.

— Donnez-moi la main, mademoiselle, dit prudemment l'agent de police.

Claire fut amusée par son ton craintif et prudent, le même que celui employé par les infirmiers, quinze ans plus tôt, quand elle était en crise. Mais elle n'avait plus aucune envie de sauter dans le vide... ni d'y précipiter personne... Elle sourit au policier pour le rassurer et enjamba la balustrade pour se retrouver sur le pont. Là, elle se mit à genoux et prit entre ses mains la tête de Thomas, qui se laissa faire, encore abasourdi. Tout en riant, tout en pleurant, Claire couvrit son visage meurtri de baisers.

Sur l'écran de l'ordinateur toujours connecté à l'Internet, la vue plongeante de la caméra de surveillance montre maintenant un petit attroupement de curieux sur le pont. Ils entourent la jeune femme d'une trentaine d'années qui, agenouillée par terre, embrasse le visage du jeune homme allongé au sol. Dans le champ réservé à l'adresse du site Internet consulté, est écrit *www.live-death.com*. Le curseur de la souris d'ordinateur se positionne une nouvelle fois au milieu de l'image, prend la forme d'une petite main blanche, index tendu, et clique. L'image du pont est aussitôt remplacée par celle d'une caméra de surveillance d'un centre commercial montrant une bande de jeunes armés de battes de base-ball qui déferlent et sèment la terreur. Un autre clic. Un homme se suicide par pendaison face à la webcam de son salon. Un autre clic. La nacelle de la grande roue d'une fête foraine se décroche et s'écrase sur une baraque de tir pleine de monde. Un autre clic. Des détenus font la queue à l'entrée du réfectoire d'une prison. L'un d'eux est William Storbest, qui jette en passant un regard anxieux à la caméra de surveillance. Un autre clic. Une agression dans un couloir de métro. Un autre clic. Un incendie de forêt dans le sud de la France atteint les abords d'une ville. Un autre clic. Des policiers bastonnent un suspect dans une rue de Los Angeles. Un autre clic...

REMERCIEMENTS

À Raymond Clarinard, tout d'abord, avec la complicité de qui nombre des rouages de ce roman sont nés.

À Mathias Ledoux, Guillaume Godard et Maryvonne Le Meur, ensuite, qui ont adopté cette histoire et se sont tant battus pour la porter à l'écran.

Pour tous les quatre, mon amitié et mon admiration.

« SPÉCIAL SUSPENSE »

La composition de cet ouvrage
a été réalisée par Nord Compo
à Villeneuve-d'Ascq,
l'impression et le brochage ont été effectués
sur presse Cameron dans les ateliers
*de **Bussière Camedan Imprimeries***
à Saint-Amand-Montrond (Cher),
pour le compte des Éditions Albin Michel.

Achevé d'imprimer en avril 2003.
N° d'édition : 21809. N° d'impression : 032212/4.
Dépôt légal : octobre 2002.

Imprimé en France